Jasmin Romana Welsch

Evig Roses – 4

Evig Roses (Band 4): Vertrauen will gelernt sein

Eine Buchung, die auf eine glamouröse Hochzeit im romantischen Verona führt, ist ein Traumjob für jede Escort. Auch für mich, würde ich nicht ständig vergessen, dass ich arbeite. Verona hält schon am ersten Tag viele spannende Überraschungen bereit. Eine extrovertierte Clique, in der vermutlich jeder jeden schon mal kommen gesehen hat, eine Schnitzeljagd mit einem sehr schrägen Preis, der mich dazu bringt, ernsthaft über Sex mit meinem Bruder nachzudenken, und an meiner Seite dieser kolossal komplizierte Mann, der alle Blicke auf sich zieht und deshalb durchdreht. Wenn Pascal und ich uns nicht gerade anschreien, vögeln oder einer von uns einen wirklich bedenklichen psychotischen Anfall bekommt, ist unsere gemeinsame Zeit aber schön. Und merkwürdig. Und aufregend. Ich weiß nicht, wie sich diese Sache zwischen uns beschreiben lässt. Ich weiß nur, dass dieses Wochenende mit mehr als einem Knall startet.

Die Autorin

Jasmin Romana Welsch wurde 1989 in Graz geboren und lebt auch heute noch mit ihrem Mann und ihrer Hündin Yuki in der Steiermark. Obwohl sie bereits im Teenageralter das Schreiben für sich entdeckte, begann sie ein Jurastudium. Erst nach der Veröffentlichung ihres ersten Romans widmete sich die junge Autorin gänzlich der Schriftstellerei. Aus ihrer Feder stammen mehrere Jugendbücher, in denen sich fast immer humoristische, aber auch dramatische Akzente wiederfinden.

JASMIN ROMANA WELSCH

EWIG ROSES

BAND 4: VERTRAUEN WILL GELERNT SEIN

New Adult

STERNENSAND

www.sternensand-verlag.ch | info@sternensand-verlag.ch

1. Auflage, Januar 2019

Umschlaggestaltung: Jasmin Romana Welsch
Korrektorat: Sternensand Verlag GmbH | Martina König
Satz: Sternensand Verlag GmbH
Druck und Bindung: Smilkov Print Ltd.

ISBN-13: 978-3-03896-035-5
ISBN-10: 3-03896-035-5

INHALTSVERZEICHNIS

FAKE-GHETTO-ENGEL

Der Flughafen ist ein zauberhafter Ort. Zwischen hohem Glas und modernem Stahl wirbelt Fernweh durch die große Halle. Dass mein Koffer ein Arschloch ist und sich wegen eines kaputten Rades kaum vernünftig ziehen lässt, trübt meinen euphorischen Gefühlscocktail kein Stück. Ich vibriere zwar jedes Mal mit, wenn das absurd schwere Teil sich stur stellt und das Gummirad kurz blockiert und über den Boden schleift, aber ich grinse trotzdem.

Obwohl hier jeder auf Reisen ist oder war, habe ich das Bedürfnis, mich wahllos vor vorbeikommende Menschen zu stellen und ihnen fröhlich zu berichten, dass ich gleich nach Verona fliege. Bescheuert, ich weiß. Aber in mir tobt so viel Vorfreude, als würde ich gleich zu einer Weltreise aufbrechen.

Die meisten Leute fliegen mindestens einmal im Jahr irgendwo hin. Und Italien ist nicht unbedingt der exotischste, entfernteste Ort, den man von der Schweiz aus anfliegen kann. Aber das hier ist trotzdem ein Abenteuer für eine Zweiundzwanzigjährige, die zum letzten Mal ›weit weg‹ von zu Hause war, als sie im Nachtclub ihres Bosses unbeholfen mit dem Hintern gewackelt hat.

Ja, es fühlt sich für mich schon nach Reise an, wenn die Taxifahrt länger als dreißig Minuten dauert. Da rührt auch der momentan starke Wunsch her, mir das Flughafenmikrofon zu schnappen und eine beschwingte Ansage zu machen.

›Ladys und Gentlemen: Hier spricht Ihre professionelle Bumsblume, die heute zum ersten Mal ein Flugzeug besteigen wird. Ich fliege in die Stadt, in der Romeo und Julia sich totgeliebt haben, um dort an der bestimmt märchenhaften Hochzeit von zwei Frauen teilzunehmen! Meine Reise wird gesponsert von einem Eisprinzen mit Angststörung vor Menschen mit Vagina und ›Evig Roses‹, der diskreten Agentur Ihres Vertrauens, wenn Sie auf der Suche nach einem richtig teuren Orgasmus sind! Herzlichen Dank für Ihre Aufmerksamkeit. Einen sicheren Flug und sicheren Verkehr wünscht Ihnen: die Frau, die gerade den Check-in-Automaten tritt.‹

Was ist denn mit dieser Maschine los?! Zuerst frisst sie meine EC-Karte und jetzt macht sie nur noch Würgegeräusche. Ich weiß, mir wird auch übel, wenn ich meinen Kontostand sehe, aber ich wollte mich damit nur ausweisen und keinen geräuschbasierten Kommentar zu meiner Armut kassieren! Hör auf, in dich reinzukotzen, Automat!

Als auf dem Display endlich ›Danke, Herr Reichalt‹ steht, brumme ich erleichtert vor mich hin. Jetzt disst die Maschine auch noch mein Geschlecht, aber sie kann mir die Laune trotzdem nicht verderben.

Auch die Tatsache, dass ich mich auf dem Weg zum richtigen Gate dreimal verlaufe, trübt meine Vorfreude nicht. Nichts wird mir diese Reise verderben, auch nicht die Gewissheit, dass ich etwas Bammel davor habe, dass Pascal mich aus irgendeinem Grund mal wieder nicht buchen wollte. Er wird aber kaum aus Versehen Geld an die Agentur überwiesen und die Hochzeitseinladung mitgeschickt haben. Dass Claire nicht mehr kommt, weiß er mittlerweile. Sinn macht es für mich trotzdem keinen.

Die Buchung muss verdammt kostspielig gewesen sein. Und einen schnellen Höhepunkt und etwas Spaß hätte er sich problemlos von einem der Hochzeitsgäste holen können.

Mal ehrlich, Pascal ist so außergewöhnlich schön, er würde überall auf der Welt jemanden finden, der mit ihm ein paar heiße Stunden verbringen möchte. Gratis. In einem fremden Land muss er sich auch keine Sorgen über seinen Ruf oder darüber machen, dass ihm jemand zu sehr auf die Pelle rückt, schließlich kann er sich immer ins Flugzeug nach Hause flüchten.

Ich habe mir in den letzten Tagen das Hirn über seine Beweggründe zermartert, aber ich bin nur zu dem Schluss gekommen, dass ich mich wie Bolle darauf freue, Verona zu sehen, und mein Herz dazu anhalten muss, nicht zu fest zu schlagen, weil Pascal sicher emotional kühle Gründe für seine Buchung hat.

›Oh, ich finde Emma sehr anziehend und würde gern mehr Zeit mit ihr verbringen, weil ich sie gernhabe‹ – streift nicht durch seine paranoiden, nüchternen Gedanken.

›Frau! Achtung! Mit Geld bewerfen, um Distanz zu schaffen! Französisches Gemurmel. Sex wäre scharf. Aber wenn sie mich dabei direkt ansieht, benutze ich meinen Notfallplan, grabe ein Loch in den Boden und stecke den Kopf rein!‹ – so was trifft es wohl eher.

Ich habe aufgehört, das Ganze emotional zu sehr an mich ranzulassen. So wie Vincent es mir geraten hat. Befohlen hat. Das kann man bei seinem Tonfall unmöglich unterscheiden.

Die Geschehnisse der letzten Zeit zu überdenken, hat mich nicht wirklich weitergebracht. Ich habe mich immer wieder im Kreis gedreht. Am Ende lief es trotzdem auf eine einzige, ziemlich eindeutige Frage hinaus:

Wieso müssen Männer so verteufelt kompliziert sein?

Man spricht immer nur davon, dass Frauen komplexe, suspekte Wesen seien, aber gegen die Testosteronschleudern, die in letzter Zeit in meinem Leben auftauchen, wirkt weibliche Komplexität so leicht zu entschlüsseln wie der platte Witz-Comic aus der Tageszeitung, in der ein dicker Kater in der Katzenklappe stecken bleibt.

Kevin will, dass ich Herrn Favre date oder auch nicht.

Herr Favre will sich erschießen, wenn ich ihn date, möchte aber, dass ich ihn auf eine Hochzeit ins romantische Verona begleite.

Vincent macht mich zu seinem Claire-Ersatz, weil er irgendetwas in mir sieht oder für mich empfindet, oder aber, weil ich schlichtweg gerade da war.

Und Victor … der will einfach nur acht Millionen Schoko-Bons. Und eine Frau namens Sabrina. Und da wird es schon wieder kompliziert.

Männer …

Ich vibriere mit meinem Koffer zu dem Bereich, in dem man abgetastet und durchleuchtet wird. Mein etwas anrüchiger Witz, dass ich fürs Fummeln gewöhnlich mehr verlange als ein ›Danke, gehen Sie weiter‹, wird von der Frau, die mich abtastet, nicht honoriert. Sie zieht nur eine Braue hoch und winkt mich durch. Dafür grinst mich ihr männlicher Kollege an.

Der Wartebereich ist überschaubar klein, aber durch die Fensterfront kann man die Rollbahn sehen. Startbahn. Fliegestraße. Keine Ahnung, wie man es nennt, aber da hebt gerade eine Maschine ab.

Mir wird etwas mulmig, als ich dem Flugzeug beim Starten zusehe. Kevin meinte, ihm sei beim Flug zurück von Deutschland schlecht geworden. Vielleicht lag das aber auch an den Dingen, die er mit unserem Vater erlebt hat. Hoffentlich. Ich will nicht kotzen. Die Kröte und ich haben die gleichen empfindlichen Körper. Wir durften als Kinder nur einmal Achterbahn fahren und die Leute hinter uns haben definitiv nicht so laut geschrien, weil sie Spaß an der Fahrt hatten.

Mein Blick schweift nervös durch den Wartebereich. Ein paar Familien, ein paar Geschäftsleute, kein blonder Mann mit perfektem Gesicht und Körper, den es verstören würde, wenn ich neben ihm grün werde, mich zum großen Finale aber nicht in den Hulk verwandle.

Ich war mir nicht sicher, ob Pascal mit mir gemeinsam fliegt oder ob wir uns erst in Verona treffen. Dazu gab es keine Infos von Tina. Ich weiß allerdings, wie das Hotel heißt, zu dem ich muss. Und ein Taxi kann ich mir allemal leisten.

Ich hatte vor zwei Tagen ein Kuvert von der Agentur im Briefkasten. Der Inhalt: fünfhundert Euro und eine glänzende weiße Karte, auf der in schwarzer Schrift

›*Kauf dir davon etwas, das dir Freude macht – viel Spaß in Italien*‹ geschrieben wurde. Die Unterschrift war schick, geschwungen, aber kaum zu lesen. Ob da Vincent oder Victor stand, hätte man nicht entziffern können.

Trotzdem weiß ich natürlich, wer das großzügige Taschengeld für mich hat springen lassen. Der Obervampir persönlich. Ich habe kurz Schnappatmung bekommen, als ich das viele Geld in der Hand hatte, aber meine fröhliche Euphorie hat sich schnell mit einem seltsamen Gefühl gemischt und relativiert. Ich denke, Vinc hat mir das Geld für den Sex mit ihm gegeben.

Klar, wir arbeiten in einem Business, in dem es normal ist, seinen Körper zu verkaufen, aber es fühlt sich trotzdem merkwürdig an, dass er mir die Sache in seinem Haus vergütet. Ich war bei ihm zu Hause, auf der Geburtstagsfeier seines Sohnes, und wir haben einfach nur gequatscht und dann … Es hat sich nicht wie eine Buchung angefühlt. Ich hätte kein Geld dafür verlangt.

Wenn Victor damals nicht auf mir eingepennt und zu betrunken für Sex gewesen wäre, hätte er am nächsten Tag doch auch nicht sein Portmonee gezückt und mich dafür bezahlt. Oder doch? Läuft das für die beiden so? Immer? Egal, wie nahe man ihnen privat kommt?

Die wahrscheinlich ziemlich dämlichen Gedanken, die ich mir darüber mache, ob man den beiden Escort-Göttern auf einer persönlichen Ebene nahekommen kann oder nicht, lenken mich von meiner Flugangst ab. Ich setze mich auf einen der Plastikstühle hinter drei kichernde Teenagermädchen und zücke mein Handy.

Jan wünscht mir via WhatsApp viel Spaß und fragt, ob ich für ihn am Eiffelturm lecken kann. Keine Ahnung, ob das ein versauter

Peniswitz sein soll oder ob er in der Schule tatsächlich so fest geschlafen hat, wie er immer behauptet. So oder so, ich muss schmunzeln.

Egal, was mir gerade im Kopf herumschwirrt, Jan ist der Einzige, der mich immer runterholen und aufheitern kann, sogar wenn er nur schreibt. Ich bitte ihn, mir abends irgendetwas zu schicken, solange ich verreist bin. Ein Foto, ein dämliches GIF, ein paar Zeilen, was immer er möchte.

So spannend ich es auch finde, endlich mal von zu Hause weg zu sein, eine tägliche Dosis Lieblings-Engel kann nicht schaden, um Heimweh vorzubeugen.

Ich schreibe noch eine weitere Nachricht. Ein Flugzeug-Emoji und das bangende Smiley mit den verkniffenen Augen. Kevin weiß, dass ich heute wegfliege. Er denkt allerdings, ich müsste für ein Treffen mit einer Grafikagentur nach Italien.

Normalerweise fragt er bei diesem Thema nicht weiter nach, weil ihn mein Job langweilt, aber er wurde diesmal unangenehm neugierig, da er die Befürchtung hatte, ich könnte damit liebäugeln, ins Ausland zu ziehen. Als ich ihm versichert habe, dass das niemals der Fall sein wird und diese Sache einmalig ist, hat er sich wieder gelangweilt die Ohren zugehalten. Gut so. Wenn es um diesen Teil meines Lebens geht, wünsche ich mir nichts sehnlicher, als dass er sich für immer die Augen und Ohren zuhält.

Die freche Kröte schickt mir ein kotzendes Emoji zurück. Schön, wenn der eigene Bruder so ein untrügliches Gespür dafür hat, wie er einen in Angstsituationen aufheitert. Für so viel Liebe gibt es das Mittelfinger-Emoji von der großen Schwester.

»Mach mal ein Foto!«

»Mach du doch!«

»Du bist so feige! Er sieht doch nicht her!«

»Oh mein Gott, oh mein Gott, er ist so heiß, ich sterbe!«

Ich konnte die kichernden, plappernden Mädchen hinter mir bis jetzt eigentlich ganz gut ignorieren, aber jetzt hebe ich aufmerksam den Kopf.

»Das ist der schärfste Typ, den ich jemals gesehen habe!«

Wieso habe ich plötzlich das Gefühl, dass Pascal hier ist? Oder Chris Hemsworth?

Ich drehe mich um, spähe zwischen den Köpfen der Mädchen hindurch und folge ihren glühenden Blicken. Eigentlich dachte ich, er wäre gerade reingekommen, aber der Typ in dem dunkelblauen Hoodie, den sie anschmachten, sitzt schon in der hintersten Ecke, seit ich reingekommen bin.

Er hat die Kapuze auf dem Kopf, neigt das Gesicht nach unten und blickt stur auf sein Smartphone. Als er den Blick doch kurz hebt, um sich am Kinn zu kratzen, quieken die Mädchen auf und schießen ihr Foto.

Sie sind höchstens sechzehn. Pascal ist viel zu alt für sie, aber ich muss zugeben, dass er in diesem saloppen Look jünger aussieht. Überhaupt nicht wie ein Lehrer. Eher wie ein hübscher Ghetto-Junge, der sich vor der Welt versteckt, weil er keinen Bock auf sie hat.

Ich kann mir vorstellen, aus wessen Kleiderschrank er sich das Outfit geliehen hat. Das ist sonst garantiert nicht Pascals Stil. Der Hoodie gehört nicht ihm, sondern jemandem, der wirklich mal ein Straßenköter war.

Ich stehe auf, laufe ein Stück, bleibe neben dem Inkognito-Franzosen stehen und tippe ihm vorsichtig auf die Schulter. Ich will ihn nicht erschrecken. Er hat kleine weiße Headphones in den Ohren, um sich komplett abzuschotten.

Als er zu mir aufsieht, strahlen mich die blauesten Iriden der Welt an.

Gott, ich vergesse jedes Mal, wie verdammt perfekt Pascals Gesicht ist. Selbst wenn es im Schatten einer Kapuze liegt, sind seine Züge so makellos, dass er beinahe unwirklich aussieht.

Ich schmunzle ihn an und signalisiere ihm, dass er die Kopfhörer rausnehmen soll, während ich mich neben ihn setze. Dass er nicht höflich genug ist, um das automatisch zu machen, ist mal wieder typisch. Genau so hat er sich auch von mir verabschiedet – beschissen arrogant und abweisend. Und diesen Typen wollte ich tatsächlich unbedingt wiedersehen? Was läuft nur falsch bei mir?

Ich verfinstere den Blick, als Pascal einfach nur den Kopf schüttelt, ohne die Knöpfe aus den Ohren zu nehmen oder das Handy wegzulegen.

»Sag mal, nimmst du mich mit, um mich anzuschweigen und auszublenden? Wie dämlich ist das denn?«

»Ich blende dich nicht aus und ich schweige dich nicht an«, versichert er und funkelt ebenso finster wie ich. »Ich höre dich, da läuft keine Musik. Ich will nur … in Ruhe gelassen werden.«

Ich blinzle irritiert, sehe auf sein Handy und bemerke, dass sein Display schwarz ist.

Starrst du echt nur nach unten und schottest dich ab, weil du den Paranoia-Modus anhast?

Mann, der Mann hat noch immer Probleme!

»Ich hätte dich beinahe nicht erkannt. Vor wem versteckst du dich denn bitte? Vor mir? Total bescheuert«, sage ich, lehne mich neben ihm in die Plastik-Sitzschale und ziehe vorwurfsvoll eine Braue nach oben, weil ich hoffe, dass er dadurch merkt, dass er sich wieder mal seltsam verhält.

Manchmal reflektiert er schnell, ich hoffe, das ist gerade so ein Moment, in dem er gleich versteht, dass er ein Idiot ist.

»Ich verstecke mich nicht vor dir! Aber die Mädchen dort drüben schießen gerade das dritte Foto von mir, und das, obwohl ich schon zweimal den Sitzplatz gewechselt habe. Entschuldige, wenn ich das als unangenehm empfinde, aber ich will nicht in der WhatsApp-Gruppe oder im Instagram-Profil irgendwelcher Teenager landen. Ich hatte letzte Woche erst das Vergnügen, einem besorgten Vater zu erklären, warum das Handy seiner Tochter voller verschwommener Fotos ihres Französischlehrers ist. Das ist meine Privatsphäre, in die eingedrungen wird! Und trotzdem bin ich derjenige, der sich erklären muss und am Ende den Ruf weghat, dass er irgendwelchen Minderjährigen den Kopf verdreht. Ich hasse das. Ich will das nicht. Und am Ende muss ich wieder so streng und distanziert unterrichten, dass die Schüler Angst vor mir haben und sich in meinem Unterricht unwohl fühlen. Ich kann also nett sein, mich fotografieren lassen und mich ständig dafür vor Eltern und Kollegen rechtfertigen oder wie ein Militärausbilder unterrichten, den die Schüler nicht mögen. Großartig. Ich liebe mein Leben …«

Pascal verstummt nach der langen Rede und funkelt das Smartphone in seiner Hand an. Die vorwurfsvollen Blicke gelten aber nicht dem Handy, sondern höchstwahrscheinlich dem Spiegelbild, das er im schwarzen Display sieht.

Ich muss schmunzeln. Kein amüsiertes Schmunzeln – oder doch, ein bisschen. Irgendwie ist es schon witzig, dass er all diese Probleme hat, weil er einfach zu gut aussieht. Andererseits merkt man auch, dass das Unbehagen, das er ausstrahlt, so tief sitzt und ihm so wehtut, dass die Situation jeden Witz verliert.

Klar, angeschmachtet zu werden ist toll, aber es gibt wohl persönliche Grenzen, die er durch viel Vorgeschichte und seinen Beruf schneller erreicht als andere.

Ich neige den Kopf, mustere den Mann, der sich in die letzte Ecke des kleinen Raums zurückgezogen hat und so krampfhaft versucht, einer Situation zu entgehen, die ihm in der Vergangenheit schon ziemlich zugesetzt hat.

Zum Glück ist Pascal noch sauer auf sich selbst und sieht mich nicht an. Er würde Mitleid in meinen Augen funkeln sehen. Und etwas, das er noch mehr hasst, aber ich kann nicht abstellen, dass ich ihn plötzlich nicht mehr beschissen arrogant und abweisend finde, sondern ihn seltsamerweise verstehe.

Er badet gerade so tief in seinem Unwohlsein, sieht dabei furchtbar finster aus, aber seine Paranoia triggert mich zum ersten Mal nicht. Sicher, er könnte sich am Riemen reißen und die Situation selbst regeln, aber ich denke, dafür ist ihm einfach schon zu viel Mist passiert. Mist, der für Außenstehende erst mal nach lächerlichen Ego-Problemen aussieht. Aber in Pascals Haut fühlt sich das alles ganz anders an, schlimmer, größer, auswegloser. Das will ich nicht.

Als ich auf meine Oberschenkel klatsche und aufstehe, sieht er überrascht zu mir hoch.

»Was machst du?«

Ich beantworte seine irritiert klingende Frage nicht, drehe mich nur um und marschiere auf die Mädchen zu, die das Kichern umgehend einstellen, als ich vor ihnen stehen bleibe und die Hand ausstrecke.

»Her mit dem Telefon«, brumme ich und wackle mit den Fingern vor der Nase des Mädchens, das Paparazzo spielen für cool hält.

»Ich … ähm … habe gar nichts …«

»Du hast meinen Freund gar nicht fotografiert? Echt? Gib mal her!«

Als ich ihr das Telefon aus der Hand nehme, überlegt sie kurz, ob sie mich anzicken will. Sie entscheidet sich aber dagegen, macht sich stattdessen klein und versucht, unschuldig auszusehen. Gute Wahl. Wenn sie denkt, dass mir bockige, fauchende Teenager Angst machen, liegt sie falsch. Als Kevin fünfzehn war, hat er ein ganzes Jahr lang nur schreiend oder maulend sarkastisch mit mir kommuniziert. Hat mir auch nichts ausgemacht, ich habe ein dickes Fell und mir außerdem einen sehr Mama-artigen, strengen Blick angewöhnt, der Pubertierende schlucken lässt.

»Ich wollte echt nur die Flugzeuge fotografieren …«, höre ich eine Stimme piepsen, während ich durch ihre Fotos scrolle und die von Pascal lösche.

Flugzeug – sicher. Ich sehe nur einen sich am Kinn kratzenden blauäugigen Franzosen, dessen hübsches Gesicht etwas verpixelt ist, weil sie so nah rangezoomt hat.

»Schon mal überlegt, wie du dich fühlen würdest, wenn irgendein Typ und seine Freunde Fotos von dir schießen? Wenn ihr noch einmal das Handy auf ihn richtet, werde ich richtig, richtig sauer. Verstanden?«

Sie nicken und ich gebe dem Mädchen sein Handy zurück. Pascals Schätzung, sie hätte drei Fotos von ihm gemacht, kommt nicht ganz hin. Es waren wohl eher dreißig. Auf den letzten sitze ich vorwurfsvoll funkelnd neben ihm. Das tut mir jetzt leid. Ich weiß nicht, warum ich ihm immer so schnell unterstelle, dass er einfach grundlos ein Idiot ist. Normalerweise höre ich erst zu und mache mir dann ein Bild. Bei Pascal ist es eher so, als würde ich nach Beweisen suchen, dass er einfach ein Arschloch ist. Schräg. Wollen wir mal lieber nicht überanalysieren.

Die Mädchen stehen auf und verziehen sich in die gegenüberliegende Ecke des Raums, um gebührend echauffiert über die böse, irre Rothaarige zu diskutieren, die sie gerade angeschnauzt hat. Jetzt halten sie mich für einen Drachen, aber das hält sie garantiert davon ab, Pascal weiter auf die Pelle zu rücken.

Als ich wieder auf ihn zukomme, starren mich die blauen Augen an, als hätte ich gerade etwas Übernatürliches abgezogen.

»Was hast du gesagt?«, will er wissen und weicht erst mal instinktiv zurück, als ich ihm die Kapuze vom Kopf streife.

Das Ding muss weg. Der Ghetto-Engel steht ihm nicht so gut wie der blonde Eisprinz, der ganz offensichtlich beim Friseur war. Pascals Haare sind an den Seiten viel kürzer. Die moderne Frise lässt ihn noch besser aussehen – das mit der Kapuze war eine gute Entscheidung, die Mädchen hätten hyperventiliert.

Jetzt ist aber der rote Drache da, der im Übrigen daran gehindert wird, mit den Fingern durch die neue Frisur des Eisprinzen zu fahren. Er hält meinen Unterarm fest und drückt mich zurück auf meinen Platz.

»Was wird das?! Hör auf, mich am Kopf zu streicheln. Wie merkwürdig ist das denn?! Setz dich hin!«

»Charmant und liebebedürftig wie immer«, sage ich grinsend und sehe ihn streng auf den Boden blicken.

»Entschuldige. Aber …«

»War nur ein Scherz. Du musst dich nicht entschuldigen. Viele Männer mögen es nicht, wenn man ihnen durch die Haare rubbelt, vor allem wenn sie gerade beim Friseur waren. Ist absolut okay.«

Manchmal habe ich das Gefühl, man muss ihm erklären, wann er überreagiert und wann nicht.

Pascal nickt. Er scheint tatsächlich dankbar für das Feedback zu seiner Reaktion.

Du hast es verdammt schwer mit diesem ganzen Nähe-Thema, oder?

»Was hast du jetzt zu den Mädchen gesagt?«, will er wissen und späht kurz zu ihnen rüber. Sie sitzen mit den Rücken zu uns, tuscheln, drehen sich aber nicht mehr um.

»Ach, nur dass ich sie durchs Fenster werfe, wenn sie dich noch mal fotografieren, und dass du sowieso widerlich alt für sie bist und nur durch den Pullover so jung aussiehst.«

»Das ist ein Scherz, oder?«, brummt er, mustert mich aber vorwurfsvoll abschätzend.

»Dass ich ihnen Körperverletzung angedroht habe? Ja. Aber dass du ihr Vater sein könntest, habe ich ihnen schon verklickert. Guck mal, ich glaube, eines der Mädchen übergibt sich gerade.«

Pascal überdreht die Augen und beginnt, sich mit geschlossenen Augen den Nasenrücken zu reiben. »Als würde Remo plötzlich von einer Frau synchronisiert werden …«, murmelt er vor sich hin, seufzt noch einmal und nimmt die Hand dann runter.

Als er zu mir rüberblickt, klingt seine Stimme nicht mehr gestelzt genervt.

»Was du auch gesagt hast, danke.«

Ich nicke, da ich keine große Sache daraus machen will. Hauptsache, er brennt hier nicht mehr in einer Art von Unbehagen, die schwer nachvollziehbar und trotzdem schmerzhaft für ihn ist.

»Die Frisur steht dir. Extra für die Hochzeit?«

Ein wenig Small Talk tut jetzt gut. Pascal kann die Panik ziehen lassen und ich kann mich von der Tatsache ablenken, dass ich Bammel vor den fliegenden Blechbüchsen da draußen habe.

»Mehr oder weniger. Es war sowieso mal Zeit für einen Haarschnitt.«

»Ist dein Friseur ein Mann?«

Er zieht skeptisch eine Braue nach oben. »Ja, wieso?«

Ich unterdrücke das Schmunzeln, meine Mundwinkel zucken trotzdem.

Weil es irgendwie naheliegt, dass du keiner Frau mit einer Schere in der Hand traust.

»Nur so. Danke, dass du mich mitnimmst.«

Pascal zuckt mit den Schultern. Ich warte auf die Erklärung, auf die ich so neugierig bin, dass ich mich dazu anhalten muss, nicht ungeduldig auf dem Plastiksitz herumzurutschen, aber da kommt nichts mehr. Er schweigt. Herrlich. Ein Hoch auf die kryptischen Männer in meinem Leben, deren Beweggründe ich nicht verstehe.

»Ist das eine Familienhochzeit oder heiraten Freunde von dir?«, will ich wissen und sehe ihn endlich sein Handy wegstecken.

»Freunde. Meine Familie ist nicht so groß. Und nicht so italienisch. Das wird ein ziemlich lautes, großes, buntes Fest.«

Das klingt nach vielen Gästen und Märchenhochzeit. Mir gefällt so was. Dass Pascal so warm vor sich hin schmunzelt, wundert mich aber. Laute, überfüllte Feierlichkeiten machen ihm also Spaß – hätte ich nicht gedacht. Andererseits hat er auch gern viele quirlige Kinder um sich. Ich vergesse manchmal, dass er eine sehr ausgeprägte soziale Ader haben muss, weil ihm sein Job so viel bedeutet.

»Bist du Trauzeuge?«, frage ich, weil ich glaube, einen Hauch positive Nervosität zwischen seinen Vorfreude-Vibes zu erhaschen.

»Ich? Nein. Remo und David sind die Trauzeugen von Andrea.«

Okay, Andrea ist wohl die Braut mit dem männlichen Freundeskreis. Trägt sie einen Anzug oder sehe ich zwei weiße Kleider? So was fragt man nicht, oder? In meinem Kopf drängt sich aber sowieso gerade etwas anderes in den Vordergrund.

»Remo kommt auch? Fliegt er mit uns?«, will ich wissen und sehe mich noch mal um, für den Fall, dass ich den echten Ghetto-Engel übersehen habe, während ich mich auf den falschen konzentriert habe. Er würde aber wohl neben Pascal sitzen, wäre er hier, schließlich sind sie beste Freunde.

Dass Herr Favre mich mit einem Mal so vorwurfsvoll mustert und die Lippen verzieht, gefällt mir nicht.

»Du sagst seinen Namen ja begeistert. Das erzähle ich Melanie, sobald wir angekommen sind.«

Er neigt den Kopf hoheitsvoll zur Seite.

Ähm, hallo?! Was bist du denn für eine Petze?! Außerdem: Blödsinn!

»Was?! Ich sage gar nichts begeistert! Und du erzählst den Schwachsinn sicher nicht seiner Freundin! Die hasst mich doch, wenn du ihr so einen Scheiß erzählst!«

»Na dann solltest du vielleicht nicht mehr mit dem Kopf in seinen Schoß fallen, wenn er dich nach Hause fährt«, entgegnet Pascal.

Gott, Remo hat den blöden Witz tatsächlich gemacht! Das glaubt Pascal jetzt aber nicht wirklich, oder?!

»Du weißt schon, dass dein Freund einen sehr eigenwilligen Humor hat? Im Auto war gar nichts, er wollte dich nur …« Ich beiße mir auf die Lippen. Zum Glück früh genug, hätte ich nämlich ›eifersüchtig machen‹ gesagt, wäre ich rot angelaufen. »Er wollte dich nur aufziehen.«

»Ach echt? Gut, dass du mir das sagst, ich kann Remo nämlich überhaupt nicht einschätzen. Nach zehn Jahren Freundschaft ist der plappernde Italiener für mich noch immer ein Rätsel.«

Jaja, schon gut. Pascal nimmt mich auf den Arm. Dass er so ungezwungen vor sich hin verarscht, ist mir neu. Das liegt wohl an der Umgebung. Wir sind nicht mehr an seiner Schule und er kann einen Teil seiner Ängste stumm schalten.

»Remo glaubt, er kann mir die Sticheleien, mit denen Melanie und ich ihn manchmal triezen, zurückzahlen. Aber …«

»Aber das ist etwas vollkommen anderes«, vervollständige ich seinen Satz, weil er zu lange damit braucht, ich aber sowieso weiß, was er sagen will.

Pascal nickt. »Ja, es ist etwas anderes. Remo und Melanie lieben sich. So bedingungslos und sehr, dass sie wissen, dass niemals jemand zwischen sie kommen könnte. Wenn ich ihn damit auf den Arm nehme, dass Melanie mich auch mal rangelassen hat, trifft ihn das nicht wirklich, weil er weiß, dass sie nur ihn liebt. Dieses Eifersuchtsgetue ist nur sein anstrengender Humor. Man gewöhnt sich daran.«

Ohhh, ich weiß nicht, ob Remo ganz und gar nie eifersüchtig auf die Beziehung zwischen seiner Freundin und Pascal war. Das hat sich während unserer Autofahrt damals etwas anders angehört. Ich denke, es hat schon einen Zeitpunkt gegeben, in dem Remo ein klein wenig Bammel hatte, seine Traumfrau an seinen besten Freund zu verlieren, ganz kurz, als sie dieses Dreiecksding laufen hatten. Deshalb erzählt er jetzt auch Schwachsinn darüber, dass ich in seinen Schoß gefallen bin.

Dass er Pascal damit nicht eifersüchtig machen kann, hat er aber wohl noch immer nicht geschnallt. Ich mache heftigere Sachen mit anderen Männern, als aus Versehen beim Fahren auf sie zu fallen. Pascal weiß das. Ich weiß das. Es wird nie dasselbe sein wie zwischen Remo und Melanie.

Ich bin gespannt auf die Frau, die so einen Hauptgewinn wie den Ghetto-Engel abgeräumt hat und auch noch den Eisprinzen dazu bringen konnte, ihr zu vertrauen. Ein wenig nervös macht mich das Aufeinandertreffen aber auch. Hoffentlich ist sie nicht sauer, weil ihr Freund mich nach Hause gefahren hat. Keine Ahnung, ob sie eifersüchtig ist oder nicht. Sie kennt mich nicht. Ich könnte ein Flittchen sein, dem es Spaß macht, vergebene Männer zu erobern. Es gibt solche Schreckschrauben. Hoffentlich hält sie mich nicht für so jemanden!

»Die beiden fliegen übrigens von Wien nach Verona. Melanie lebt und arbeitet dort, Remo ist schon gestern zu ihr geflogen.«

Dass die beiden eine Fernbeziehung führen, ist mir nicht neu. Deshalb hängen sie auch ständig am Telefon. Umso verzwickter ist die Sache mit der Eifersucht. Wenn jemand so weit weg lebt und sie sich selten sehen, wird man bestimmt dünnhäutiger, was das Thema betrifft.

Bitte töte mich nicht, Ghetto-Engel-Mädchen! Ich bin ein ganz liebes Flittchen, kein böses!

»Boarding.«

»Was?«

Ich reagiere erschrocken beleidigt, weil ich kurz denke, Pascal hätte ›boring‹ gesagt und mir auf Englisch zu verstehen gegeben, dass er mich gerade total langweilig findet, aber als er aufsteht, verstehe ich, was er gesagt hat.

Boarding. Genau. Da war ja noch die Sache mit dem Flugzeug …

READY TO TAKE OFF

Ich hänge mich an Pascals Fersen und versuche, meine Nervosität hinunterzuschlucken. Er fliegt ganz offensichtlich nicht zum ersten Mal, zumal er sich so zielsicher und entspannt bewegt, als wäre das hier nichts anderes als eine kurze Busfahrt. Dass der Bus fliegt, macht ihm nichts aus – mir schon.

Auf dem metallenen, klackernden Boden der Schleuse fühle ich mich ähnlich unwohl wie ein ängstlicher Hund auf einer Hängebrücke. Ich klebe so dicht an Pascal, dass er sich im Flugzeugflur suchend nach mir umdreht, weil ich an ihm hefte wie ein Pflaster.

»Möchtest du am Fenster sitzen?« Er zeigt auf die beiden Sitze, die offenbar uns gehören.

Möchte ich zum Fenster? Keine Ahnung, kann man da rausspringen, wenn der Flieger Feuer fängt? Oder kann ich nur mein Gesicht an die Scheibe drücken und eine letzte dämliche Grimasse zum Besten geben, bevor ich in Flammen aufgehe?

Ich setze mich nach innen, einfach um nicht weiter nervös zappelnd im Flur zu stehen. Pascal verstaut seine lederne Umhängetasche in einem der oberen Fächer und entblößt beim Strecken kurz seine Hüftknochen, die meine Fantasie ankurbeln, indem sie Erinnerungen an diesen heißen, perfekten Körper im nackten Zustand wecken.

Meine Libido lenkt mich genau zehn Sekunden ab, dann wird mir wieder bewusst, dass ich in einer Blechbüchse eingesperrt bin, die gleich losfliegt. Wie furchtbar unnatürlich. Hilfe.

»Wieso hast du eigentlich kein Handgepäck dabei?«, höre ich ihn fragen und versuche, meine Stimme möglichst entspannt klingen zu lassen.

»Handy und Geldbörse kann ich auch in die Jeanstaschen stecken. Mehr brauche ich nicht.«

Der eigentliche Grund, warum ich kein Handgepäck dabeihabe, ist, dass ich Angst hatte, meine Handtasche würde als Bio-Waffe konfisziert werden. Darin sind schon so viele TicTacs und Mentos seit Ewigkeiten verschollen, dass ich sie unmöglich alle hätte rauspicken können. Ein paar davon leben mittlerweile in dem suspekten Zwischenraum, der sich zwischen Stoffbeutel und Kunstleder aufgetan hat. Vielleicht sollte ich mir von Vincents Geld eine neue Handtasche gönnen.

Ich versuche mich darauf zu konzentrieren, wie unglaublich ich mich nach wie vor auf diese Reise freue. Das Fliegen ist mir unangenehmer, als ich erwartet hatte, aber der Rest wird hoffentlich so großartig wie vermutet.

Italien erleben, Verona besichtigen, auf eine riesen Hochzeitssause gehen, und zwar mit dem Mann, der daran Schuld hat, dass die Stewardess sich gerade volles Karacho auf die Nase legt. Ich schwöre, sie stolpert nicht, sie fällt einfach flach auf den Boden und liegt dann dort wie eine Flunder mit Hütchen. Und das, weil sie, anstatt darauf zu achten, ob noch Gepäck im Gang steht, Pascals Gesicht angestarrt hat.

Einer der Fluggäste hilft ihr auf, während der Franzose neben mir nur irritiert aussieht, da er nicht mitbekommen hat, dass er für den Crash der Stewardess indirekt verantwortlich war. Zum Glück, das wäre ihm nur wieder unangenehm.

Die Frau im schicken dunkelblauen Kostüm hat sich nicht verletzt, sie stöckelt peinlich berührt nach hinten und verschwindet dann hinter einem Vorhang.

Die Show-Einlage tut gut und bringt mich zum Schmunzeln. Sonst passieren solche Dinge nur mir. Ich bin aber mittlerweile immun gegen die geballte Schönheit, die neben mir sitzt. Obwohl, immun ist das falsche Wort. Ich bekomme keine kleinen Schlaganfälle mehr, wenn Pascal mich ansieht. Und ich labere ihn nicht mehr über die Kardashians voll, weil ich vor lauter Nervosität Sprechdurchfall bekomme, sobald ich bei ihm bin.

Gott, diese erste Buchung war das pure Chaos. Dass er mich mal für ein ganzes Wochenende buchen würde, hätte ich niemals gedacht. Und trotzdem sind wir jetzt hier. Das Leben ist manchmal merkwürdig …

Als die schönen Klavierspielerfinger nach der Broschüre in der Sitzablage greifen, platzt meine Reflexion-Gedanken-Blase. Warum genau liest Pascal die Sicherheitsbroschüre? Muss man das?! Stirbt man sonst?!

Ich tue es ihm gleich, weil er Ahnung vom Fliegen hat und ich nicht. Was immer Pascal tut, ich werde es auch machen. Selbst wenn er die Stewardess vögelt, stimme ich ein. Die Frau weiß, wo der gute Sauerstoff gebunkert ist, und die, die sie zum Stöhnen gebracht haben, bekommen ihn garantiert als Erste.

Ich sehe mir Bilder an, die zeigen, wie man den Gurt richtig anlegt und wie man bei einem Unfall die richtige Haltung einnimmt. Schutzhaltung – sicher, als ob es irgendetwas bringen würde, wenn man den Kopf zwischen die Knie klemmt, während man ungebremst in den Boden donnert und fünfhundert Tonnen Blech und Stahl über einem zusammenkrachen. Hat schon mal jemand einen Flugzeugabsturz überlebt, nur weil er den Kopf zwischen den Beinen hatte?

»Wieso liest du denn die Broschüre?«, höre ich Pascal fragen. »Steht doch immer dasselbe drin.«

Mir fällt auf, dass er mich ziemlich irritiert mustert.

Du hast mit dem Lesen angefangen!

»Na ja … machst du doch auch.«

Er zieht eine Braue hoch. »Ja, weil ich nach witzigen Fehlern in der französischen Übersetzung suche. Ist so ein Spleen. Wonach suchst du?«

Nach Überlebenstipps, die mir verraten, wo ich meinen Kopf hinstecken muss.

»Ich sehe mir gern die Fotos und Schriften an. Grafiker-Spleen.«

Pascal nickt. Ich bin froh, dass mir dieser Schwachsinn eingefallen ist. Es interessiert mich überhaupt nicht, warum sie sich für lächerliches Comic Sans entschieden haben, aber ich will mich auf keinen Fall vor Pascal als nervöses Wrack outen.

Ich möchte diese Reise so cool und entspannt beginnen wie er. Die Vorfreude genießen, das Fernweh zulassen, das sich ein Leben lang in mir aufgestaut hat, und gelassen und sexy dabei aussehen, schließlich hat er mich mitgenommen, um sich an mir …

»Oh mein Gott, wieso rollen wir in die falsche Richtung?!«

Scheiß auf sexy! Als sich das Flugzeug plötzlich rückwärts bewegt, steigt Panik in mir hoch, weil mein Magen nicht mit dieser Nach-hinten-Bewegung gerechnet hat. Hat der Pilot vergessen, die Handbremse anzuziehen?

»Push back – die schieben das Flugzeug nur in Richtung Startbahn. Hast du Flugangst?«

»Flugangst? Nein. Ich hoffe, das Ding fliegt! Fallen wäre scheiße! Gibt es so was wie Fallangst?«

Pascal lacht, was schön klingt, weil er das nicht oft tut, aber ich kann den Moment gerade nicht würdigen. Mein nervöser Blick schweift aus dem kleinen Fenster. Ich sehe nur Asphalt und den Teil eines Flügels.

Als wir stehen bleiben, drehe ich den Kopf langsam wieder zum schönsten Mann der Welt. Der Gefühlsausbruch ist mir unangenehm, aber ich kann nichts mehr dagegen tun.

»Du fliegst zum ersten Mal, oder? Wieso hast du das nicht gesagt?«, fragt er. Seine Stimme klingt angenehm tief und rau, da liegt noch immer der Ansatz eines Schmunzelns auf den perfekten Lippen.

»Selber Grund wie damals bei unserem ersten Treffen. Niemand arbeitet gern mit Amateuren. Aber du bekommst sie wohl immer ab«, scherze ich in einem seltsamen Tonfall, weil ich keine Ruhe in meine Gedanken bringen kann, solange ich darauf warte, dass es losgeht.

»Fliegen ist nicht schlimm. Ich war wohl ein komplizierteres erstes Mal für dich als das hier. Hör auf, die Luft anzuhalten. Ganz entspannt atmen. Es passiert nichts Schlimmes. Versprochen.«

Ich tue, was Pascal sagt, da er es so besonnen und eindringlich klingen lässt. Wie damals, als ich unter der Dusche Panik geschoben habe.

Ich hatte vergessen, wie viel Ruhe dieser komplizierte Mann ausstrahlen kann, der zwar selbst so leicht in Panik verfällt, wenn ihn seine Ängste heimsuchen, aber in allen anderen Aspekten des Lebens absolut geerdet wirkt.

»Gut so. Und jetzt lass meinen Arm los. Sofort! Ich krieg ja noch blaue Flecken! Wie können so schmale, dünne Finger so zupacken?!«

Pascals spontaner Arschloch-Anfall wird größtenteils ignoriert. Klar, ich habe mich an seinem Unterarm festgekrallt, aber ich will nicht loslassen. Ich brauche irgendetwas, um mich festzuhalten, und sein Unterarm lag da einfach so auf der Lehne rum!

Da die Haut der Eisprinzessin aber scheinbar so empfindlich ist, kralle ich die Finger eben in seinen Pullover.

Pascal verzieht den Mund. Wenn jetzt ein blöder, arroganter Spruch von wegen ›Du zerknitterst meinen Pulli‹ kommt, revidiere ich sämtliche Urteile über ihn, in denen ich zu dem Schluss gekommen bin, dass er kein Idiot ist.

»Hör auf, an meinem Pullover zu ziehen.«

Ich will schon funkeln, aber er lässt plötzlich die Lehne los und dreht den Arm um.

»Du kannst meine Hand haben. Hier.«

Die langen, schmalen Klavierspielerfinger zucken einladend. Er sieht mich auffordernd an und nickt mir dann schwach zu, wahrscheinlich weil ich ihn anstarre, als ob ich abschätzen müsste, ob das hier ein gemeiner Scherz ist oder nicht.

Pascal zieht die Hand nicht weg. Er lässt mich meine Finger zwischen seine schieben und greift dann angenehm fest zu.

»Das Starten kribbelt etwas, aber das geht schnell vorbei. Ganz ruhig bleiben, dann macht es Spaß.«

»Du klingst wie der Typ, der mich entjungfert hat«, scherze ich unpassend vor mich hin, weil mein Humor keinen Filter hat, sobald ich nervös bin.

»Und hatte er recht?«, fragt Pascal nach, der mich offensichtlich von meiner Angst ablenken will und dafür sogar auf eines meiner Schwachsinnsgespräche einsteigt. Ich weiß das wirklich zu schätzen, auch wenn ich es gerade nicht zeigen kann.

»Nein. Es war merkwürdig und bevor es aufhören konnte, wehzutun, war es vorbei. Das mit dem Spaß war gelogen.«

Ich zucke kurz zusammen, weil sich der Flieger in Bewegung setzt.

»Ich lüge dich nicht an. Versprochen.«

Pascal klingt so ehrlich, dass ich ihm wirklich glauben will, aber ich kann die Anspannung nicht ziehen lassen. Ich muss weiterlabern.

»Wie war es bei dir?«, frage ich und klinge so verkrampft, als müsste ich gerade ein Kind zur Welt bringen.

»Ich fliege schon, seit ich zwei war. Es hat mir also nie Angst gemacht«, entgegnet er, sieht schmunzelnd zu mir rüber und seufzt dann, weil er natürlich weiß, dass ich ihn nicht nach seiner ersten Flugreise gefragt habe. Ich will wissen, wie er entjungfert wurde. »Ich war achtzehn und habe es nur gemacht, weil die anderen aus der Musikschule mich damit aufgezogen haben, dass ich noch Jungfrau war. Ich wollte im Sommer vor der Uni eigentlich nur Klavier spielen und in möglichst vielen Konzerthallen auftreten. Wir waren eine ganze Gruppe Jugendliche, die regelmäßig in verschiedenen Ländern spielen durften, weil wir einen sehr guten, engagierten Lehrer hatten. Dass die anderen sich ständig über mich lustig gemacht haben, ist mir auf die Nerven gegangen. Die Mädchen waren schlimmer als die Jungs. Alle dachten, ich wäre schwul oder asexuell, aber ich hatte als Teenager eine seltsame sexuelle Erfahrung gemacht und wollte von dem Thema lange nichts wissen. Das wusste natürlich niemand. Es geht auch niemanden etwas an.«

Dass das Flugzeug abhebt, nehme ich zwar ziemlich deutlich wahr, aber mein Verstand ist zu sehr damit beschäftigt, Pascals Geschichte zu verarbeiten, und kann nichts anderes empfinden als Neugier und Verblüffung über seine Offenheit. Anstatt aus dem Fenster zu sehen, starre ich ihn an und lausche ihm.

»Eines der Mädchen aus unserer Gruppe kam am Abend vor einem wichtigen Wettbewerb, bei dem viel auf dem Spiel stand, in mein Hotelzimmer und meinte, ich solle endlich allen beweisen, dass ich nicht schwul bin und mit ihr schlafen.«

Pascal zuckt unbeeindruckt mit den Schultern und macht eine dramatische Pause, die mich beinahe in den Wahnsinn treibt.

»Hast du?«

»Sie hat sich ausgezogen und ich fand sie attraktiv. Ja. Ich habe mit ihr geschlafen. Die ganze Nacht lang, immer wieder. Es hat mir überraschend viel Spaß gemacht. Ich war verblüfft, wie gut wir zusammenpassen, weil ich sie eigentlich nicht sonderlich mochte. Ich dachte, wir könnten zusammen sein, bis sie mich dann am nächsten Morgen daran erinnert hat, warum ich sie nie leiden konnte.«

Ich sehe ihn so erwartungsvoll an, dass er meine auffordernden Blicke regelrecht spüren muss. Als er endlich weitererzählt, klingt er ziemlich unbeeindruckt von seiner eigenen Vergangenheit, obwohl er so spannende Dinge erzählt.

»Sie hat darauf bestanden, dass ich beim Wettbewerb absichtlich patze, um sie gewinnen zu lassen, weil ich ihr das schuldig wäre, schließlich hätte sie mich die ganze Nacht lang alles mit sich machen lassen. Wenn ich das nicht tun würde, wäre ich ein Arschloch.«

Pascal schweigt wieder und sieht so aus, als würde er etwas müde durch den Sitz vor sich in seine Vergangenheit blicken.

»Und hast du sie gewinnen lassen?«

Er dreht den Kopf zu mir und schmunzelt schief. Jetzt wirkt er wieder wacher. »Oh nein, wo denkst du hin? Ich bin ein Arschloch. Eines, das ein Musikstipendium bei einem Wettbewerb gewonnen hat.«

Ich muss über seinen Spruch grinsen. Im nächsten Moment hoffe ich, dass er weiß, dass er kein Arschloch ist und von dem Mädchen schlichtweg erpresst und ausgenutzt wurde. Als ob er ihr schulden würde, etwas zu verlieren, an dem sein Herz hängt, nur weil sie vor ihm die Klamotten runterreißt und ›Fick mich‹ haucht.

»Sie hat mich nach dem Wettbewerb mindestens zehn Mal geohrfeigt und behauptet, ich hätte sie nur ausgenutzt. Inwiefern ich jemanden ausnutzen konnte, der viel besser wusste, was er tut, als ich und mich insgeheim nur sabotieren wollte, weiß ich bis heute nicht, aber ich habe die Sache mit dem Sex erst mal auf Eis gelegt und erst später an der Uni wieder für mich entdeckt.«

»Oh mein Gott, ist das alles wahr oder hast du mir das gerade nur erzählt, um mich abzulenken?«, frage ich, weil das Ganze auch problemlos einer dieser etwas düsteren, melancholischen Jugendfilmen aus den späten 90ern sein könnte. Bevor alles so politisch korrekt und geschönt sein musste, dass man dabei einschläft.

Mein erstes Mal war nass, seltsam, und nachdem ich mir gedacht hatte: ›Okay, Sex ist schräg‹, ging mein langweiliges Leben weiter – Pascal war aber anscheinend in einem Jugendbuch-Plot gefangen. Wen muss ich mit Geld bewerfen, um dieses Buch zu kaufen?

Pascal neigt den Kopf und zuckt mit den Schultern. »Ich sagte doch, ich lüge nicht. Oder war es schlimm?«

Sein auffordernder Blick lässt mich meinen zum Fenster richten. Der Ausblick ist der pure Wahnsinn. Blauer Himmel, so weit das Auge reicht, unter uns ein Meer aus Wolken.

Das kribbelnde Gefühl im Magen ist verschwunden. Was bleibt, sind nur die wirbelnden Gedanken über Pascals Geschichte.

Mir war klar, dass er ein komplizierter Mensch ist, und die haben immer spannende Geschichten zu erzählen. Dass er sie mit mir geteilt hat, um mir die Angst vor dem Fliegen zu nehmen, ist nicht nur nett, sondern verblüffend. Privates zu erzählen ist ihm eigentlich zuwider. Mir wird bewusst, wie viel Potenzial für Besonderheiten dieses Wochenende wirklich birgt.

»Danke«, hauche ich und kann nicht verhindern, etwas erschöpft zu klingen, weil diese innerliche Anspannung anstrengend war. Sie jetzt loszulassen, ist aber umso schöner.

Pascal bleibt reaktionslos.

»Sag mal …« Ich setze vorsichtig an, weil das, was ich gleich fragen werde, eventuell noch tiefer in seine Intimsphäre eindringt als meine Frage nach seinem ersten Mal. Er hat aber selbst davon angefangen. Also darf ich wohl neugierig sein. »Diese Sache mit der schlechten Erfahrung, als du ein Teenager warst, von der du gesprochen hast …«

Er mustert mich ohne Regung in der Miene. »Ja. Hatte ich nicht gesagt, das geht niemanden etwas an? Was willst du noch dazu hören? Soll ich dir ein Gesprächsprotokoll von dem Vorfall anfertigen? Und gib mir meine Hand wieder. Du schwitzt!«

Uuund weg ist seine Hand. Und der beruhigende Tonfall. Und die offenherzige Ausstrahlung.

Großartig, jetzt habe ich den zugänglichen Pascal verschreckt. Übrig bleibt der Eisprinz, der gerade mit angewidertem Gesicht seine Hand mustert und sie dann an seiner Hose abwischt.

Sicher, als hätte ich dich so nass geschwitzt. Überhaupt nicht übertrieben.

Er wischt gar keine Feuchtigkeit weg, wohl vielmehr den Ekel vor der Erkenntnis, wie offen er gerade wurde. Manchmal glaube ich, er macht das unbewusst, und wenn er dann hochschreckt und sich wieder bewusst macht, dass ich eine Frau bin und er Frauen nicht traut, mauert er.

Mach nur, ich komme damit klar. Erst recht, weil ich immer besser verstehe, warum du so kühl geworden bist.

»Ich habe den Spaß am Sex auch erst später für mich entdeckt. Ich war mit jemandem zusammen, mit dem es zum ersten Mal richtig toll und süchtig machend war. Jan und ich sind aber schon länger getrennt. War besser so. Wir sind nur noch Freunde. Er arbeitet auch in der Agentur.«

Mein Plan, ihm seine Offenheit mit einer annähernd ebenso privaten Anekdote aus meinem Leben zu vergüten, wird weder honoriert noch annähernd mit einer Reaktion gewürdigt. Ich bin mir nicht mal sicher, ob er mir zugehört hat.

»Sag mal, hörst du Musik?«, frage ich etwas eingeschnappt, weil es so wirkt, als hätte Pascal irgendwann zwischen Handwegziehen und jetzt einfach seine Playlist angemacht, um mich auszublenden. Die Knöpfe hat er nie aus den Ohren genommen. Sein Handy steckt in seiner Pulli-Tasche.

»Hast du noch Angst vorm Fliegen?«, will er wissen. Ganz ausgeblendet hat er mich also nicht.

»Nein …«, entgegne ich kleinlaut.

»Gut. Ich übrigens auch nicht, du musst mich nicht ablenken und mir von deinem Ex-Freund erzählen. Interessiert mich nicht.«

Ich nicke und halte die Klappe.

Jedes Mal, wenn ich mir absolut sicher bin, dass er in Wahrheit überhaupt keine Arschloch-Tendenzen hat, wird er schroff. Und jedes Mal, wenn er schroff wird, macht er ein paar Minuten später etwas überraschend Nettes. Es ist nur eine kleine Geste, aber ich habe plötzlich einen kleinen weißen Ohrstöpsel vor der Nase.

»Willst du?«

»Ja, danke.«

Ich bin gespannt, was jemand mit so großer Liebe zur Musik hört. Die Antwort ist wenig überraschend und ich muss gestehen, etwas langweilig: Klassik. Oder zumindest instrumentales Zeug – keine Ahnung, ob das als Klassik gilt, da müsste ich schon einen Musiklehrer fragen, aber das verkneife ich mir erst mal und genieße es einfach.

Die beruhigenden Klänge untermalen das schöne Szenario, das sich hinter dem kleinen Fenster zeichnet. Ich weiß zwar nicht, was ich höre, aber ich revidiere meine Meinung mit dem langweilig. Das Stück ist angenehm, vor allem wenn man sein Kopfkino dazu einschaltet.

Verona ist bestimmt eine romantische Stadt. Romeo und Julia haben sich dort abgemurkst, aber vorher natürlich heiß und innig geliebt.

Ich hoffe, wir haben Zeit für ein wenig Sightseeing. Aber die Hochzeit findet erst morgen statt und der Tag heute ist noch lang.

Was Pascal geplant hat, weiß ich nicht. Ich würde wirklich gern zu diesem Steinbalkon, der Shakespeare inspiriert haben soll. Wahrscheinlich ist es total schräg, so einen romantischen Ort mit einer Prostituierten zu besuchen. Läuft das wie in der Kirche mit Hexen und ich werde von einem Blitz getroffen, sobald ich die Casa di Giulietta betrete?

Ich schrecke aus meinen etwas bedrückenden Gedanken hoch, als Pascal mir sein Handy in den Schoß legt. Er will schnell zur Toilette und ich darf mich durch seine Playlist schalten – ganz offiziell, er meinte ›Hör, was du willst‹.

Dass das gar nicht mal so einfach ist, wird mir klar, als sich vor mir eine Liste mit Songs auftut, deren Namen ich nicht mal lesen kann.

Mann, heißen klassische Stücke seltsam. Symphonie Nummer irgendwas in D Minor, Op. Noch 'ne Zahl und schlag mich tot lange Beschreibungen in einer fremden Sprache.

Wie behält man denn da den Überblick? Und was antwortet man, wenn man nach seinem Lieblingssong gefragt wird? ›Warte, setz dich, dann sage ich dir den Titel.‹

Als ich den Ordner verlasse, atme ich erleichtert durch. Okay, er hört auch Mainstream-Zeug. Ed Sheeran, One Republic, damit kann ich etwas anfangen.

Ich will schon *Stitches* von Shawn Mendes abspielen, aber mein Blick fällt auf eine Playlist, die ›Hochzeit DeLuca‹ heißt. Wenn ich mich richtig erinnere, heißt eine der Ladys, die heiraten, so. Schickt man die Playlist gleich mit, wenn man die Hochzeitseinladung versendet? Coole Sache!

Ich lese mich durch italienische Titel. *Gente di Mare, La più bella cosa, Ti amo* – keine Ahnung, ich klicke einfach auf den ersten Song und höre mal rein. Er heißt *Tu* und ich weiß nicht, welcher Italo-Sänger da am Werk ist, aber ich verliebe mich in ihn und die romantische Popballade.

Auch wenn ich keinen Plan habe, auf wessen Hochzeit ich fliege, die Musik wird mich in jedem Fall in romantische Stimmung versetzen.

Ich will Pascal fragen, ob er mir die Songs schicken kann, und drehe mich ungeduldig um. Er ist schon eine ganze Weile auf der Toilette. Entweder ist ihm unser Gespräch auf den Magen geschlagen oder … okay, die Flunder mit dem Hütchen.

Die Stewardess versperrt ihm den Weg, während sie kokett vor sich hin gestikuliert und auf Pascal einredet. Dass das schöne Gesicht dabei keine Miene verzieht oder Regung zeigt, scheint sie nicht zu stören. Er nickt nur ab und an höflich und antwortet ziemlich einsilbig. Sein Mund ist nie länger als zwei Sekunden offen.

Dass er einfach zurück zu seinem Platz will, rafft sie nicht. Als er es endlich schafft, sich an ihr vorbeizudrücken, streift sie ihm dabei so unnötig über den Oberkörper, dass sie dafür Ärger bekommen würde, wäre sie ein Mann und Pascal eine Frau.

Er hebt beim Vorbeigehen sogar die Hände, damit sie sich nicht einbilden kann, er hätte sie irgendwie betatscht oder betatschen wollen.

Die Szene ist ziemlich schräg, weil er aussieht wie jemand, der einfach nur nicht erschossen werden will und deshalb mit erhobenen Händen zeigt, dass er unbewaffnet und ohne schlechte Absichten ist.

Eigentlich dachte ich, Pascal würde schlecht gelaunt bei mir ankommen, schließlich war das gerade ziemlich merkwürdig, aber er lässt sich nichts anmerken. Aufdringliche Frauen sind für ihn wohl nichts Neues. Die Teenager-Mädchen haben ihm mehr zu schaffen gemacht, aber das triggert wohl den ambitionierten Lehrer in ihm.

»Kannst du mir verraten, von wem der Song ist?«, frage ich, während er sich einen der Kopfhörer ins Ohr drückt. Kaum hört er, was ich höre, seufzt er.

»Kannst du in einen anderen Ordner gehen?«

»Wieso? Ist das nicht die Hochzeitsplaylist? Passt doch, oder?«

»Das ist nicht die Hochzeitsplaylist, das sind nur die Songs, die ich geübt habe. Und wenn ich mir selbst zuhöre, muss ich mich zwangsläufig kritisieren. Das würde ich mir gern für morgen aufheben – ich habe mir in den letzten Wochen oft genug selbst zugehört, um meine Aussprache zu verbessern, und sie ist noch immer dürftig. Italienisch ist für Franzosen etwas schwer zu bet…«

»Warte mal, warte mal …« Kommando zurück! Das waren jetzt viele Sätze, ich bleibe aber gedanklich bei einer Info hängen.

Während ich Pascals finstere Blicke ignoriere, weil ich ihn mit ausgestrecktem Zeigefinger vor der Nase dazu anhalte, die Klappe zu halten, konzentriere ich mich auf den Song, der läuft. Dass die Stimme sich großartig anhört, ist mir schon vorher aufgefallen, dass ich sie auch schon mal stöhnen gehört und gerade beim Sprechen unterbrochen habe, wird mir erst jetzt bewusst.

»Oh mein Gott, das bist du?!«, quieke ich überwältigt.

Pascal greift meine Hand, die vor lauter Begeisterung vor seinem Gesicht herumwedelt, und drückt sie nach unten. »Ja. Geht das auch leiser? Quiek mich nicht an, ich bin nicht Ed Sheeran!«

»Aber du singst wie er! Besser! Oh, wie cool ist das denn?!«

Ich kann das breite Grinsen nicht abstellen. Er klingt so … Ich finde kein Wort dafür, das mich nicht erröten lassen würde, weil ich so was nicht denken darf.

Dass Pascal singen kann, wusste ich. Kevin hat mir erzählt, dass er die Schulband und den Chor koordiniert. Aber ich dachte, er würde einfach so vor sich hin trällern, wie es Musiklehrer eben machen. Dass er so eine radiotaugliche Mädchenschwarm-Stimme hat, flasht mich.

»So krass. Du hättest Musiker werden können. Ich meine, ein echter!«

Oh, das hätte ein Kompliment werden sollen. Ist es in Pascals Ohren aber ganz und gar nicht. Er sieht mich an, als würde er mich gleich auffressen.

»Ach, ich hätte ein echter Musiker werden können? Du meinst, echter als jemand, der mehr als sein halbes Leben damit verbracht hat, ein Pianist zu sein?«

»Nein! So meinte ich das nicht! Du spielst sicher großartig! Kevin feiert dich total. Er schwärmt ständig von deinen Händen! Wirklich. Er ist fast schon besessen von deinen Fingern. Ich verarsche ihn manchmal damit. Früher. Jetzt behaupte ich nicht mehr, dass er beim Masturbieren an dich denkt. Nur als ich noch dachte, du wärst ein alter, schräger Sack …«

Ja. Keine Ahnung, was gerade mit mir los ist. Oder doch, ich weiß es: Emma schiebt Panik und ist total verwirrt. Wenn ich in diesem Zustand nicht so abartig peinlich und unkontrolliert wäre, hätte ich ihn fast schon vermisst.

Es ist eine Weile her, dass ich so in meiner Nervosität gebrannt habe. Eigentlich dachte ich, ich hätte diesen Teil meiner Persönlichkeit überwunden, weil mich der Job und die Menschen darin abgebrüht haben. Stimmt aber nicht.

Dass ich Pascal mit dem dämlichen Spruch beleidigt habe, tut mir leid. Der Großteil meines Unbehagens rührt aber von der Tatsache, dass mir seine Gesangsstimme noch immer eine italienische Ballade ins linke Ohr haucht und mich das emotional schwer verwirrt. Ich muss etwas runterkommen. Er singt nicht für mich. Er singt für sich selbst, um sich kritisieren zu können. Spinner …

»Ich wollte nur sagen, dass deine Stimme der Wahnsinn ist. Wolltest du jemals Sänger werden?«

Jetzt geht es wieder. Der Peinlichkeits-Anfall ist vorbei. Pascal sieht mich aber noch immer ziemlich kühl an. Was gut ist. Das ist das Gegengift zu dem Kribbeln, das mir seine Stimme beschert.

»Du meinst, ob ich es jemals angestrebt habe, berühmt zu werden und Konzerthallen mit jungen Mädchen zu füllen, die meinen Namen kreischen? Ja, davon habe ich tatsächlich mal geträumt.«

»Albträume?«, frage ich, weil der Sarkasmus in seiner Rede nicht zu überhören war.

Pascal schnaubt. Zigtausend Frauen mehr, die für ihn schwärmen, würde ihn killen. Wirklich. Ich denke, er würde einfach tot umfallen, weil jemand, der jahrelang die Hände über den Kopf hält, um niemanden anzufassen, der sich ihm um den Hals wirft, schlichtweg vor Erschöpfung krepiert.

Auch wenn er das alles nicht will, Pascal sieht nicht nur aus wie ein scharfer Engel, er singt auch wie einer. Blöd gelaufen für jemanden, der Aufmerksamkeit doof findet.

»Habe ich das richtig verstanden? Du singst auf der Hochzeit?«

Er nickt. »Ja. Allerdings nur ein paar Songs. Sie haben eine Band und eine Sängerin, wollten aber etwas Abwechslung reinbringen. Sie mögen meine Stimme und ich singe gern – im privaten Rahmen, also …«

Pascal zuckt mit den Schultern, greift nach seinem Handy und wechselt die Playlist. Ich hätte ihn gern auch die anderen Songs singen gehört, aber live kommt das bestimmt noch besser.

Das Einzige, das ich im Auge behalten muss, ist meine Reaktion. Ich bin mir jetzt schon sicher, dass ich einen meiner Emma-Anfälle bekommen werde, wenn dieser gemeißelte Mann einen schicken Anzug trägt, auf einer Bühne steht und italienische Lovesongs singt. Sobald das passiert, sollte ich nach Möglichkeit bloß nicht aufspringen, auf ihn zeigen und so was schreien wie ›Meiner! Er ist mit MIR hier! Und ich weiß, wie er nackt aussieht!‹.

Solange ich mich aber nicht so volllaufen lasse, dass ich das Wikinger-Beduselt-Level erreiche, kann ich das Rausschreien meiner Gedanken steuern und vergesse auch nicht, dass ich gar kein Recht darauf habe, mit Pascal anzugeben. Er hat mich nur aus einem Katalog ausgesucht und gekauft. Das zwischen uns ist Business. Keine Romantik. Auch wenn das andere vielleicht denken könnten.

»Sag mal, welche Geschichte möchtest du eigentlich erzählen, wenn wir gefragt werden, woher wir uns kennen?«, will ich wissen, weil wir dieselbe gefakte Vorgeschichte erzählen sollten. Wenn ich behaupte, dass wir beduselt in einem Club Gangnam-Style getanzt haben, und Pascal irgendetwas von einem Buchclub erzählt, könnte das die Leute misstrauisch machen.

Die blauen Augen mustern mich, als hätte ich etwas Dämliches gefragt. Mache ich zwar oft, aber diesmal ist die Frage durch und durch berechtigt.

Hör auf, mich anzusehen, als hätte ich wissen wollen, warum der Hund ›wau, wau‹ macht! Hier geht es um deinen Ruf, nicht um meinen! Mich kennt dort sowieso niemand.

»Welche Geschichte ich erzählen will? Ich behaupte garantiert nicht, dass du eine Ballerina bist, oder was immer du gerade sein möchtest, weil du anscheinend auf Rollenspiele stehst.«

Wieso dreht er das jetzt so, als hätte ich einen versauten Spleen und möchte ein Tutu tragen?!

»Du willst also erzählen, dass wir uns kennengelernt haben, als du mich in ein Hotelzimmer bestellt hast, weil die Escort, die du sonst immer gevögelt hast, aufgehört hat und du jemand Neuen ausprobieren musstest? Okay! Von mir aus.«

Dass ich bockig klinge, liegt daran, dass Pascal so tut, als wäre er der entspannteste Mann der Welt, was dieses Thema betrifft. Schwachsinn. Er ist der Panik-Prinz. Keine Ahnung, warum er das gerade verstecken will. Ich habe ihn schon wegen unbedeutenderer Kleinigkeiten ausrasten sehen.

»Ich spreche nicht davon, wie du Marcel kennengelernt hast. Sondern mich«, entgegnet er, als hätte das auf der Hand gelegen.

»Wir tun jetzt so, als gäbe es dich zweimal? Okay. Total normal … Mit wem spreche ich gerade?«

Ja, ich muss ihn verarschen. Er übergeht meine Anspielung aber und redet einfach weiter. Wenn er will, hat er wohl einen Filter für solche Witze. Ich wette, er nennt ihn ›Remo-Filter‹.

»Ich will keine Geschichte erfinden. Du bist du und ich bin ich. Dass ich dich bezahle, geht niemanden etwas an, aber ansonsten … Wir haben uns am Elternsprechtag kennengelernt und danach wollte ich dich wiedersehen.«

Er sagt das, als wäre es wirklich so gewesen. Pascal wollte mich nicht wiedersehen, ich stand einfach vor seiner Haustür. Ich will trotzdem nicken, aber mir kommt gerade eine Vermutung, die mich ängstlich im Sitz herumrutschen lässt.

»Warte mal, du hast Kevin aber nicht gesagt, dass wir zusammen auf eine Hochzeit fliegen, oder?!«

Pascals Blick wird finster. »Nein. Ich bin sein Lehrer. Er fragt mich nicht nach privaten Dingen. Aber ich dachte, du hättest es ihm gesagt.«

»Ich? Wieso sollte ich das denn machen?«

»Warst du nicht diejenige, die mir hundert Mal versichert hast, dass ich mir keine Sorgen machen muss, wenn uns jemand am

Schulgelände sieht, weil es kein Problem wäre, wenn wir uns daten würden?«

»Ja! Aber … ich sage das doch nicht Kevin! Er glaubt, ich wäre in Italien, um mich mit einer Grafikagentur zu treffen.«

»Du hast ihn angelogen«, stellt Pascal tonlos fest und nickt verurteilend, bevor er verstummt.

Was hätte ich denn bitte sonst machen sollen?!

»Ich kann Kevin nicht sagen, dass wir uns treffen. Er mag dich so sehr, er würde sich nur irgendwelche Hoffnungen machen und wäre furchtbar enttäuscht, wenn ich ihm irgendwann sagen muss, dass wir Schluss gemacht haben. Ich meine, wenn er uns mal zusammen sieht, ja. Aber solange das nicht passiert … Er würde ausrasten, wenn er denkt, ich gehe mit dir aus, und dann sieht er mich mit einem anderen Mann.«

Mir kommt die Szene mit Victor in den Sinn. Hätte ich Kevin von Anfang an gesagt, dass ich etwas mit Pascal am Laufen habe, wäre er explodiert, als er mich mit dem Wikinger im Bett gesehen hat.

Die Wahrheit zu verbiegen und ihm eine Beziehung vorzuspielen ist zu kompliziert. Ich lebe sowieso mit der Schuld dieser großen, potenziell gefährlichen Lüge meines Jobs – ich brauche nicht noch mehr Dinge, die mir nachts den Schlaf rauben.

Pascal hat sich tiefer in den Sitz gelehnt und neigt den Kopf in Richtung Flur.

Na toll. Jetzt ächtet Frankreich mich? Er kann doch unmöglich sauer sein, weil ich Kevin nicht gesagt habe, dass wir das Wochenende zusammen verbringen.

Ich seufze. Wenn ich glaube, ihn endlich zu verstehen und durchschaut zu haben, verhält er sich irrational.

Der Typ ist so anstrengend! Trotzdem will ich gerade nirgendwo sonst sein.

Pascal bereut seine abweisende Haltung mir gegenüber spätestens dann, als ein dunkelblauer Rock so dicht vor seinem Kopf innehält, dass er erst mal zusammenzuckt. Die Flunder mit dem Hütchen ist so schnell angerauscht, dass ich sie auch nicht habe kommen sehen.

Herr Favre begradigt die Haltung, weil er ihr nicht in den Schritt starren will, und beugt sich plötzlich wieder verdammt weit zu mir rüber, weg vom Gang und der Stewardess.

»Darf ich Ihnen etwas bringen? Einen Drink? Ein Kissen? Warten Sie, ich helfe Ihnen, die Lehne etwas zurückzustellen.«

Wir fliegen zwar Holzklasse, aber Pascal könnte problemlos eine Flasche Champagner und den Hut des Captains von der Frau verlangen.

»Nein danke. Ich brauche nichts. Und ich sitze gut so!«, versichert er mit kühler, aber energischer Stimme.

Man sieht ihm an, dass es ihm unangenehm ist, dass da Brüste vor ihm wippen, weil sie ihm ihr Dekolleté vors Gesicht hält, während sie den Sitz verstellt. Er drückt sich so angespannt in seinen Platz wie eine Katze, die schlecht gelaunt und fluchtweglos in einer Ecke kauert.

»Kann ich Ihnen sonst noch einen Gefallen tun? Irgendetwas, das Ihnen den Flug angenehmer gestalten würde?«

Okay. Jetzt klingt sie, als ob sie ihm einen Blowjob auf der Toilette anbieten würde. Und das, obwohl der Franzose schon brummt, die Härchen im Nacken aufgestellt hat und absolut nicht gestreichelt werden möchte.

Es reicht! Finger weg von meinem Kater, er mag dich nicht!

»Er braucht nichts!«, fauche ich und funkle die aufdringliche Flunder an. »Und wenn Sie jetzt Ihr Halstuch aus dem Gesicht meines Verlobten nehmen könnten, wären wir beide sehr dankbar!«

Sie starrt mich mit aufgerissenen Augen an, während ich veranschaulichend die linke Hand hebe. Der Ring an meinem Finger hat drei Franken gekostet und ist aus dem vorletzten Winterschlussverkauf bei Claire's – seine Wirkung verfehlt er trotzdem nicht.

Ich denke, sie hat mich bis gerade eben nicht mal bemerkt, jetzt hebt sie entschuldigend die Hände, schmunzelt nervös und macht sogar so was wie einen Knicks, bevor sie davonschleicht. Den guten Sauerstoff bekomme ich zwar garantiert nicht mehr, aber ich muss trotzdem grinsen. Das Stück Billigmetall ist mächtiger, als ich dachte.

In der Wartehalle habe ich Pascal vor den Mädchen noch ›meinen Freund‹ genannt, eine Stunde später sind wir schon verlobt. Erwachsene Frauen kann man dadurch besser abschrecken. Beim nächsten Mal mache ich ihn wohl zum Vater unserer Drillinge. Aber ich hoffe, das war's erst mal mit aufdringlichen Östrogenschleudern, die ihn bespringen wollen.

Diese Reviermarkiererei ist überhaupt nicht mein Fall. Allerdings wirkt er jedes Mal so ausgelaugt überfordert, wenn ihm Frauen auf die Pelle rücken, dass ich gar nicht anders kann, als ihn zu verteidigen. Das ist irgendwie wie mit Kevin. Wenn ich sehe, dass ihm jemand zusetzt, mutiere ich automatisch vom verpeilten Chihuahua zur Löwin. Dass ich Brudergefühle für den Franzosen hege, ist mir neu – und es ist irgendwie verstörend. Keine Ahnung, was da los ist, aber ich muss endlich aufhören, zu grinsen.

»Wir heiraten also?«, höre ich Pascal sagen und sehe seine Hand nach meiner greifen. Er zieht mir den Ring vom Finger und mustert ihn dann mit hochgezogener Braue.

Mir wird mein Auftritt ein wenig peinlich. Ich hoffe, ich habe nicht zu energisch oder nach Wunschdenken geklungen, als ich die Stewardess verschrecken wollte. Das war nicht meine Absicht, aber er hört manchmal heraus, was er will.

Pascals Miene wird nicht streng oder vorwurfsvoll, er sieht nur … irgendwie kokett albern aus?

»Sag mal, ist das Ding aus gepresster Alufolie?«, tönt er spöttisch und unterdrückt ein Grinsen.

Die Erleichterung über seine Reaktion lässt mich die Anspannung loslassen.

»Hey, ich kann nichts dafür, dass du anscheinend knapp bei Kasse warst, als du mir den Antrag gemacht hast«, scherze ich und nehme ihm den Ring wieder weg.

»Ich schwimme im Moment zwar wirklich nicht im Geld, aber den Kaugummiautomaten verwechsle ich trotzdem nicht mit dem Juwelier. Schlichtes Weißgold wäre schon drin gewesen.«

Ich weiß, er macht Faxen, aber ich drehe den Kopf trotzdem zum Fenster. Pascal muss nicht unbedingt sehen, dass ich so bescheuert bin, rot zu werden.

Es gibt keinen schlichten Weißgold-Ring und es wird nie einen geben – da sind nur die gepresste Alufolie und die Flunkereien, die wir anderen Leuten auf die Nase binden.

Dieses Wochenende birgt so viele romantische Vibes, aber sie sind nicht für bezahlte Liebe bestimmt, sondern für echte. Nicht meine Welt. Trotzdem – manchmal so zu tun, als wäre sie es, macht Spaß.

BENVENUTO TRULLA

»Kannst du bitte nicht so schnell laufen? Da bekommt man ja Seitenstechen!«

Pascal murmelt irgendetwas, dreht aber den Kopf nicht nach hinten, sondern läuft nur weiter vor mir her.

Seit wir das Flugzeug verlassen haben, hat er den Turbo angeworfen und jagt durch den kleinen Flughafen, als wären wir auf der Flucht.

»Sag mal, haben wir einen Termin? Die Hochzeit ist doch erst morgen!«, jammere ich, da mein bescheuerter Koffer nicht nur schwer ist, sondern mich beim Laufen noch immer durchschüttelt.

Er murmelt wieder nach vorn.

Ich beschleunige meine Schritte, um zu ›The Flash‹ aufzuschließen und endlich zu verstehen, was er sagt.

»Ich höre dich nicht, wenn du die Leute vor dir beschallst! Du musst schon in meine Richtung schnauzen«, erkläre ich und ernte strenge Blicke.

»Allez, presse-toi!«

»Ja toll. Das habe ich jetzt verstanden.«

»Ich dachte, du verstehst Französisch.«

»Nicht alles.«

»Das war kein schwerer Satz.«

»Okay. Dann gib mir eine schlechte Note und sag mir die Übersetzung! Ich kann gerade nicht in meinem Wörterbuch nachschlagen!«

»Hopp, hopp!«

»Pascal, du killst mich! Wieso müssen wir denn so hetzen?«

»Weil ich ankommen will, bevor die Rezeption so voll ist, dass wir ewig aufs Einchecken warten müssen! So gut wie alle reisen heute an. Umso früher wir da sind, umso besser. Außerdem haben wir eine Verabredung um 14:00 Uhr. Ich will vorher noch mal duschen.«

»Wohin gehen wir denn um 14:00 Uhr?«, frage ich atemlos, höre die Antwort aber nicht, weil ich zurückfalle. Mein Koffer bleibt stecken, da das Rad endgültig blockiert und mich ausbremst.

Ja klar! Lauf weiter, du Arschloch! Ich weiß ja, wo ich hinmuss!

Pascal läuft tatsächlich aus der großen Glastür, überquert die scheiß Straße und verschwindet dann aus meinem Sichtfeld, weil er wie ein Blitz durch eine Reisegruppe schießt.

»Bescheuerter gestresster Franzose … lauf nur, damit du eine Stunde unter der Dusche stehen kannst! Allein! Dann kannst du dir deine eiskalten Finger in den …«

»Brauchst du Hilfe?«

Ich bin froh, dass ich in der Schimpftirade, die ich meinem streikenden Koffer zu gemurmelt habe, unterbrochen wurde, bevor ich zu explizit werden konnte.

Eigentlich dachte ich, hier spricht sowieso niemand meine Sprache, aber auf dem Flughafen ist die Chance wohl höher, auf Leute zu treffen, die verstehen, wenn man sich darüber auslässt, dass sich ein Franzose die Finger in den Arsch stecken kann.

»Ähm … ich … Schon gut, mein Koffer streikt nur«, sage ich nervös lachend, winke ab und mustere den Besitzer der freundlichen Stimme erst danach bewusst. Zum Glück, sonst hätte ich noch mehr gestammelt als ohnehin schon.

Wer hat den verdammt süßen Typen im hellgrauen Pullover verloren? Den vergisst man doch nicht einfach so auf dem Flughafen!

»Bist du auf dem Weg nach draußen zu den Taxis? Ich kann den Koffer für dich tragen, wenn du möchtest. Dein Rad ist kaputt, oder?«

Aufmerksam, hilfsbereit, niedlich ohne Ende und er duftet verführerisch nach einem Sportduschgel, das mir bekannt vorkommt – ach, und er hat irgendetwas gefragt, oder? Scheiße, ich sollte mich konzentrieren.

»Nein, nein, schon gut. Ich komme klar!«, versichere ich, grinse aber, weil mich das hübsche Gesicht irgendwie high macht. Klar, er ist kein überirdischer französischer Perfektionsengel, aber der läuft gerade stur seinen Ego-Marathon, weil er ein Hygienejunkie ist und nach einer Dusche lechzt.

»Bist du sicher, dass du keine Hilfe brauchst? Dein Koffer wirkt schwer. Und ich muss sowieso auf meine Freundin und meinen

Kumpel warten – ihr Gepäck ist nicht angekommen und wir sitzen erst mal hier fest.«

»Also, wenn es dir wirklich nichts ausmacht …«, meine ich und zucke vorsichtig mit den Schultern.

Seltsamerweise lässt mich die Erkenntnis, dass er mit seiner Freundin hier ist, leichter ›Ja‹ zu seinem netten Angebot sagen. Es würde sich unpassend anfühlen, mir von einem Typen helfen zu lassen, der sich vielleicht mehr von der Sache verspricht. Ich bin Pascals Fr… Buchung und ich will mit niemand anderem flirten, auch wenn ich noch so anstandslos anerkennen kann, dass der Typ ein verdammter Leckerbissen ist.

Er bietet mir seine Hilfe aber ganz offensichtlich aus reiner Nettigkeit an.

Als er nickt und mich anlächelt, geht die Sonne auf. Ich kenne nur Eisstürme.

Frag mal deine Freundin, ob ihr eventuell zu heiß ist, dann können wir kurz tauschen, um Normaltemperatur zu erreichen.

»Danke. Das ist total lieb von dir!«, flöte ich, als er nach meinem Koffer greift.

»Keine Ursache. Sag mal, kann es sein, dass du …«

»Nein danke!«

Holla, die Waldfee, ich habe Pascal nicht anrauschen gesehen – der nette Typ, dem mein Koffer gerade aus der Hand gerissen wurde, auch nicht. Der französische Eissturm kann sich verdammt gut anschleichen.

»Wieso stehst du denn hier rum? Ich suche dich schon überall!«, blafft er mich an.

»Du bist einfach weggerannt! Mein Koffer ist kaputt!«

»Wieso sagst du das denn nicht?!«

»Wie denn?! Du warst doch quasi schon in Sizilien! Ohne dich umzudrehen!«

»Ich dachte, du wärst hinter mir!«

»Na war ich offensichtlich nicht!«

»Das sehe ich!«

»Also wenn ich euch nicht doch noch mit dem Gepäck helfen soll, dann …«

Wie angenehm freundlich eine männliche Stimme im Vergleich zu Pascals angepisstem Gebrumme klingen kann, fällt besonders auf, wenn nach ihm die Sonne spricht. Ich will mich zu ihm drehen, um mich subtil dafür zu entschuldigen, dass er gerade Zeuge einer unserer lautstarken, seltsamen Aggro-Konversationen geworden ist, aber ich kann nicht.

Pascal hat nicht nur mein Gepäck gepackt, er greift auch meine Hand und zieht mich so plötzlich weiter, dass ich genauso holpere wie mein Koffer.

»Danke! Echt! Du bist total süß!«, rufe ich noch durch den kleinen Flughafen, bevor ich nach draußen gezogen werde.

Der letzte Satz war unnötig, aber ich hänge ihn trotzdem dran. Keine Ahnung, ob der nette Typ mich überhaupt gehört hat, aber Pascal knurrt vor sich hin. Pure Absicht, was haut er auch ab und schnauzt mich dann an, weil ich ihm nicht mehr hinterhersprinten konnte?

»Nennst du jeden Mann süß, der dir anbietet, Zeug für dich zu tragen? Hotelpagen sind dein Fall, oder?«

»Wenn sie so aussehen wie er, ja.«

»Ach, bist du so oberflächlich?«

»Fragt der Mann, der Frauen zum Ausrasten bringt, sobald er einen Raum betritt, weil er der heißeste Typ der Welt ist!«

Ja, ich war ganz kurz der Meinung, ich würde damit sticheln, aber ich mache mich nur selbst verlegen.

Wieso sage ich das denn?! Nicht, dass es nicht stimmen würde, aber es auszusprechen war dämlich.

»Bilde dir aber bloß nichts darauf ein«, versuche ich zu relativieren, klinge dabei aber kleinlauter, als ich beabsichtige. »Du bist vielleicht der heißeste Mann der Welt, aber garantiert nicht der netteste.«

Pascal bleibt vor einem Taxi stehen und lässt meine Hand los. Er zieht eine Braue nach oben. »Ach, ich bin nicht der netteste Mensch auf dem Planeten? Dabei lege ich es doch genau auf diesen Titel an«, entgegnet er und ich weiß nicht, warum, ich muss grinsen. Er auch.

Wie gut Pascal sich selbst reflektieren kann, wird manchmal von seiner komplizierten Persönlichkeit überschattet. Und dass er selbstironisch sein kann, vergesse ich auch gern.

Unser lächerlicher Streit über … ich kann es nicht mal mehr rekonstruieren … verpufft und übrig bleibt die Erkenntnis, dass ich in Italien bin und ein ganzes langes, ereignisreiches Wochenende vor mir liegt. Mit einem Mann, der vielleicht nicht immer charmant ist, dafür aber verdammt besonders.

Nachdem Pascal dem Fahrer die Adresse mitgeteilt hat, klebe ich am Fenster und verarbeite die Eindrücke. Verona ist wunderschön, vor allem im Schein der Mittagsherbstsonne.

»Bist du auch zum ersten Mal hier?«, möchte ich wissen, weil ich das Gefühl habe, dass die aufgeregten Vibes nicht nur von mir ausgehen.

Pascal wirkt angespannt – auf keine unangenehme Weise, eher positiv. Er klopft mit den talentierten Fingern auf seinem Bein herum, spielt vielleicht eine Melodie oder lässt einfach nur seine angestaute Energie raus.

»Nein. Ich war schon mal hier. Ich war schon in jeder kulturell wichtigen Stadt Europas.«

Angeber.

»Die Musik hat mir viele Reisen erlaubt. Aber das hier ist etwas anderes …«

Der Rhythmus seines Tippens wird schneller, seine Fingerbewegungen sehen so komplex aus, dass ich mir sicher bin, dass er unterbewusst gerade etwas spielt.

»Das hier ist viel besser als jedes Konzert, das ich jemals spielen könnte. Ich freue mich, meine Freunde wiederzusehen – alle sind so beschäftigt, leben in verschiedenen Ländern, wir schaffen es kaum, an einen Tisch zu kommen. Und das Ereignis, das uns zusammengetrieben hat, könnte nicht schöner sein.«

Ich revidiere das mit dem Angeber. Er protzt nicht, er ist einfach aufgeregt, weil er sich auf die Hochzeit und seine Freunde freut. Wie süß ist das denn?

»Bist du eigentlich mit beiden Bräuten befreundet oder kennst du nur eine der beiden?«

Normalerweise sitzt man ja in der Kirche entweder auf der Seite der Braut oder der des Bräutigams. Das fällt diesmal wohl flach.

»Was hast du gefragt?«, sagt Pascal, sieht irritiert aus, grinst aber, als wäre er betrunken.

»Ich wollte wissen, mit welcher der Bräute du …«

»Jaja. Ich hab dich schon verstanden«, unterbricht er mich und klingt noch immer beschwipst.

Ich ziehe eine Braue nach oben. Wieso fragst du dann nach?

»Ich habe Nora erst vor ein paar Monaten beim Skifahren kennengelernt. Eigentlich bin ich mit Andrea befreundet. Sie ist Remos Cousine. Wir fahren seit Jahren zusammen in den Winterurlaub.«

»Remos Cousine? Also ist das für ihn quasi eine Familienhochzeit!«

»Ja. Er freut sich sehr. Die beiden sind abseits der Verwandtschaft sehr eng befreundet, seit sie Teenager waren. Deshalb ist er auch Trauzeuge. Gemeinsam mit David. Der ist auch sehr eng mit Andrea.«

»Du sagst das so verschwörerisch, als hätten die beiden mal was laufen gehabt«, unterstelle ich.

Pascal grinst wieder. Nicht ganz so besoffen wie vorhin, aber immerhin.

»Na ja, Andrea scherzt gern darüber, aber wir sind uns alle nicht sicher, ob sie und David nicht wirklich mal ein wenig abseits ihrer gewöhnlichen sexuellen Neigungen experimentiert haben.«

Wow, ich will den Mann kennenlernen, der sogar eine lesbische Frau bezirzen kann. Notiz an mich selbst: David abchecken.

»Und wie haben sich die beiden kennengelernt? Ich meine, Andrea und Nora?«

Pascals Fingerbewegungen werden gemächlicher. Er spielt jetzt wohl ein langsameres Stück.

»Sie kennen sich seit über zehn Jahren. Andrea hat sich in Nora verliebt, als sie sich im Urlaub begegnet sind. Nora hat als Kellnerin gejobbt und Andrea meint, es sei Liebe auf den ersten Blick gewesen. Weil Nora für die Uni nach Schweden gezogen ist und Andrea in Österreich Jura studiert und später auch einen Lehrstuhl dort bekommen hat, waren sie aber neun Jahre quasi nur Skype-Freunde.«

»Oh, das ist aber keine schöne Liebesgeschichte …«, murmle ich, sehe Pascal aber den Kopf schütteln.

»Doch, es war schön. Es ist schön. Luca hat Nora nie aufgegeben.«

»Wer?«

Pascal blinzelt irritiert, hört dann aber selbst heraus, was er gesagt hat. »Andrea DeLuca – Luca ist ein Spitzname, den die meisten Nicht-Italiener verwenden.«

Okay, jetzt kann ich ihm wieder folgen. Ich nicke.

»Luca hat neun Jahre auf Nora gewartet und sie nie aufgegeben. Sie hatten mal mehr und mal weniger Kontakt und letzten Endes … haben sie sich gekriegt. Ab morgen für immer.«

»Hatte Luca neun Jahre lang keine andere Freundin? Sie hat echt so lange auf Nora gewartet?«

Pascal lacht leise. »Nein. Die Gute hat sich zur Genüge ausgelebt. Aber das hatten sie auch so vereinbart. Nora hatte sogar eine ziemlich lange Beziehung in Schweden. Sie wollten jung sein, ihr Leben leben, dort hingehen, wo es sie hin verschlägt, und sie waren sich trotzdem immer sicher, dass sie wieder zueinander finden, egal, wie lange es dauert und was in der Zwischenzeit passiert.«

»Klingt nach …«

»Liebe?«, vervollständigt Pascal den Satz, mit dem ich hadere. Er spricht das Wort so sanft und schön aus, trotzdem schüttle ich den Kopf.

»Ich wollte ›nach einer harten Zeit‹ sagen.«

»Wieso? Sie haben die Uni abgeschlossen, erfolgreiche Karrieren begonnen, konnten sich ausleben und die verschiedensten Menschen kennenlernen – alles in der Gewissheit, dass es trotzdem nur den einen Partner für sie gibt, der auf sie wartet und da ist, sobald die Zeit reif ist und sie alle jugendliche Überschwänglichkeit abgelegt haben. Für mich klingt das nach der perfekten Lebensgeschichte – Liebesgeschichte.«

Für mich klingt das ungewöhnlich. Jemanden so sehr lieben, dass man bereit ist, elendslange zu warten, bis er bereit ist … das tut doch niemand, oder? Kann Liebe so grenzenlos bedingungslos und unerschütterlich sein? Ich meine, außerhalb von Filmen und Büchern. In der Realität?

»Vielleicht verstehst du, was ich meine, wenn du sie kennenlernst«, mutmaßt er und sieht dann auch aus dem Fenster.

Ich freue mich unheimlich auf all die Menschen, die so spannend klingen, wenn Pascal von ihnen erzählt. Charakterstarke Persönlichkeiten ziehen sich gegenseitig an – seine Freunde sind bestimmt ebenso besonders wie er.

Und mittendrin ein verpeiltes Flittchen, das weiß, wie es sich anfühlt, wenn der Arsch drei Tage lang brennt, wenn man ein Analbleaching hatte …

Zum Glück hält das Taxi und ich kann meine aufkommende Unsicherheit unter den neuen Eindrücken begraben.

Wenn ich ›Hotel‹ höre, denke ich an quadratische graue Komplexe mit vielen kleinen Fenstern und einem übergroßen Parkplatz. Was sich vor uns erstreckt, fällt für mich eher in die Kategorie Herrenhaus oder Schloss.

Das Gebäude ist der Wahnsinn: ein blassgelber Architektentraum im toskanisch angehauchten Stil mit hohen Rundbogenfenstern. Das Gebäude ist umgeben von einer Gartenanlage, die einem Märchen entsprungen sein könnte. Unzählige Büsche, Sträucher, Weiden, alles so gepflegt und akkurat, und trotzdem wirbelt da diese verwunschene Atmosphäre in der Luft, die einen aus der Realität fegen könnte, wenn man es zulässt.

»Wow. Wow. Ich meine … wow.«

Die Verbalisierung meiner Eindrücke wird von einem melodischen Summen untermalt. Pascal ist wohl auch beeindruckt von der Location, wenngleich er nicht ganz so überrascht scheint wie ich.

Herr Favre ist ein Weltenbummler, der schon viele Orte besucht hat – ich hingegen bekomme visuelle Stimulation durch magische Orte sonst höchstens, wenn die Nachbarn ihre beknackte Lichterkette im Winter an den Balkon hängen.

Während er unser Gepäck auslädt, bleibe ich neben dem Springbrunnen stehen, der vor dem Eingang thront und das Märchenambiente auf die Spitze treibt. Er ist von einem Meer violetter Blumen umgeben, die durch einen hellen Steinrand ein Herz bilden.

»DAS ist mit Abstand der romantischste, schönste Ort, den ich jemals gesehen habe!«, töne ich begeistert.

Pascal weiß nicht, dass das nichts heißen muss, weil ich sonst nur mein kleines Sofa im Schein eines Teelichts ›romantisch‹ nenne.

»Ja. Ich dachte mir schon, dass die DeLucas große Geschütze auffahren. Aber das übertrifft meine Erwartungen.«

Ich zücke mein Handy und beginne, ein paar Eindrücke festzuhalten, weil ich Jan unbedingt zeigen möchte, wo ich gelandet bin.

»Kannst du mich bitte nicht fotografieren«, brummt eine Stimme, die bis gerade eben noch warm und ausgelassen geklungen hat. Jetzt knallt er wieder ab.

Ich mache scheuchende Handbewegungen. »Ich will dich gar nicht fotografieren! Aber du stehst so dicht am Springbrunnen. Verpiss dich.«

»Hast du gerade wirklich ›Verpiss dich‹ zu mir gesagt? Geht das auch höflicher?! Wer hat dich großgezogen? EMINEM?«

»Schön wär's …«, murre ich leise und sehe dann doch entschuldigend zu ihm auf.

Das war wirklich zu Ghetto für einen Pädagogen, der seine Jugend damit verbracht hat, klassische Musik in Konzerthallen auf der ganzen Welt zum Besten zu geben. Ich schäme mich etwas für den sprachlichen Ausfall. So kann ich mit Jan reden, der würde nur grinsen und mir das nicht übel nehmen. Aber Pascal tickt anders. Auch wenn er mal wieder Ego-Prinzessin gespielt hat. Ich hatte ihn nicht mal wirklich im Bild.

»Entschuldige. Ich reiße mich zusammen«, versichere ich dennoch und stecke das Handy wieder weg. Das Letzte, das ich möchte, ist, Pascal zu blamieren.

Ich stelle mich hinter ihn und folge ihm brav über die Marmorstufen zum Eingang. Als er sich zu mir umdreht, neige ich den Kopf und sehe verstohlen zu ihm auf. Pascal seufzt und brummt dann genervt.

»Ich wollte nur, dass du nicht anfängst, mich ›Alter‹ oder ›Digger‹ zu nennen, nicht, dass du vor mir zu Kreuze kriechst. Das fühlt sich gerade furchtbar unnatürlich an, kannst du das bitte sein lassen?«

»Was denn?«

»Na, dich verhalten, als würde ich dich an einem unsichtbaren Halsband herumführen.«

Ich mache einen Schritt auf ihn zu, weil ich sehe, dass sich hinter der Glastür viele Leute tummeln. Auch wenn uns hier draußen niemand hören kann, bleibe ich bedacht leise.

»Ich dachte, mein Meister steht auf brave, gehorsame Mädchen, an denen er sich austoben kann«, hauche ich in sein Ohr und grinse.

»Dein Meister steht schon mal nicht darauf, ›Meister‹ genannt zu werden. Und dieses ganze Fetisch-Zeug ist auch nicht sein Fall – ich dachte, das wüsstest du mittlerweile.«

Pascal zieht eine Augenbraue nach oben und schafft es wirklich sehr überzeugend, gleichgültig auszusehen. Wäre da nicht dieser Hauch Glitzer in den blauen Augen, der vor ein paar Sekunden noch nicht da war.

»Bisschen scharfgemacht hat es dich schon«, unterstelle ich ihm und sehe ihn dann einen kleinen Sprung machen, weil ich ihm in den Hintern gekniffen habe. Zum Schießen.

»Hey! Lass das! Noch einmal und ich …!«

»Was, legst du mich übers Knie?«

Er überdreht seufzend die Augen. »Dann doch lieber die Sache mit dem still und demütig hinter mir herlaufen. Komm, lass uns einchecken.«

Ich folge ihm ins Foyer und würde mit offenem Mund über das Innenleben des Hotels staunen, wären da nicht so viele Menschen, die dann mein Gaumenzäpfchen sehen würden.

Durch die Glastür ist mir schon aufgefallen, dass es voll ist, aber hier stehen bestimmt siebzig Menschen, verteilt auf viele Grüppchen, die entweder Deutsch sprechen oder sich auf Italienisch anschreien. Mann, ist das eine laute Sprache. Aber sehr schön und klanghaft. Außerdem sind alle verdammt gut gelaunt, was ansteckend ist, weil man fühlt, dass ein großes Event bevorsteht.

»Oh Gott, sind das viele Leute. Sind die alle wegen der Hochzeit hier?«, will ich von Pascal wissen.

Er schüttelt den Kopf. »Das sind noch lange nicht alle. Ich schätze mal, das Hotel fasst zwischen 150 und 200 Gäste, und soviel ich weiß, haben sie die gesamte Anlage gebucht.«

»Was?! Die haben das ganze Hotel gebucht? Das kostet doch bestimmt ein Vermögen!«

Pascal zuckt mit den Schultern. Ihn scheint es nicht zu schockieren, dass hier jemand eine Hochzeit feiert, die wahrscheinlich so viel kostet wie eine ziemlich nette Eigentumswohnung.

»Luca stammt aus einer sehr angesehenen Juristenfamilie – väterlicherseits. Und mütterlicherseits: Elisa DeLuca war eine erfolgreiche Schauspielerin. Ich schätze, das Budget für die Hochzeit war nach oben hin offen.«

»Lucas Mutter ist Schauspielerin?! Kenne ich sie?!«

Ich beginne, mich genauer umzusehen. Wenn ich hier einen Star sehe, raste ich aus! Da! Heidi Klum! Nein, doch nicht … nur eine Frau, die ihr ähnlich sieht und verdammt viel Chanel trägt.

»Ich glaube kaum, dass du sie kennst, es sei denn, du hast viele ältere italienische Liebesfilme gesehen. Sie war ein ziemlich großer Star in Italien, aber nicht international.«

Okay, ich kann wieder atmen. Auch wenn ich es jetzt etwas angespannter tue, weil mir auffällt, dass die Leute hier überdurchschnittlich schick aussehen. Chanel- und Prada-Handtaschen, so weit das Auge reicht. Mit der Uhr des dicklichen Typen mit dem Schnauzbart neben uns könnte ich wahrscheinlich meine Miete bezahlen, bis ich achtzig bin.

»Sprichst du Italienisch?«, höre ich Pascal fragen.

Ein Blick in die blauesten Augen der Welt und ich fühle mich besser. Wenn Pascal mich für gut genug hält, hier zu sein, bin ich gern hier.

Total schräg. Dass ich so viel Halt in diesem oft so kühlen, schwierigen Menschen finden kann, überrascht mich.

»Nein, leider nicht. Ich hatte nur Französisch an der Schule.«

»Mein Italienisch ist auch eher dürftig. Aber die meisten hier sind sowieso deutsch- oder zweisprachig. Und im Notfall haben wir immer noch die sprechende Dauer-Sarkasmus-Tonspur, die übersetzen kann.«

»Wen?«

»Remo.«

Ich grinse und sehe mich dann wieder um. Ich kann den hübschen Sportlehrer mit den breiten Schultern nirgends entdecken. Wahrscheinlich ist ihr Flugzeug noch nicht gelandet.

»Kennst du schon jemanden hier?«, will ich von Pascal wissen, der neben mir darauf wartet, bis die Leute vor uns mit dem Einchecken fertig sind.

»Ich glaube nicht. Aber ich will mich jetzt auch ehrlich gesagt noch nicht ins Getümmel stürzen. Wir treffen uns sowieso um 14:00 Uhr.«

»Wohin gehen wir eigentlich?«

»Luca hat uns zur Casa di Giulietta bestellt. Warum, weiß ich nicht, aber ich schätze mal, dort sehen wir dann jeden, den ich kenne.«

Ich quieke begeistert in mich hinein und versuche, nicht vor lauter Vorfreude zu zappeln. Diesen Balkon wollte ich unbedingt sehen! Auf Pascals Freunde zu treffen, macht mich zwar nervös – zumal sein Freundeskreis höchstwahrscheinlich aus Bonzen und Akademiker-Sprösslingen besteht –, aber ich weiß zumindest, dass Remo ein echt cooler Typ ist, und kann mich im Notfall hinter den beiden Lehrern verstecken.

Die Rezeption wird frei und wir können einchecken. Ich lasse Pascal für uns sprechen, da ich nicht unbedingt scharf darauf bin, nicht zu wissen, in welcher Sprache ich mit dem Hotelpersonal reden soll, und dann vor lauter nervösem Unbehagen Deutsch-Englischen-Mischschwachsinn zum Besten gebe.

Wie erwartet löst der weltenbummelnde Franzose die Situation entspannt und elegant. Nach einem freundlichen ›Buongiorno‹ fragt er einfach nach, ob der junge Mann Deutsch spricht, und erntet dann ein Nicken und die beinahe akzentfreie Frage nach seinem Namen.

Das Personal ist offensichtlich darauf eingestellt, dass es an diesem Wochenende viele deutschsprachige Gäste bedient. Wunderbar. Ich spreche nämlich nur betrunken fließend Englisch.

Pascal füllt ein Formular aus und bekommt dann eine Zimmerkarte.

»Muss ich da auch irgendwo unterschreiben?«, frage ich und sehe ihn plötzlich ein sehr merkwürdiges Gesicht machen. Seine Brauen zucken, er wirkt irgendwie nervös.

»Scusi. Uno momento …«, meint er an den Rezeptionisten gewandt, greift meine Hand und zieht mich ein Stück weg vom Tresen in eine ruhigere Ecke. »Nimm das jetzt nicht persönlich, aber du kannst nicht bei mir schlafen«, spricht er einen Satz aus, der zweifelsohne bestimmt klingt, aber da schwingt auch Unbehagen in seiner Stimme mit.

»Ähm … du weißt schon, dass du eine Stange Geld bezahlst, um mit mir …«

»Ja! Davon spreche ich nicht. Du kannst immer auf mein Zimmer kommen. Du kannst auch bei mir duschen, dich umziehen und von mir aus sogar auf die Toilette gehen, aber du kannst nicht neben mir liegen, wenn ich schlafe.«

Ich blinzle verwirrt und versuche, annähernd schlau aus dieser dämlichen Regel zu werden. Es stört ihn nicht, wenn ich ständig bei ihm rumhänge, wir vögeln, ich dusche oder sogar bei ihm pinkle, aber ich darf nicht bei ihm sein, wenn er die Augen zu hat?

»Ich weiß, das klingt eigenwillig. Aber es geht nicht anders. Ich kann nicht neben dir schlafen. Du brauchst ein eigenes Zimmer.«

»Okay.«

Was soll ich sonst sagen? Er wirkt so unmissverständlich und sicher in seinem Wahnsinn, dass ich kaum glaube, dass ich mit irgendetwas dagegen ankommen würde. Und hier und jetzt zu besprechen, warum er ganz offensichtlich noch viel mehr einen an der Klatsche hat, als ich bisher vermutet habe, wäre unpassend.

»Danke«, haucht Pascal und drückt plötzlich meine Hand, die er noch immer festhält. »Wenn du auch eingecheckt hast, kommst du mit zu mir, bevor wir wieder losmüssen?«

Sein Angebot bringt mich zum Schmunzeln. Ihn beim Schlafen zu sehen, ist ihm aus irgendeinem Grund zu intim, aber ihn nackt und stöhnend zu mustern, ist okay.

Du bist so überaus seltsam, Herr Favre. Und so überaus heiß …

»Gut. Aber nur, wenn ich dich Meister nennen darf und du mir ein hübsches Halsband kaufst.«

»Hören die Fetisch-Witze irgendwann auf?«

»Ja, wenn du nicht mehr darauf stehst.«

So kokett mein letzter Spruch auch war, so ängstlich verzieht sich mein Gesicht, als ich auf dem Absatz kehrtmache und allein wieder auf die Rezeption zusteuere. Pascal geht auf den kleinen Tisch mit den Wasserkaraffen zu und ich muss kurz so tun, als wäre ich total erwachsen und wüsste, wie man in ein Hotel eincheckt.

»Ähm … hallo. Ich bin Emma Reichalt …«

Großartig. So habe ich auch meine erste Buchung begonnen, und die ging blutig aus.

»Signora Reichalt, selbstverständlich«, tönt der höfliche Hotelmitarbeiter und überfliegt seine Liste. Bei meinem Glück stehe ich nicht drauf und löse hier gleich ein riesen Tamtam aus, weil er fünf Kollegen und seinen Boss rufen muss, um zu klären, wer ich bin und was ich hier mache. Wenn das passiert, schmelze ich vor Unbehagen weg. Emma-Pfütze.

»Ah si. Signora Reichalt, Zimmer 1402 für Sie!«, tönt es beschwingt und ich grinse so erleichtert, als hätte er mir gesagt, dass ich frühestens mit hundert im Schlaf draufgehe.

Als er mir das Formular vor die Nase schiebt, das bereits neben mir am Tresen lag, stutze ich.

»Bitte unterschreiben Sie neben Ihrer Begleitung, Signora.«

Ich starre auf Pascals Unterschrift und sehe dann nervös auf. »Ähhhh … nein, ich brauche ein eigenes Zimmer. Bitte. Danke.«

Er sieht wieder auf seine Liste und lächelt mich freundlich an. »Entschuldigen Sie. Sie sind nicht mit Signore Favre hier?«

»Doch! Er und ich sind ... Er ist ...«

Mein Verlobter und der Vater unserer Drillinge! Trotzdem kann er nicht neben mir schlafen, weil er merkwürdig ist!

»Wir brauchen separate Zimmer«, murmle ich.

Na großartig. Jetzt bin nicht nur ich nervös, sondern auch der freundliche, ehemals so beschwingte Italiener hinter dem Tresen.

Er sieht von seiner Liste zu mir, neigt den Kopf, denkt nach und weiß nicht, was er machen soll. Ich auch nicht! Gib mir einfach ein anderes Zimmer! Sonst braucht der Franzose dort drüben einen Notfall-Psychologen!

»Bitte verzeihen Sie, aber wir sind komplett ausgebucht, Signora. Wir haben kein anderes Zimmer frei. Uns wurde mitgeteilt, sie würden gemeinsam übernachten ...«

Na toll. Pascal hätte seine Eigenheiten ruhig ankündigen können! Was mache ich denn jetzt?

»Haben Sie wirklich kein Zimmer mehr? Ich brauche nicht viel Platz. Vielleicht haben Sie so etwas wie ein Notfallzimmer? Mit Klappbett? Ein Raum mit Matratze?«

Ich weiß, ich klinge bescheuert und verzweifelt, aber so wie Pascal mich vorhin angesehen hat, will ich nicht zu ihm schleichen und ihm erklären, dass wir heute Nacht all seine seltsamen Ängste triggern werden. Er freut sich so sehr auf die Hochzeit. Wenn er kein Auge zutut, weil ... Ach, keine Ahnung, was er hat, aber er hat mich so angesehen, als wäre es schlimm!

»Einen Moment, Signora.«

Na toll, jetzt beginne ich zu schwitzen, weil genau das passiert, was ich befürchtet hatte. Er holt einen Kollegen, der holt einen Kollegen und dann starren sie zu dritt auf die Liste und diskutieren eifrig auf Italienisch darüber, dass ich ihnen tierisch auf die Eier gehe.

Ich drehe den Kopf nervös zu Pascal, der zum Glück nicht hersieht, sondern sich auf sein Glas Wasser mit den Gurkenscheiben darin konzentriert. Als ich den Blick wieder zur Rezeption richte, sehe ich, wie mir einer der Mitarbeiter vorsichtig eine Zimmerkarte vor die Nase schiebt. Ich will mich schon freuen, aber da steht 1402.

»Entschuldigen Sie, Signora, ich kann Ihnen für heute nur das Zimmer geben, das wir für Sie vorgesehen haben. Wir sind ausgebucht. Aber …« Er zuckt mit den Schultern. »Morgen Nacht hätten wir eine Suite für Sie, weil das Brautpaar nur heute getrennt übernachtet.«

Total romantisch, dass sie die letzte Nacht getrennt voneinander verbringen, aber es ist mir irgendwie unangenehm, eine ihrer Suiten in Beschlag zu nehmen. Andererseits interessiert sich bestimmt niemand dafür und ich würde Pascal den Psychologenbesuch ersparen.

»Und heute, Signora – falls noch jemand absagt, reserviere ich das Zimmer sofort für Sie.«

»Großartig! Danke!«

Ich seufze erleichtert. Irgendwer sagt immer im letzten Moment ab, oder? Bei 200 Gästen bekommt doch mindestens einer Durchfall oder eine Sinnkrise, weil er nichts Passendes anzuziehen hat.

Wenn ich am Abend wiederkomme, hat der nette junge Mann bestimmt ein Zimmer für mich.

Ich stecke Pascals Karte trotzdem ein, schließlich darf ich bei ihm mein Zeug ablegen, mich frisch machen und kann vorbeikommen, wann ich will – außer er hat die Augen zu.

Ihm sagen, dass ich vorläufig noch kein eigenes Zimmer habe, will ich nicht. Das Ganze fügt sich schon und falls nicht, ist das das Problem der Zukunfts-Emma von heute Nacht.

Pascal oder mir selbst den Tag zu verderben und ihn mit endlosen Diskussionen zu füllen, liegt mir fern. Ich will Verona besichtigen, spannende Menschen kennenlernen. Und was ich im Moment am meisten will: den Eiffelturm besteigen!

Seit ich die unwirklich blauen Augen funkeln gesehen habe, ist meine Libido wach und bombardiert mein Unterbewusstsein mit verboten heißen Bildern.

Der letzte Mann, dessen Körper mich um den Verstand gebracht hat, war der Sexgott, für den ich arbeite. Vincent war zwar so verdammt gut, dass er – und ich zitiere Sek – mir beim Vögeln quasi das Hirn aus der Birne geknallt hat, aber dieser durchaus verwirrende Abend liegt jetzt eine Woche zurück. Durch meinen Agentur-Urlaub hatte ich keine Buchungen. Jan war zwar einmal bei mir, aber der ist im Gegensatz zu mir so überbumst, dass er nur Mario Kart spielen und dabei auf einer Packung Tiefkühlerbsen sitzen wollte.

Eigentlich würde mir eine Woche Sexpause nichts ausmachen. Dass ich gerade so nach hübschen, starken Händen und etwas Hartem in meinem Körper lechze, liegt an dem Mann, von dem ich eigentlich behauptet habe, ich wäre immun gegen seine Schönheit. Bin ich nicht. So was von nicht.

Ich steuere auf die schärfste Rückenansicht der Welt zu, lege die Hände auf seine linke Schulter und ziehe mich ein Stück an ihm hoch, um ihm ins Ohr zu flüstern. Selbst das ist übrigens perfekt. Durch die an den Seiten frisch rasierten blonden Haare zu fahren, verkneife ich mir, aber die Fetisch-Anspielungen, die er angeblich nicht leiden kann, bekommt er garantiert zu hören.

»Ich habe da so ein heißes Prickeln zwischen den Beinen – erlöst du mich davon, mein Meister?«

Keine Ahnung, warum ich bei Pascal mutig genug wäre, um mich ihm tatsächlich als devoten Fetisch-Part hinzugeben. Würde Victor vor mir stehen oder Vincent, würde mich der Mut für solche Sprüche verlassen. Wahrscheinlich hat das etwas mit Vertrauen zu tun. Oder mit …

Ach du heilige Scheiße!

»Ich stelle ja eigentlich keine Blinddiagnosen, aber was du beschreibst, klingt nach Genitalherpes. Erlösen kann dich davon gar nichts, aber ich kann dir Virostatika verschreiben. Und das mit dem Meister halte ich für übertrieben – Herr Doktor Löwenstein tut es auch.«

Ich bin schon von ihm weggesprungen, als er den Kopf in meine Richtung gedreht hat und die Augen, die mich angefunkelt haben, nicht stahlblau, sondern grasgrün waren. Dass hier plötzlich nicht Pascal, sondern sein Zwillingsbruder vor den Getränken steht und ein Glas Gurkenwasser in der Hand hat, konnte ich unmöglich kommen sehen! Und ich möchte trotzdem am liebsten tot umfallen!

Nicht nur, dass ich unpassend nah an seiner Seite geklebt und ihm ins Ohr gepustet habe – was aus meinem Mund kam, war auch noch so furchtbar peinlich, dass man sich am besten umgehend erschießen sollte, wenn man solche Worte aus Versehen einem Fremden zu haucht.

Oh Gott, ich glaube, jetzt schmelze ich wirklich. Bitte beleb mich nicht wieder, wenn ich umfalle, fremder Doktor! Lass mich ins Licht gehen!

»Entschuldige! Entschuldige! Ich dachte, du wärst …«

»Sieh an, ein Löwe.«

Ja. Nein. Das dachte ich nicht.

Pascal – der echte – taucht auf und reicht dem Mann, den ich gerade dazu gebracht habe, eine Diagnose über meine Muschi rauszuhauen, die Hand.

Während sie sich begrüßen und auf die Schulter klopfen, verglühe ich innerlich. Ich bin ja so bescheuert! Klar, sie sind gleich groß, haben einen verdammt ähnlichen Körperbau und beim Friseur anscheinend auf dasselbe Beispielfoto gezeigt, als sie sich die blonden Haare haben schneiden lassen, aber ihre Gesichter gleichen sich überhaupt nicht.

Beide sind auf eine andere Weise markant und attraktiv und jeder Vollhorst könnte sie problemlos unterscheiden, auch wenn sie grundsätzlich dem gleichen Typ Mann angehören. Hätte ich ihm nur eine Sekunde ins Gesicht geblickt, wäre alles klar gewesen! Nein, ich muss ihm auf den Arsch starren und das scharfe Teil steckt leider auch in Jeans! Sie tragen nicht mal den gleichen Pullover. Pascal trägt noch immer den schwarzen Hoodie – der junge Doktor, den ich sexuell belästigt habe, steckt in einem schwarzen Tommy-Hilfiger-Shirt.

Es ist offiziell. Ich bin die dümmste Trulla der Welt und ich wundere mich selbst darüber, wie ich es überhaupt schaffe, regelmäßig Luft zu holen, ohne auch das zu verkacken und zu ersticken.

»Schön, dich zu sehen. Ich wusste nicht, dass du schon hier bist«, meint Pascal.

»Ich bin schon seit gestern hier. Irgendwer muss verhindern, dass Luca die Nerven wegschmeißt und vor der Hochzeit noch mal alle mit psychotischen Wahnwitzigkeiten beglückt.«

»Und gelingt es dir?«

»Ich bin ins Foyer geflüchtet, weil Luca in meinem Zimmer sitzt und damit beschäftigt ist, sämtliche Nummern alter Liebschaften aus dem Handy zu löschen, und zu jedem Namen eine ausführliche Geschichte vor sich hin murmelt. Wohlgemerkt seit sechs Uhr morgens. Jetzt lasse ich mich von allen alten Leuten hier über Osteoporose-Prophylaxe löchern. Als Verschnaufpause.«

»Das heißt wohl, du bist des Hochzeitsstress-Wahnsinns nicht Herr geworden«, schlussfolgert Pascal schmunzelnd.

»Nicht mal Psychopharmaka könnten des Chaos im Kopf des roten Drachen gerade Herr werden. Vielleicht Narkosemittel, aber ich will morgen nicht achtzig Kilo vor dem Altar stützen müssen.«

Achtzig Kilo? Okay, Andrea ist kein Elfchen. Oder sehr groß.

Die beiden blonden Männer schmunzeln sich an. Sie haben eine sehr ähnliche, kühle Art, zu lächeln. Irgendwie distanziert und trotzdem wirken sie vertraut miteinander. Schräge Vibes. Elsa trifft Elsa …

Mein Eisprinz streckt plötzlich die Hand nach mir aus. Ich soll näher kommen, aber ich trete nur ungern neben Pascal und vor den Mann, bei dem ich mich quasi mit dem Satz vorgestellt habe, dass es zwischen meinen Beinen kribbelt.

»Das ist Emma. Emma, das ist David Löwenstein. Doktor David Löwenstein, falls er darauf besteht«, meint Pascal schmunzelnd.

David? Der David, der mal mit Andrea … Ohhh. Ich verstehe, was an ihm sie dazu gebracht hat, kurz mal ihre sexuelle Orientierung zu wechseln. Abgesehen davon, dass er ein unverschämt gut aussehender Mann mit Wahnsinnsaugen ist, hat er eine auffallend einnehmende Ausstrahlung. Wären Charakter-Vibes etwas Sichtbares, würden seine den ganzen Raum fluten.

»Du kannst den Titel weglassen«, sagt David zu mir. »Aber falls du mich noch immer Meister nennen möchtest, sollte ich mich vorher mit Pascal unterhalten.«

»Was?«

Die irritierte Frage kommt nicht von mir. Ich weiß, welchen Bock ich geschossen habe, Pascal noch nicht. Wieso muss David das denn jetzt ansprechen?!

Er verzieht dabei übrigens keine Miene.

»Frauen verwechseln uns noch immer gern. Das passiert anscheinend nicht nur Natascha«, erklärt David und ich habe keine Ahnung, wie Pascal darauf reagiert, weil ich mit hundert Grad Körpertemperatur auf meine Schuhe starre.

Kann ich bitte in dem Fettnäpfchen ertrinken, in dem ich noch immer stehe?

Einer der Eisprinzen brummt leise. Bitte nicht meiner!

»Meine Mutter hat uns gerade entdeckt«, höre ich David sagen, von dem wohl auch das Brummen gekommen ist. Er wirkt wenig begeistert. Als er Pascal schief angrinst, sieht seine Miene trotzdem eingefroren aus.

»Du solltest flüchten, solange du noch kannst. Wenn ich richtig gezählt habe, hatte sie heute schon drei Gläser Wein, was bedeutet, dass sie dir unter Garantie zweideutige Angebote machen wird – was verstörend ist, in Anbetracht der Tatsache, dass Frauen uns gern verwechseln. Wenn du uns beiden die unangenehme Erfahrung ersparen möchtest – lauf!«

Pascal schmunzelt mild. »Sehen wir uns um zwei?«

»Sicher. Ich weiß zwar nicht, was Luca vorhat, aber mit diesem Leck an Informationen habe ich mich schon vor fünfundzwanzig Jahren abgefunden.«

»Hat mich gefreut«, piepse ich leise, obwohl ich noch immer in meinem Schamgefühl brenne. Ich will nicht unhöflich sein. David erscheint mir wie jemand, der unhöfliche Menschen frisst.

»Wenn das mit dem Prickeln nicht besser wird, würde ich dir empfehlen, dich bei einem Gynäkologen vorzustellen.«

Oh Gott, können wir bitte nie wieder darüber reden? Ich will mich eigentlich nicht noch mal nach Doktor … irgendetwas mit Löwe … umdrehen, aber meine Neugier zwingt mich. Ich will mir die betrunkene, unpassend flirtende Mutter ansehen. Das ist vielleicht dämlich, aber es beschert mir immer ein Gefühl von Erleichterung, wenn ich sehe, dass auch andere Leute Idioteneltern haben.

Neben David steht jetzt die Frau, die ich vorhin für Heidi Klum gehalten habe.

»Ist das seine Mutter?«, frage ich Pascal leise, bevor sich die Fahrstuhltür schließt.

»Ja. Erika Löwenstein. Sie ist …«

»Gut aussehend!«

»Ja. Aber ich wollte gewöhnungsbedürftig sagen.«

»Hast du mal mit ihr …«

Mich trifft ein schockierter Blick. Ich finde die Frage aber nicht an den Haaren herbeigezogen. Die Frau sieht verdammt gut aus und wäre Pascal gegenüber offensichtlich nicht abgeneigt. Klar, sie ist deutlich älter als er, aber das sieht man nicht wirklich. Außerdem stehen manche Männer auf ältere Frauen.

»Hältst du mich für jemanden, der mit verheirateten Frauen schläft? Und mit den Müttern meiner Freunde? Ich bin vielleicht seltsam, aber nicht auf diese Weise!«

»Ich wusste nicht, dass sie verheiratet ist. Ich dachte, sie wäre geschieden.« Nachdem ihr Sohn gerade meinte, du solltest fliehen, weil seine Mutter dich anflirten würde! Mann, sind die verkorkst!

»Ihr Mann heißt Christian Löwenstein. Er ist einer der besten Pianisten der Welt. Er hat mir mal eine Weile Unterricht gegeben. Er ist ein sehr begnadeter Mann ... leider nicht nur was seinen Flügel betrifft. Ich würde dir raten, etwas Abstand zu ihm zu halten. Auch wenn er sehr nett ist. Und die Mädchen meistens auf ihn fliegen.«

Okay. Da wird auf beiden Seiten beschissen. Immerhin schenken sie sich nichts.

»Die Löwensteins sind vielleicht nicht unbedingt eine skandalfreie Familie, aber ich bin gut mit David befreundet und kann annähernd nachvollziehen, wie es ist, wenn man nicht für die Lebensstilentscheidungen seiner Eltern verurteilt werden möchte. Wobei meine Familie nicht annähernd so im Fokus der Öffentlichkeit steht wie die Löwensteins. Das macht es natürlich noch schwerer.«

»Wieso stehen sie denn im Fokus der Öffentlichkeit?«

»Erikas Vater ist einer der renommiertesten Diagnostiker, die es gibt. Er leitet ein Sanatorium und sitzt im Vorstand der Medizinervereinigung. Außerdem veranstalten sie regelmäßig Events für gute Zwecke – Spendengalas, Bälle und dergleichen.«

»Soll heißen, sie sind verdammt reich.«

»Reich ist kein Ausdruck. Wenn Gott Geld hätte, hätten die Löwensteins mehr.«

»Oh ...«

Und ich dachte, die DeLucas, die diese Sause veranstalten, wären hier die Platzhirsche. Andreas bester Freund kommt aber wohl aus noch besserem Hause. Reich und reich gesellt sich gern …

»Möchtest du mir übrigens erklären, wieso David dir einen Gynäkologen empfohlen hat?«, fragt Pascal plötzlich.

Ich sehe bittend auf die Fahrstuhltür, weil ich aussteigen und davonlaufen möchte, bevor wir darüber reden können.

»Nein, möchte ich ganz und gar nicht«, piepse ich, da wir anscheinend im langsamsten Fahrstuhl der Welt stehen. Echt jetzt, Pascals Zimmer ist nur im zweiten Stock! Was ist denn hier los?! Wird das Ganze von Hand betrieben und ein Italiener muss erst eine riesenhafte Rolle Stahlschnur rollen?

Als die Tür endlich aufgeht und wir durch den Gang laufen, sehe ich noch immer betreten auf den Boden.

»Das hast du von deinen Fetisch-Witzen. Sei froh, dass du an David und nicht an seinen Vater geraten bist – der ist auch blond und hat meine Größe. Und hätte dich wahrscheinlich schneller in den nächsten Lagerraum gezogen, als du realisieren hättest können, dass die Klavierspielerfinger nicht meine sind«, flüstert Pascal leise vor sich hin.

Der Gang ist zwar leer, aber er hat diesmal recht mit seiner Vorsicht. Die Wände haben Ohren – und die Ohren haben Geld, so viel Geld.

»Ich verspreche, ich flüstere nur mehr dir solche Dinge zu. Und wenn ich mir nicht sicher bin, lasse ich mir einen Ausweis zeigen. Wenn dort nicht Pascal Favre steht, hört der Mann keine einzige Obszönität von mir!«

Er grinst tatsächlich über meinen Spruch, während er seine Zimmertür öffnet. Pascal lacht sogar leise. Ich denke, das ist das erste Mal, dass er so anstandslos und offensichtlich über einen meiner dämlichen Witze lacht. Schön …

WELL, THAT ESCALATED

Das Zimmer sieht aus wie eine Filmkulisse. Ich war noch nie in einem so abgefahrenen Raum. Königliche Eleganz trifft Regenbogen. Die Möbel im Barockstil vertragen sich ungeahnt gut mit den hellblauen Wänden und den gepunkteten orangen Vorhängen. Auch auf dem breiten Doppelbett mit dem geschwungenen Kopfteil liegt seidig glänzende, aber knallorange Bettwäsche. Total schräg. Und unheimlich cool.

Ich vermute, das hier ist so eine Art Kunsthotel. Der Empfangsbereich war schon in sattem Grün gestrichen und trotzdem mit riesenhaften Kronleuchtern bestückt. Romantisch, luxuriös, extravagant und zweifelsohne etwas irre. Wenn Andrea das Hotel nach ihren Persönlichkeitsattributen ausgesucht hat, mag ich sie schon jetzt.

Exzentrikerinnen sind spannend. Übrigens: Wenn das hier ein Standard-Zimmer ist, haut einen die Suite garantiert aus den Socken.

Pascal stellt unsere Koffer neben dem Bett ab und vertieft sich dann in sein Handy. Ich komme vor dem bodentiefen Fenster zum Stehen und schiebe die Vorhänge zur Seite, um die Aussicht zu genießen. Hinter dem Haus gibt es tatsächlich ein Heckenlabyrinth. Unglaublich. Wann bin ich in den Hasenbau gefallen? Flittchen im Wunderland …

»Sieh dir das mal an! Der Garten ist der Wahnsinn, oder?«

Pascal kommt meiner Aufforderung zwar nach, lässt seinen Blick aber nur kurz durch das Fenster schweifen.

»Schön …«

Das war der am wenigsten begeisterte Ausdruck von Begeisterung, den ich jemals gehört habe. Seine Brauen sitzen so tief über den schönen Augen, dass das helle Blau seiner Iriden dumpf wirkt.

»Alles okay?«, will ich wissen, weil ich vermute, dass er nicht mag, was er da in seinem Handy sieht. »Hast du aus Versehen die Selfie-Kamera geöffnet und siehst jetzt ein Bild von dir? Keine Angst, es ist der seltsame Winkel, der dich wie ein fettes, asymmetrisches Monster aussehen lässt, das geht jedem so.«

Es dauert ein paar Sekunden, bis Pascal reagiert. Als er endlich von seinem Handy aufblickt, zieht er eine Braue nach oben und funkelt mich an. »Hast du mich gerade asymmetrisches Monster genannt? Und fett?«

Ich seufze. »Nein, das war ein Witz. Was ist denn? Hast du eine schlechte Nachricht bekommen? Warum plötzlich die miese Laune?«

Dass ich auf sein Display schiele, passiert automatisch. Ich will das wirklich nicht machen, aber es ist wie ein Reflex. Ich sehe noch, dass er WhatsApp geöffnet hat, dann lässt er das Smartphone sinken.

»Ich bin nicht schlecht gelaunt. Ich war nur abgelenkt.«

Schon als ich den Mund aufmache und Luft für meinen nächsten Satz hole, unterbricht er mich.

»Frag nicht. Ich gebe dir keine Antwort. Es geht dich nichts an.«

Dass ich ihn für den harschen Spruch gekränkt mustere, hat er kommen sehen. Pascal weiß, dass er mich gerade erfrieren lässt, aber er tut es bewusst.

Ich seufze und richte den Blick wieder auf das Märchenambiente vor dem Fenster. Der Eisprinz steht still neben mir und ist so kalt, wie er gerade sein möchte.

Dann sei eben so. Ich schätze, du hast deine Gründe. Die hast du immer, oder?

»Ich stelle mich unter die Dusche«, kündigt er nach kurzem Schweigen an.

Ich fühle seinen Blick wieder wärmer werden und erwartungsvoll mein Profil mustern. »Soll ich mitkommen?«, frage ich, ernte aber ein Kopfschütteln.

»Nein. Aber wenn du im Bett auf mich warten willst, hätte ich nichts dagegen.«

Ich nicke und sehe ihn dann sein Handy ausschalten.

Echt jetzt? Hast du Angst, dass ich darin herumspionieren könnte, während du unter der Dusche stehst? Hältst du mich für so unhöflich und schamlos?! Vollidiot!

Pascal legt sein totes Telefon auf das Fensterbrett und setzt sich in Bewegung. Er macht zwei Schritte, dann bleibt er stehen. Ich drehe mich nach ihm um, kann aber nicht verhindern, dass ich finster aussehe, weil er mich mit der Aktion gerade gekränkt hat.

Er seufzt leise. »Ich kann nicht …«

»Was kannst du schon wieder nicht?«, frage ich und versuche, nicht ganz so genervt zu klingen, wie ich bin.

»Über diese Sache reden. Mit niemandem. Nicht mal mit Remo. Oder meinem Vater. Das liegt nicht an dir. Es liegt an mir. Ich spinne«, gesteht er mit weicher und trotzdem irgendwie starrer Miene.

Oookay. Jetzt weiß ich mal wieder nicht, was ich fühlen soll. Wieso tut er das nur immer? Ich will EINMAL bei der festen Erkenntnis bleiben können, dass er einfach ein Arschloch ist. Aber er lässt das nie zu.

Mein Blick wird auch weich und ich lasse ein leises, leidiges Stöhnen aus meiner Kehle dringen, bevor ich den Kopf schüttle. »Du musst mir nichts erzählen. Es geht mich nichts an. Aber wenn dir etwas so am Herzen liegt, solltest du vielleicht doch mit Remo oder …«

»Es ist nichts Schlimmes. Ich komme klar. Es geht vorbei. Und ich lasse mir davon nicht mehr das Wochenende vermiesen. Deshalb habe ich das Handy ausgemacht, nicht deinetwegen.«

Ich schweige, weil ich nicht weiß, was ich sagen soll. Da tobt so viel Neugier in mir und sie ist nicht mal egoistisch motiviert. Ich würde Pascal gern helfen, aber wenn er nicht reden will, kann ich nichts tun.

»Und das Labyrinth ist übrigens wirklich schön«, merkt er noch an und sagt diesmal ›schön‹, wie es normale Menschen tun. Er schmunzelt sogar sein kühles Schmunzeln, bevor er im Badezimmer verschwindet.

Versteh einer diesen verschlossenen, tiefgründigen, problembeladenen Engel von einem Mann.

Ich lasse mich auf das königliche Bett fallen und genieße das Gefühl der seidenweichen Bettwäsche. Irgendwie bin ich etwas müde, aber ich sehne mich trotzdem nicht nach einem Nickerchen. Da liegen zu viele spannende Dinge vor mir. Wahrscheinlich bekomme ich vor Aufregung das ganze Wochenende lang kein Auge zu. Schlafen kann ich aber auch, wenn ich wieder zu Hause bin.

Mein Handy ist noch im Flugmodus. Nachdem ich ihn ausgeschaltet habe, sende ich Jan die Fotos des Springbrunnens. Ich schieße auch gleich eines von mir in dem hammer Bett. Dabei fällt mir auf, dass ich die Klamotten loswerden sollte. Nicht für Jan, sondern für den Mann, der gerade seinen perfekten Körper einseift und für meinen bezahlt hat.

Ich bin froh, dass ich mich ohne Zuschauer ausziehen kann. Die Röhrenjeans machen zwar einen niedlichen Hintern, aber man muss sich aus den Dingern rauswinden wie eine Schlange, die sich gerade häutet. Ich verstehe langsam, warum Vincent uns verbietet, Hosen bei Buchungen zu tragen. Für die Flugreise erschien mir das aber passend.

Nachdem ich in meinem Koffer gewühlt und mein Zeug zum Frischmachen gefunden habe, drehe ich mich mit nach Veilchen duftender Haut vor dem barocken Spiegel, der an der Wand neben dem Bett lehnt.

Ich will die Unterwäsche erst mal anbehalten. Die schwarzen Bänder, die sich an der Seite des Tangas und unter meinem BH auf meine Haut legen, erinnern irgendwie an Bondage.

Ich kitzle den Fetisch-Liebhaber schon noch aus dem Franzosen heraus.

Kaum streift der Gedanke durch meinen Kopf, muss ich die Augen zusammenkneifen, grinsen und mich eine Runde schämen. Ich weiß in Wirklichkeit selbst absolut nichts über echten Fetisch. Trotzdem trieze ich Pascal damit. Will ihn aus der Reserve locken.

Die Gelüste eines echten Fetischisten könnte ich nie und nimmer stillen. Was ich von Pascal will, ist wohl eher das, was ich auch mit Jan hatte. Sex, der so intim ist, dass er etwas Besonderes wird und in Erinnerung bleibt. Etwas, das man nur mit einer bestimmten Person teilt, weil man sich vertraut und Dinge ausprobieren kann, die …

Bin ich eigentlich besoffen? Meine Gedanken sind so bescheuert, dass ich mich besser fühlen würde, wenn ich eine Flasche Wein intus hätte, weil das zumindest den ganzen Bullshit, den ich mir ausmale, rechtfertigen würde.

Pascal ist nicht Jan. Pascal ist ein Job. Ich bin eine Escort und das hier wird schon allein deshalb nichts Besonderes, weil mich noch hundert Männer nach ihm buchen und vögeln werden. Und alle werden …

Ich weiß nicht mehr, was ich denken wollte. Ich könnte gerade nicht mal mehr meinen Namen buchstabieren. Und ich glaube, mein Mund steht offen.

Pascal ist aus dem Badezimmer gekommen, bleibt in der Mitte des märchenhaften Raums stehen und rubbelt sich mit einem kleinen Handtuch über die Haare.

Er ist nackt. Ein paar Wassertropfen bahnen sich ihren Weg über die blasse, ebene Haut und entweder dampft er noch etwas von der

Wärme der Dusche oder das, was ihn umgibt, ist der göttliche Nebel, aus dem Sexengel erscheinen.

Ich habe schon wirklich heiße Männer gesehen: Wikinger, Vampire, süße Bi-Typen, die Justin Bieber doubeln könnten, aber er ist … Mich hat noch nie jemand feucht werden lassen, indem er einfach nur nackt vor mir stand.

»Die Unterwäsche sieht heiß an deinem Körper aus. Zeig mir mehr davon.«

Seine Stimme klingt viel dunkler als vorhin.

Ich raffe mich aus den bequemen Kissen hoch auf die Knie und drehe Pascal dann langsam den Rücken und meinen Hintern zu. Während ich mich an den verschnörkelten Verstrebungen des Bettgestells festhalte, sehe ich über meine Schulter. Die blauen Augen mustern mich. Er neigt langsam den Kopf und beißt sich dann auf die Lippen. Ich tue es ihm gleich, übe Druck mit meinen Zähnen auf meine Unterlippe aus. Pascal genießt nur, ich muss mich maßregeln, weil ich schon viel zu scharf bin, obwohl wir noch gar nicht angefangen haben.

Meine Gedanken und mein Schamgefühl vernebeln in einem Schleier aus Lust. Am liebsten würde ich es mir gerade selbst machen und mir ansehen, wie er mich dabei ansieht. Dass Pascal mein Höhepunkt egal ist, habe ich aber nicht vergessen. Ich diene seinem Vergnügen, nicht umgekehrt, aber das mindert meine Lust auf das, was mir bevorsteht, kein Stück.

Er geht auf seinen Koffer zu, greift hinein und wirft ein Kondompäckchen aufs Bett.

»Darf ich?«, frage ich.

Pascal bleibt neben mir stehen und nickt. Ich reiße das Päckchen vorsichtig auf, bevor ich den Kopf zu seiner Mitte drehe. Seine Haut, seine Hüftknochen, seine Oberschenkel, seine Männlichkeit, einfach alles an ihm ist so betörend und perfekt, dass ich dankbar für das helle Tageslicht im Zimmer bin, das mir erlaubt, seine Makellosigkeit in vollen Zügen zu genießen.

Ich knie mich etwas tiefer auf die Matratze, bis mir der Geruch seiner frisch gewaschenen Haut in die Nase steigt. Meine Hand gleitet über seinen Bauch, hinunter zu seiner Erregung, die sich mir entgegenhebt, als sie den Druck meiner Finger und den Hauch meines Atems spürt.

Pascals Hand legt sich auf meinen Kopf, er fährt durch meine Haare, sein Becken wirkt unruhig. Er presst mich aber nicht näher an sich, sondern hält sich zurück.

Ich möchte unbedingt über seine nackte Haut lecken und ihn schmecken, aber Oralsex ohne Gummi ist ein Agentur-No-Go. Pascal will das bestimmt auch nicht. Schließlich muss er denken, dass ich es ständig mit unzähligen Männern treibe. Das stimmt zwar nicht wirklich, aber er hat jedes Recht, es anzunehmen.

»Kannst du's mit dem Mund?«, höre ich ihn angeheizt flüstern.

Ich nicke und lecke mir über die Lippen, bevor ich das Kondom vorsichtig darauflege.

Jetzt verfestigt sich sein Griff in meinen Haaren. Ich fühle die Spitze seiner Männlichkeit unter der dünnen Latexschicht gegen meine Lippen drücken. Mein Mund öffnet sich nur ein kleines Stück, damit sich das In-mich-Gleiten möglichst scharf für ihn anfühlt.

Pascal knurrt sich die Stimme rau, während sich das Kondom über seine Härte rollt. Eigentlich will ich das letzte Stückchen mit der

Hand überstreifen, weil ich es als unangenehm empfinde, wenn jemand so tief in mir steckt, dass ich keine Luft mehr bekomme, aber ich möchte ihn so unbedingt stöhnen hören, dass es mir gerade egal ist, ob der Blowjob anstrengender und fordernder wird.

Wird er. Von jetzt auf gleich. Ich muss den Schluck- und Würgereflex unterdrücken, aber für Pascal fühlt sich das scharf an.

Das melodische, raue Geräusch seines Stöhnens macht mich heiß, auch wenn ich das hier nicht lange in dieser Intensität durchziehen kann.

Dass er meinen Kopf festhält und seine Härte meine Kehle immer weiter reizt, wird mir gleich zu viel. Meine Finger zucken an seiner Hüfte. Als ich zu ihm aufsehe und zulasse, dass die Anstrengung meinen Blick zeichnet, lässt er mich los und zieht das Becken zurück.

»Entschuldige. Zu lange …«, bemerkt er selbst und streift mir mit dem Daumen über die Wange, während ich wieder zu Atem komme.

»Aber das hat sich wirklich geil angefühlt. Danke.«

Pascal fasst selbst noch mal an seine Härte und stellt sicher, dass das Kondom richtig sitzt. Dabei fällt mir auf, dass er mich zum ersten Mal überhaupt Hand an den Gummi hat legen lassen. Zumindest ein kleiner Vertrauensbeweis, auch wenn er nachkontrolliert.

»Kannst du noch? Deine Lippen sind so heiß …«, spricht er ein Kompliment aus und drückt den Daumen kurz auf meine Unterlippe.

»Ich kann so lange, wie du möchtest. Nur vielleicht nicht mehr ganz so …«

»Tief«, vervollständigt Pascal meine Bitte und nickt. »Sag mir, wenn ich zu grob werde.«

Ich beginne wieder, ihn zu stimulieren, diesmal so, dass ich problemlos dabei Luft holen kann.

Pascal wird nicht grob, er vergräbt die Finger nur wieder in meinen Haaren. Das Ziehen ist erregend, weil es mich auch fühlen lässt, wie heiß und ungeduldig er wird.

Er lässt mich die Tiefe bestimmen, während ich mich an seinen Hüften festhalte. Ich versuche, ihn meinen Mund so eng und intensiv wie möglich erleben zu lassen, aber auch etwas Abwechslung in meine Stimulation zu bringen.

Als meine Zunge an der Spitze seiner Erregung spielt, sehe ich zu ihm auf. Die blauen Augen sind nur halb geöffnet, aber sie glänzen. Sein überirdisch schönes Gesicht wirkt streng, aber so sieht er auch am heißesten aus.

Pascal zieht plötzlich fester an meinen Haaren. So fest, dass ich den Mund von seiner Mitte wegneigen oder schmerzhaft aufstöhnen muss. Ich lasse von ihm ab und drücke den Kopf in den Nacken, um zu ihm aufzusehen.

»Das reicht. Ich will dich noch ficken. Hängst du an dem Tanga?«

Ich blinzle irritiert, aber nur eine Sekunde, dann fühle ich kühle Finger an meiner Hüfte und höre Stoff reißen. Jetzt verstehe ich seine Frage.

»Runterschieben hätte es auch …«

Der Satz endet in einem erschrockenen Piepsen, weil Pascal mich so schnell bäuchlings auf die Matratze befördert, dass mir etwas schwindelig wird. Kaum hebe ich den Hintern an und stütze mich an den Armen ab, packt er meine Hüfte.

Da ist jemand aber verdammt ungeduldig. Und scharf ohne Ende.

Er zieht mein Becken zu sich, seine Härte reibt über meinen Hintern, so fest, dass ich mir sicher bin, dass er mich nicht konventionell vögeln will. Ich kneife die Augen zusammen, da das ohne Vorbereitung verdammt schmerzhaft wird, aber er stößt sich plötzlich doch in die Stelle an mir, die schon heiß und feucht genug für ihn ist.

Ich versuche, die geschwungene Querverstrebung des Bettgestells zu greifen, aber Pascal ist so ungestüm, dass ich den Oberkörper nicht mal vernünftig aufrichten kann.

Umso überraschter bin ich, als er nach ein paar Stößen aufhört und mich loslässt. Ich hebe das Gesicht irritiert aus dem Kissen, an dem er mich quasi festgevögelt hatte, und drehe mich nach ihm um.

»Bist du … gekommen?«

Statt mir zu antworten, schubst er mich an der Hüfte zur Seite und legt mich auf den Rücken. Als sein Gesicht über meinem auftaucht, greift er meine Handgelenke und hält sie neben meinem Kopf fest.

»Hat es sich so angehört oder angefühlt, als hätte ich abgespritzt?«, knurrt er mir ins Gesicht.

»Nein.«

»Dann habe ich das wohl auch nicht!«

Oh, Herr Favre ist sauer. Wieso muss ich grinsen?

»Schlecht gelaunt? Willst du mich jetzt doch übers Knie legen?«

Keine Ahnung, warum ich ihn herausfordern muss. Wahrscheinlich, weil ich eine perverse Vollidiotin bin, die gern von Herrn Favre versohlt werden würde.

Pascal knurrt so tief und drohend, dass meine heiße Stelle allein durch das Geräusch kurz zu kribbeln beginnt.

»Ich schlafe seit einer Woche mit einem verdammten Ständer ein, weil ich ständig daran denken muss, wie sich unser letzter Fick angefühlt hat. Wieso ist das jetzt anders?«

Am Anfang seines Satzes war ich noch der Meinung, dass das schmeichelnder Dirty Talk ist, aber Pascal funkelt mich gerade so fragend an, als wollte er wirklich eine Antwort haben. Außerdem beschleicht mich das Gefühl, dass das gerade das Gegenteil von einem Kompliment war.

»Heißt das, ich fühle mich nicht gut an?!«, quieke ich beleidigt und sehe ihn kurz Zornesfalten an der Nase bekommen. Im nächsten Moment zieht er eine Augenbraue nach oben.

»Du fühlst dich normal an. Aber normal hat mich nicht eine Woche lang jeden Tag wichsen lassen. Hast du was an deiner Muschi verändert?«

»Ob ich was an meiner Muschi … Wie bitte?!«

»Na, hast du da vielleicht etwas zu Großes reingesteckt und jetzt ist sie eine Nummer größer?«

Das Knurren, das ertönt, kommt diesmal nicht von Pascal.

»Halt meine Handgelenke weiter fest …«, brumme ich drohend mit geschlossenen Zähnen. Jetzt ist er es, der mich verwirrt anblinzelt.

»Wenn du mich loslässt, scheuere ich dir nämlich eine! Ich hab mir gar nichts in die Muschi gesteckt! Und sie ist nicht eine Nummer größer! Sie ist klein, eng, scharf und wunderbar! Du Arschloch!«

Ja, ich weiß auch nicht, wie der Sex plötzlich so kolossal schräg werden konnte. That escalated quickly …

»Du bist noch immer geil! Aber letztes Mal war es schärfer.«

»Weil ich beim Vögeln kurz vor dem Kommen war! Du hast meine Muskeln zucken gefühlt, weil du an mir rumgespielt hast und ich grenzenlos scharf war! Heute hast du mir nur deinen Schwanz in den Mund gesteckt! An der Zunge und im Rachen habe ich keine erogenen Zonen, falls du das noch nicht wusstest! Muss ich hier echt ein Aufklärungsgespräch mit dir führen?! Sag mal, wie kann jemand, der schon versaute Dreier und regelmäßig Sex mit einer Professionellen hatte, nicht wissen, wie sich eine Frau anfühlt, die kommt?!«

Als ich mit meiner kleinen Wut-Rede fertig bin, fällt mir auf, dass Pascals Miene ein Stück weit die bescheuert vorwurfsvolle Strenge verloren hat.

Er mustert mich nur noch prüfend.

»Ich weiß, wie sich eine Frau anfühlt, die kommt«, stellt er als Erstes klar. »Aber bei dir war das anders. Schärfer.«

»Na dann hör auf, meine Muschi zu beleidigen, sie ist nämlich anscheinend magisch! Dass das Feeling jetzt anders ist, liegt nicht an mir, sondern an deiner Vorliebe für Ego-Vögelei!«

Pascal brummt. Nicht wütend, eher resignierend. »Ich stimuliere eigentlich keine Frauen, die sowieso schon feucht sind«, gibt er zu. »Kam mir immer redundant vor.«

»Klar. Wenn du ihn reinstecken kannst, ist dir alles andere egal«, sage ich, reiße mich dann aber am Riemen, weil mir bewusst wird, dass es mir eigentlich nicht zusteht, so vorwurfsvoll zu klingen. Wenn er meinem Körper irgendeinem Schwachsinn vorwirft, darf ich ihn anfauchen, aber wie er mich haben will, bleibt ihm überlassen.

»Du musst es mir nicht machen. Aber wenn du noch einmal meinen Körper beleidigst, dann … schreibe ich dir einen Liebesbrief, der dich ausflippen lässt!«

Ja. Man kann Pascal mit seltsamen Dingen drohen. Aber da liegen sowieso schon so viele schräge Schwingungen in der Luft, weil dieses Vögel-Gespräch so grotesk ist, dass ich nicht weiß, ob ich grinsen oder seufzen soll.

»Ich wollte dich nicht beleidigen. Ich hatte nie einen Körper unter mir, den ich mehr gewollt habe. Du bist absolut perfekt in meinen Augen. Und ich bin lächerlich kritisch, was Oberflächlichkeit betrifft.«

Mir wird gerade zehn Grad wärmer. Meine Wangen glühen wie im Fieber. Dass diese brutal ehrlichen Lippen überhaupt so ein Kompliment aussprechen können, war mir nicht bewusst. Was mich noch mehr überrascht, ist die Tatsache, dass Pascal danach nicht mal angewidert oder finster aussieht, weil ihm klar wird, was er gerade rausgehauen hat. Er beißt sich nur auf die Lippen und nickt einmal energisch.

»Na dann!«, knurrt er motiviert.

»Na dann, wa…hahau, was wird das denn?!«

»Nach was sieht es denn aus? Ich stelle eine Französischklausur zusammen!«, entgegnet Pascal und wird damit zum ersten Mann, der mir einen sarkastischen Spruch um die Ohren haut, während er den Kopf zwischen meinen Beinen hat. Sogar Jan hält dabei für gewöhnlich die Klappe.

Ich bin so überrascht von seinem Vorhaben, dass ich irritiert gegen die stuckverzierte blassgelbe Decke blinzle, während ich seine Zunge über mich gleiten fühle.

Passiert das gerade wirklich? Leckt mich der sexuell egoistischste Mann auf diesem Planten? Der, der mir bisher bei jeder Buchung versichert hat, dass es ihm egal ist, ob ich einen Orgasmus habe, und dass ich ihm nichts vorstöhnen muss?

Darf ich jetzt stöhnen? Mir ist verdammt danach, vor allem seit er mit der Zungenspitze diese kleinen Kreise zieht.

»Hast du so was schon mal gemacht?«, piepse ich atemlos und kralle die Finger in die Bettwäsche, weil mein Körper sich vor Erregung anspannt. Als er zu mir aufsieht und mich mit feuchtem Mund anknurrt, merke ich, dass meine Frage sich nach Vorwurf angehört hat. Das wollte ich nicht. Er macht das verdammt geil! Ich wollte nur wissen, ob er seine ›Es ist mir egal, ob du kommst‹-Einstellung schon mal so bewusst über Bord geworfen hat. Das richtig zu formulieren, gelingt mir aber gerade nicht.

»Ob ich schon mal eine Frau geleckt habe?! Ich bin 30! Ich hatte schon öfter Sex als du! Was ist denn das für eine debile Frage?!«

Klar, er ist sauer. Ich streichle ihm vorsichtig über den Kopf, wie einem Tiger, dem man versichern möchte, dass man es gut meint, damit er nicht beißt.

»Nein. Ich weiß, dass du viel Sex hattest. Ich meinte, mehr als anlecken, damit du sie vögeln kannst.«

Die große Katze brummt. Da glitzert ein Hauch Verlegenheit in den stahlblauen Augen, die er hinter wütendem Höllenfeuer versteckt.

»Natürlich habe ich das! Frag Melanie! Und jetzt halt die Klappe! Ich kann mich nicht konzentrieren!«

Sicher, er ist wütend, aber ganz ehrlich: Wütend leckt er noch besser. Pascal versucht zwar anscheinend, einen Preis für die schnellste, beste Stimulation der Welt zu gewinnen, aber so konzentriert und mechanisch seine Technik anmutet, so zielführend ist sie auch.

Ich kann das Stöhnen nicht mehr unterdrücken, weil die Erregung mich in andere Sphären trägt. Pascal zwischen meinen Beinen zu sehen, zu fühlen und zu hören, lässt meinen Körper in Flammen aufgehen. Er raunt gegen meine Hitze und beginnt dann, das Ganze nicht mehr für ein Wettnachtischnaschen zu halten. Sein Gleiten wird genüsslicher, sein Ziehen sanfter, aber der Druck seiner Zungenspitze bleibt fest.

Ich halte das gleich nicht mehr aus, ohne seinen Namen durch das ganze Hotel zu stöhnen.

»Hör auf …«, flüstere ich und will ihn mit der Hand dazu bringen, den Kopf aus meinem Schoß zu heben. »Pascal, hör auf. Es reicht. Ich komme sonst …«

Ich will meine Schenkel zusammendrücken, aber er greift sie und hält sie fest.

Dass er plötzlich nicht mehr aufhören will, schmeichelt mir, aber ich will ihn auch stöhnen hören und am liebsten mit ihm gemeinsam kommen.

Bevor ich endgültig den Kampf gegen den nahenden Höhepunkt verliere, ziehe ich den letzten Trumpf, den ich habe, um Pascal hoffentlich so ungeduldig zu machen, dass er über mich herfällt.

»Ich bin heiß und eng … fick mich.«

Ja, das war der richtige Triggersatz. Das schönste Gesicht der Welt hebt sich. Er mustert mich mit glänzenden Lippen und noch glänzenderen Augen, bevor er einmal knurrt und mich dann nimmt.

Pascal fühlt sich noch härter an als vorhin, aber vielleicht spüre ich ihn auch intensiver, weil meine Nervenenden so gereizt sind.

»Geil?«, hauche ich ihm fragend gegen die Lippen, die mich seinen heißen Atem spüren lassen, während er in mich stößt.

»Nnnhja …«

Ich schätze, das war ein ›Ja‹.

Pascal wirft den Kopf kurz in den Nacken und schluckt hart. Sein Hals sieht so sexy aus, dass ich mit den Fingern darüber streicheln muss.

»Nicht würgen …«, ächzt er drohend zwischen dem unkontrollierten Stöhnen.

Ich hatte nicht vor, ihn zu würgen, aber sein Verbot ist wie eine Herausforderung.

»Wieso nicht?«, raune ich dunkel und verdorben.

Die Erregung dämpft mein Schamgefühl und schürt mein Verlangen, Grenzen an ihm auszutesten.

Ich drücke die Fingerspitzen etwas fester gegen seine Haut. Er könnte meine Hand packen, aber er ist zu sehr damit beschäftigt, mich durchzuvögeln und das Feeling zu genießen.

Seine Stöße tun mir ebenso gut wie ihm. Jedes Mal, wenn mich seine Härte ausfüllt, türmt sich die Lust weiter in mir auf.

Als Pascal mich küsst und seine Zunge über meine gleitet, erreiche ich einen tranceartigen Zustand, den ich am liebsten nie wieder verlassen würde. Wir stehen beide kurz vor dem Höhepunkt, unsere Körper sind so heiß, passen so gut zueinander, und ihn zu schmecken, zu fühlen und stöhnen zu hören, befriedigt all meine Sinne.

Eigentlich will ich ihm Bescheid sagen, wenn ich es nicht mehr aushalte und komme, aber Pascal stößt plötzlich in so heißem

Rhythmus in mich, dass mich der Orgasmus ohne Vorwarnung überrollt.

Ich muss den Höhepunkt nicht ankündigen. Er hört, dass ich komme, und er spürt es.

Nachdem mir seine raue Stimme etwas auf Französisch ins Ohr knurrt, wirft er den Kopf wieder in den Nacken und stimmt in mein heiseres Stöhnen ein.

Während er sich ergießt, ist sein Rhythmus ungleichmäßig, so als wäre er aus dem Takt gekommen, aber der falsche Takt tut ihm so gut, dass seine Härte ungewöhnlich lange in mir pulsiert.

Pascals Körper bricht auf meinem zusammen. Seine noch tiefen Atemzüge streifen meinen Hals. Ich streichle über seinen Rücken, fühle ihn aber zucken und lasse es dann sein. Er rollt sich von mir runter und bleibt mit geschlossenen Augen neben mir liegen.

»Das war geil ohne Ende …«, summt er genießerisch und verzieht die Lippen zu einem sanften Schmunzeln, das verschwindet, als er die Augen aufschlägt und mir strenge Blicke zuwirft. »Aber wenn du mich noch einmal würgst, vögle ich dir den Arsch wund!«

Ich drehe mich auf die Seite, stütze den Kopf an meiner Hand ab und ziehe eine Augenbraue nach oben. »Klar, als hättest du mich nicht daran hindern können.«

»Was war denn an ›nicht würgen‹ missverständlich?«

»Na ja, ›nicht würgen‹ ist kein Safeword.«

Pascal schnaubt. »Als ob ich ein Safeword für Sex mit dir bräuchte.«

»Wenn du weiter so auf Fetisch abfährst, dann schon«, trieze ich ihn.

»Ich dachte, du machst das nicht«, entgegnet er.

Der Wechsel in seinem Tonfall von gespielt genervt zu ernst, gefällt mir nicht. Dass er mich mustert, als wäre er auf der Suche nach etwas, missfällt mir noch mehr.

»Zumindest hast du diesmal keine Blessuren oder Bisse«, stellt er fest.

»Das beim letzten Mal waren nur Kratzer von einem Busch, daraus musst du keine große Sache machen. Wenn es dich beruhigt: Ich hatte nach dem Abend in deinem Bungalow keine Buchungen mehr. Du warst der Letzte.«

»Wieso?«

Ich zucke mit einer Schulter und schweige, da ich jetzt keine Lust habe, ihm zu erklären, dass Vincent mir Urlaub gegeben hat, aus Gründen, die ich auch nicht ganz verstehe.

Sein Blick wird seltsam starr. »Bedienst du keine anderen Kunden mehr?«, fragt er tonlos.

»Hast du 50.000 Franken für das Wochenende bezahlt?«

»Was? Nein.«

»Na dann bediene ich wohl noch andere Kunden!«, entgegne ich gereizt. Das Thema ist doch bescheuert!

Ich will aus dem Bett steigen, aber Pascal hält mich am Arm fest.

»Bleib hier.«

»Ich muss ins Badezimmer!«

»Musst du nicht, du willst weg, weil dir das Gespräch unangenehm ist. Ich sehe Menschen so was an, ich habe diesen Blick erfunden.«

Ich brumme und bleibe liegen, da der Panik-Experte neben mir recht hat.

»Du schmeckst gut«, wechselt Pascal das Thema und schmunzelt wieder, diesmal kokett schief.

Er lenkt mich damit wirklich ab, weil ich wieder das heiße Bild seines schönen Gesichts zwischen meinen Beinen vor mir sehe. Ich bin noch immer überrascht, dass er das mit mir getan hat.

»Du leckst gut. Man merkt gar nicht, dass du so gut wie keine Übung darin hast«, meine ich zwinkernd. Ich will ihn damit eigentlich zum Knurren bringen, aber er lässt die Stichelei über sich ergehen.

»Ich habe Oralsex eigentlich immer gemieden, so gut es ging. Hat mir nicht wirklich Spaß gemacht«, gesteht er.

»Hat es sich diesmal zumindest gelohnt? Hast du gespürt, was du spüren wolltest?«, frage ich, obwohl ich weiß, dass er den Sex scharf fand. Das war offensichtlich, aber ich will es trotzdem hören.

»Du fühlst dich grenzenlos geil an. Ich würde dich sofort noch mal ficken, hätte ich mir in der letzten Woche nicht die Seele aus dem Leib gewichst, weil mir dein Körper nicht mehr aus dem Kopf gegangen ist.«

Ich grinse. Rot kann ich nicht werden, weil mein Körper sowieso noch hundert Grad vom Sex hat.

»Du musst mich nicht mehr lecken. Beim nächsten Mal kann ich es mir auch selbst mit der Hand machen, dann hast du dasselbe Feeling ohne Aufwand«, biete ich ihm an.

Ich diene noch immer seinem Vergnügen, nicht umgekehrt. Und da ihm Oralsex irgendwie unangenehm ist und keinen Spaß macht, will ich auch nicht, dass er es mir noch mal macht. Ich würde mir bescheuert vorkommen.

»Hatte ich nicht gesagt, du schmeckst gut?«, meint er und schüttelt den Kopf.

»Ja. Aber du hast auch gesagt, dass du das nicht gern machst und eigentlich meidest.«

»Bisher ja. Aber ich habe auch Melanie geleckt und es hat mir nichts ausgemacht.«

»Wahrscheinlich weil ihr Freunde seid und du sie schon damals sehr mochtest. Das ist etwas anderes, als zwischen …«

»Können wir das jetzt bitte nicht überanalysieren?«, unterbricht Pascal mich und zuckt mit den Schultern. »Ich mag deine Muschi, sie schmeckt nach Lavendel, und ich finde es geil, wie dein Körper zittert, wenn ich dich lecke. Lass mich einfach machen. Oder war ich so schlecht?«

»Na ja, etwas überkonzentriert am Anfang, aber gegen Ende hast du aufgeholt.«

Pascal sieht mich an, als hätte ich ihm gerade gesagt, dass er hässlich ist. Richtig glauben kann er es nicht, aber es geht ihm trotzdem gegen den Strich. Dass ich grinse, tut nicht viel für seine Stimmung.

»Ist das die Retourkutsche, weil ich dir beim letzten Mal gesagt habe, du wärst nicht gut im Bett?«, will er wissen.

»Ja, ich gucke mir pädagogisches Feingefühl vom besten Lehrer ab, den ich kenne.«

»Auf welche Schule bist du eigentlich gegangen?«

Themenwechsel sind wohl heute Pascals Fall.

Ich lege mich auf den Bauch, stütze mich mit den Ellbogen ab und fummle am Saum der hübschen Polsterbezüge herum. »Öffentliche Schule. Nichts Besonderes. Kevin ist der Schlaue von uns beiden.«

»Und danach hast du Kunst studiert?«

Dass er sich noch daran erinnert, dass ich etwas Kreatives mache, verwundert mich. Es kam nur einmal kurz beim Elternsprechtag zur Sprache.

»Nein, ich war nie an der Uni. Nur an der Fachhochschule. Zwei Jahre. Auch nichts Weltbewegendes – ich habe keinen Titel oder ein Diplom, nur ein Zeugnis. Jetzt bin ich selbstständig. Designe hauptsächlich Onlinewerbung. Wirft nicht viel ab, aber ich kann meine Miete zahlen. Am liebsten würde ich mit Autoren und Verlagen zusammenarbeiten, aber das ist nicht so einfach.«

Ich drehe den Kopf zu Pascal, weil er nichts dazu sagt. Er hat sich auf die Seite gedreht, stützt den Kopf an einer Hand ab und mustert mich.

»Was?«

»Du hast Probleme mit deinem Selbstbewusstsein. Wieso?«

Ich verziehe beleidigt den Mund. »Blödsinn. Nur weil ich nicht behaupte, meine Ausbildung wäre etwas Besonderes oder mein Job glamourös? Ich bin nur ehrlich.«

»Du hast einen vernünftigen Schulabschluss und eine Leidenschaft. Darauf solltest du stolz sein.«

»Sagt der Mann mit den zwei akademischen Titeln und den Musik Preisen …«

»Ja. Ich kenne auch Leute mit drei akademischen Graden und großen Talenten, deren Leben eine Katastrophe ist. Das sagt gar nichts. Seine Berufung zu finden hat etwas mit Selbstreflexion und persönlichem Glück zu tun – nichts mit Uniabschlüssen oder Preisen.«

Ich vergesse manchmal, dass er wirklich Pädagoge ist und das nicht nur etwas ist, über das ich versaute Witze mache.

Pascal ist gut im Reden, auch wenn ich gerade will, dass er die Klappe hält. Und ich will, dass er aufhört, mich so anzusehen. Er mustert mich wie vorhin, als er nach Kratzern an meinem Körper gesucht hat, nur sucht er sie jetzt anscheinend in meinem Kopf. Hör auf damit, Doktor Freud! Es geht mir gut!

Warum ich im Moment gerade nicht in Selbstbewusstsein bade, liegt doch auf der Hand. Ich denke, ich verarbeite die ganze Körper-verkaufen-und-ein-Sexspielzeug-sein-Sache ganz gut, aber hauptsächlich deshalb, weil ich nie anfange, zu gründlich darüber nachzudenken. Und das würde ich gern beibehalten. Ich komme da doch sowieso nicht raus. Und eigentlich ist es gut, wie es ist. Ich bin froh, dass alles so gekommen ist. Kevin würde jetzt sonst todunglücklich auf einer öffentlichen Schule sitzen, auf der sie ihn wahrscheinlich jeden Tag verprügeln, weil er ein Klugscheißer ist. Ich hätte Pascal nie kennengelernt – zumindest nicht so. Ich wäre nicht hier in diesem hammer Hotel, um auf diese Hochzeit zu gehen, die bestimmt großartig wird. Eigentlich ist mein Leben toll.

Damit Pascal mir das auch glaubt, grinse ich ihn an und steige dann beschwingt aus dem Bett. »Ich darf doch unter deine Dusche?«, frage ich und strecke mich genüsslich.

Er mustert meinen Körper. Der Anblick zerstreut hoffentlich seine Gedanken.

»Sicher, ich sagte doch, du kannst hier sein, wann du willst. Außer nachts.«

»Und stört es dich, wenn ich Musik anmache?«

»Nein, mach nur.«

»Und wenn es wirklich ätzende Musik ist?«

»Es gibt keine ätzende Musik.«

Ohhh, das hätte er mal lieber nicht sagen sollen. Ich wette, ich habe etwas in meiner Handyplaylist, das seine Ohren beleidigen kann.

AUS DREI MACH VIER

Pascal schließt die Tür zu seinem Hotelzimmer hinter uns und verstaut die Karte in seinem Portmonee.

Schwarze Hose, schwarze Schuhe, schwarzer Pullover, schwarz-weiß karierter Schal. Er sieht aus wie eines dieser französischen Laufstegmodels aus den Magazinen, die Jan immer aus der Praxis mitgehen lässt, um die Menschen darin scharf zu finden.

Eigentlich wollte ich ein Kleid tragen, aber ich fand es witzig, auch in ein Paar schwarze Röhrenhosen zu springen und einen schwarzen Pullover zu tragen.

Ich würde ja gern behaupten, dass wir jetzt beide wie stylishe Fashion-Models aussehen, aber ich dürfte auf einem Laufsteg wohl nur Kindermode präsentieren. Um meiner Winzigkeit entgegenzuwirken, trage ich hohe Schuhe, in denen ich aber bequem laufen kann. Keine Ahnung, was uns heute noch erwartet, aber ich bin für alles gerüstet. Denke ich zumindest.

Pascal hat unseren Partnerlook nicht bemerkt. Oder einfach nicht kommentiert, weil er das Ganze bescheuert findet. Da bin ich mir nicht sicher. Er wirkt trotzdem viel nahbarer als bei all unseren anderen Buchungen.

Der Tag ist noch nicht rum und ich weiß trotzdem so viel mehr über ihn als vor der Reise. Ich weiß, wie er entjungfert wurde, ich weiß, dass er nur allein schlafen kann und dass Frauen auf ihn reagieren wie Cracksüchtige auf Crack.

Außerdem habe ich herausgefunden, dass er ausrastet, wenn man im Badezimmer gut gelaunt *For Evigt* von Volbeat in eine Bürste singt. Nicht, weil er den Song nicht leiden kann, sondern weil, und ich zitiere: es ihn verstört, wenn ich Musik mit meiner Stimme vergewaltige und mich beim Vergewaltigen darüber freue.

Ich wollte ihn dazu bringen, das Singen für mich zu übernehmen, aber er meinte, er müsse seine Stimme für morgen schonen, da er sowieso ein Kratzen im Hals hat, seit ihn eine Verrückte beim Sex erwürgen wollte. Die Verrückte hat daraufhin gegrinst und ihm das Versprechen abgerungen, dass sie aufhört, in ihre Bürste zu singen, wenn er ihr irgendwann mal *For Evigt* vorsingt. Jetzt schuldet er mir ein Privatkonzert und einen Tanga. Meinen musste er in den Mülleimer werfen, weil er ihn kaputtgerissen hat.

Dass Pascal so eine ungestüme Seite hat, kann man kaum glauben, wenn man ihn nur angezogen kennt. Er wirkt so beherrscht, überlegt, kontrolliert und gerade ziemlich genervt, weil er feststellt, dass sein Portmonee nicht in die eng geschnittene Hose passt, ohne dass es aussieht, als hätte er einen Ständer.

»Soll ich es für dich in meine Handtasche stecken?«, frage ich und sehe ihn große Augen machen.

Er sieht mich an, mustert dann meine Tasche und neigt überrascht den Kopf.

Was? Fällt dir gerade zum ersten Mal im Leben auf, dass es praktisch ist, wenn man eine weibliche Begleitung mit Handtasche hat, der man sein Zeug anvertrauen kann?

»Wäre das wirklich in Ordnung für dich?«, stellt er eine Frage, die sich anhört, als wäre er erst seit ein paar Tagen ein Mensch und hätte vorher einer Alienrasse angehört, die nur aus Hetero-Männern besteht, die das Haus ausschließlich mit Hosen und Händen voller Kram verlassen.

Ich muss schmunzeln, während ich die Hand nach seinem Portmonee ausstrecke. »Ist doch kein Ding, ich habe genug Platz. Jan hat mir mal seine Schuhe, den Seitenspiegel seines BMW und Handschellen in die Tasche gesteckt – war ein schräger Nachmittag, aber ich hab ihn nie wieder so unterhaltsam kreativ fluchen gehört.«

Pascal könnte sich zumindest ein Nicken abringen, schließlich habe ich ihn davor bewahrt, den ganzen Tag mit einer Beule in der Hose herumzulaufen, und auch noch eine erheiternde Anekdote zum Besten gegeben. Er geht aber nur los. Kommentarlos. Kleiner Eisprinz-Anfall. Von mir aus …

Der langsamste Fahrstuhl der Welt befördert uns nach unten in den Empfangsbereich. Es ist noch immer ziemlich voll. Und ziemlich laut. Beschwingtes Italienisch schallt durch den Raum und bringt mich zum Lächeln, weil es mir wieder bewusst macht, dass ich im Ausland bin. Im Hotelzimmer hat es sich kurz nach zu Hause angefühlt. Dass das wahrscheinlich an der Gesellschaft eines Franzosen gelegen hat, ist merkwürdig, aber schön.

»Wen suchst du? Ich dachte, wir treffen deine Freunde bei der Casa di Giulietta.«

Pascal sieht sich so angestrengt um, dass ich keinen Zweifel daran habe, dass er auf der Suche nach einem bekannten Gesicht ist. Durch die vielen Menschengrüppchen und die Leute, die einchecken wollen und ihre Koffer herumschieben, ist es schwer, sich einen Überblick zu machen, ohne durch den ganzen Raum zu streifen – das will Pascal aber offenbar vermeiden. Er möchte keine Showrunde drehen, deshalb sieht er sich aus einer der Raumecken um.

Die beiden Frauen, die gerade an uns vorbeilaufen und ihn entdecken, starren ihm so auffällig ins Gesicht und dann auf den Arsch, dass es kurz wirkt, als wollten sie ihn antatschen.

Kann man mit diesem Mann eigentlich irgendwo hingehen, ohne Frauen zu begegnen, die sein Bein rammeln möchten? Er ist doch kein Zuchthengst oder eine Schaufensterpuppe, der es nichts ausmacht, ständig angestarrt zu werden.

Kriegt euch wieder ein! Und behaltet eure Finger bei euch, sonst spürt ihr den geballten Zorn des roten Chihuahuas!

Ich bin zwar nur ein gebuchtes Flittchen, aber ich will ihn trotzdem vor diesen bescheuerten Antatsch-Tanten beschützen, solange ich bei ihm bin. Starrt meinen Franzosen nicht an! Er ist sensibel! Und hat eine Klatsche!

Während ich versuche, es nicht absolut widerlich und seltsam zu finden, dass ich seit dem Beginn der Reise diese merkwürdigen Brudergefühle für den Mann entwickle, der mich vögelt, dringt etwas an mein Ohr, das mich aufhorchen lässt: Deutsch.

»Hör auf, das zu essen, Remo.«

»Ich habe Hunger!«

»Das ist aber total unangebracht.«

»Dass ich Hunger habe?«

»Nein! Dass du in der Wasserkaraffe herumfingerst! Die Gurken schwimmen da, um das Wasser anzureichern, nicht als Snack für dich!«

»Wasser anreichern … mit Gemüse. Nie etwas Dämlicheres gehört. Hopfen und Malz macht mehr Sinn. Italiener sind behämmert. Das mit den Nudeln haben sie raus, aber wer Gemüsestücke in Wasser wirft, das nicht zu Suppe wird, hat Probleme.«

»Oh, schön, jetzt wirst du ätzend.«

»Ich bin überhaupt nicht ätzend, ich … Oh ja, doch. Jetzt habe ich den Rassismus mit der Nudelsache auch rausgehört. Mann, ich schieße gegen mein eigenes Volk. Füttere mich oder ich brenne mein Land nieder!«

Während das Mädchen mit den langen dunkelblonden Haaren, das ich nur von hinten sehe, den Kopf schüttelt, tastet meine Hand nach Pascals Pulliärmel. Er steht einen Schritt von mir entfernt und sucht die falsche Raumseite mit dem Blick ab. Ich habe aber gefunden, wonach er sucht. Einen hungrigen, launischen, aber sehr unterhaltsam selbstverschaukelnden Italiener, der Gurkenstückchen aus den Wasserkaraffen fischt.

Als Pascal sich umdreht und Remo entdeckt, steuert er zielsicher auf ihn und seine Begleitung zu. Ich bleibe stehen, weil mich plötzlich der Mut verlässt und ich das Gefühl habe, dass ich bei der Begrüßung sowieso nur im Weg stehen würde.

»Bonjour. Ich dachte schon, ihr wärt noch immer nicht hier«, tönt Pascal und setzt zu etwas an, das ich ihm nicht zugetraut hätte: einer Umarmung. Er lächelt dabei sogar – überhaupt nicht eisig, sondern lauwarm. Ich wusste nicht, dass er das kann. Schon gar nicht bei einem weiblichen Wesen. Das Mädchen mit den langen naturblonden Haaren so nah an sich heranzulassen, bereitet ihm aber überhaupt keine Probleme oder artet in Stress für ihn aus.

»Unser Flug hatte etwas Verspätung«, erzählt sie, schmunzelt ihn an und tritt dann einen Schritt zurück, weil Remo sich zu ihnen stellt.

»Alter, wir haben dich acht Mal angerufen. Mel hat mich gezwungen, hier zu warten, damit wir dich nicht verpassen und gemeinsam in die Stadt fahren können. Ich musste nasse Gurken essen. Ich hasse dich. Wieso ist dein Handy aus?«

Die Begrüßung zwischen Remo und Pascal kommt ohne Umarmung aus. Und ohne Begrüßung. Es hagelt nur Vorwürfe, die sehr geschwisterlich klingen. Klar, die beiden sehen sich jeden Tag, teilen sich ein Haus, ein Badezimmer, da ist der Ton etwas schroffer, aber wie sie sich dabei ansehen, ist herzallerliebst und zum Schießen.

Ich weiß nicht, wer die Augenbraue höher ziehen und gefährlicher funkeln kann: der Straßenköter oder der französische Kater.

»Ich bin schon mal nicht dein ›Alter‹! War ich noch nie. Hör auf damit. Immer wenn wir außerhalb der Arbeit etwas machen, vergisst du, dass du so was wie Sprachkultur verinnerlicht hast«, tadelt Pascal hoheitsvoll.

»Heul doch. Du Opfer.«

»Remo!«, knurrt das Mädchen und schlägt ihm gegen den Oberarm.

»Was?! Er provoziert das! Aua übrigens. Wann bist du eigentlich so stark geworden?«

»Seit du mich jedes Wochenende im Fitnessstudio nervst und mich während des Trainings anbrüllst, dass ich Liegestütze wie ein Mädchen mache«, entgegnet sie und neigt gespielt vorwurfsvoll den Kopf.

Remo reibt sich den Arm. »Okay, ich muss aufhören, dich zu trainieren, du verpasst mir irgendwann noch blaue Flecken, wenn ich mich wie ein Trottel verhalte. Voll die häusliche Gewalt.«

Sie ignoriert den schwarzen Humor und blickt wieder zu Pascal. »Er hat noch nichts gegessen. Obwohl ich ihm gesagt habe, dass er sich am Flughafen ein Sandwich kaufen soll.«

»Die schmecken nach nassem Versandkarton«, motzt der hungrige Italiener vor sich hin.

»Außerdem ist er etwas emotional geladen, wegen der Hochzeit«, erklärt sie Pascal und sieht dann doch mit einem sanften Schmunzeln auf den Lippen zu dem feurigen Mann neben sich.

»Ich bin überhaupt nicht emotional geladen. Das klingt, als ob ich wegen der bescheuerten Hochzeit geheult hätte«, verteidigt er sich.

»Remo, du hast zwei Wochen damit verbracht, Fotos von Luca und Nora zusammenzutragen und deine PowerPoint-Präsentation mit *We belong* von Pat Benatar zu unterlegen.«

»Nicht erzählen! Du blamierst mich vor dem Franzosen. Der mir die letzten drei Wochen jeden Abend italienische Lovesongs vorgesungen hat, um Kritik zu seiner Aussprache von mir zu hören. Und wenn ich gelacht habe, wurde er total zickig. Nein, warte, erzähl nur. Du kannst mich nicht vor dem Mann blamieren, der mir in zwanzig Nächten in Folge in meiner Muttersprache vorgesungen hat, wie sehr er mich liebt.«

»Rühm dich bloß nicht mit deiner Hilfe«, entgegnet Pascal vorwurfsvoll. »Immer wenn ich dir eine Frage zur italienischen Grammatik gestellt habe, hast du nur gemurmelt, dass du keine Ahnung hast und das nach Gefühl machst. Im besten Fall hast du mir erklärt, dass du weißt, dass man etwas so sagt, weil deine Oma das auch immer gesagt hat. Das waren die lehrreichsten Momente, die du mir beschert hast. Ich weiß jetzt, warum du deine eigene Sprache nicht studiert hast. Du hättest zu jeder Prüfung deine Oma mitnehmen müssen.«

»Hey! Zieh nicht über meine Oma her. Sie ist eine wunderbare Frau. Und unglaublich furchteinflößend und leicht sauer zu machen. Und sie ist hier irgendwo, also mach mich nicht paranoid. Ich war ein guter Italienischlehrer für dich – zumindest der beste, der nicht vor dir flüchten konnte, weil er sich ein Wohnzimmersofa mit dir teilt.«

»Auf dem du jede Nacht spätestens beim dritten Song eingeschlafen bist«, unterstellt Pascal.

Remo zuckt mit den Schultern. »Ja. Das war ein Kompliment. Deine Stimme beruhigt mich. Welche Reaktion wäre dir denn lieber gewesen? Hätte ich eine Erektion bekommen sollen?«

»Eure Gespräche kommen zwar live viel besser als über Facetime, aber es ist Viertel vor zwei und wir kommen definitiv zu spät, wenn wir jetzt nicht losfahren«, merkt Melanie an und stutzt dann plötzlich. Sie blinzelt zu Pascal. »Sag mal, wieso bist du eigentlich allein hier? Ich dachte, du hättest eine Begleitung.«

Kaum stellt sie ihre Frage, sieht Pascal zur Seite und ist verwundert darüber, dass er den roten Chihuahua, den er gekauft hat, verloren hat.

Nein, ich stehe nicht neben ihm. Ich stehe schon die ganze Zeit etwas abseits, neben der Säule, weil es sich seltsam angefühlt hätte, in ihr Gespräch zu platzen. Ich habe schon bei Doktor Löwe einen verbalen Bock geschossen, noch mal will ich Pascal nicht vor seinen Freunden blamieren.

Es ist aber wahrscheinlich auch bescheuert, dass ich hier allein rumstehe wie bestellt und nicht abgeholt. Noch bescheuerter ist es, dass ich so schrecklich nervös werde, dass ich mir wünsche, sie würden mich zwischen all den Menschen einfach übersehen. Das passiert natürlich nicht. Ich bin leider leicht zu finden – wenn man sich wieder daran erinnert, dass ich da bin. Ich bin die mit dem Feuer am Kopf. Und in den Wangen.

Pascal sieht mich, Remo sieht mich, sogar Melanie, die mich noch nie im Leben gesehen hat, aber höchstwahrscheinlich von ihrem Freund weiß, dass ich rothaarig bin, entdeckt mich.

»Emma.«

Nachdem Herr Favre mich aufgerufen hat, gehe ich auf ihn zu. So muss es sich anfühlen, wenn man neu an einer Schule ist und Angst hat, dass die anderen einen unsympathisch finden oder für einen Außenseiter halten. Wobei, die Außenseiterrolle gehört mir so oder so. Ich schätze mal, ich bin die einzige Nutte in der Klasse.

»Remo kennst du ja schon«, sagt Pascal und zeigt auf den dunkelhaarigen Mann mit den breiten Schultern und dem koketten Lächeln.

»Hermine …«, tönt Remo grinsend und zwinkert mir zu.

Ich will zurückgrinsen, aber ich traue mich nicht, was mir wiederum bewusst macht, dass ich gerade im Angst-Modus laufe.

»Aber Melanie kennst du noch nicht«, stellt Pascal fest und nennt damit meine Angst beim Namen.

Seit er mir diesen Schwachsinn am Flughafen erzählt hat, von wegen er sagt ihr, dass ich total begeistert von Remo bin, habe ich Bammel vor diesem Zusammentreffen. Ich weiß nicht, was sie weiß oder was sie von mir denkt.

Was feststeht, ist, dass sie mal mit Pascal geschlafen hat, dass ich eine nächtliche Autofahrt mit ihrem Freund gemacht habe, in der wir ziemlich viel gelacht und über Privates gesprochen haben, und dass Remo mich auch schon mal nackt von Pascal hat runterspringen sehen.

Mal ehrlich, das sind alles beschissene Voraussetzungen für eine Mädchenfreundschaft. Ich würde ihr nicht verübeln, wenn sie mich nicht leiden kann, aber das will ich natürlich nicht. So was von nicht.

Bitte denk nicht schlecht von mir, du zauberhaft aussehendes Wesen!

Sie ist wirklich verdammt hübsch. Auf eine ganz natürliche Art. Kaum größer als ich, zierlich gebaut, trotzdem wirkt sie sportlich. Ich würde sie gern auf ein Buchcover packen. Dass Remo so unheimlich in sie verschossen ist, dass er in jeder freien Minute mit ihr am Telefon hängt, kann ich absolut verstehen.

»Hey. Du kannst mich Mel nennen. Melanie sagt nur mein Vater. Und Pascal. Freut mich sehr.«

Das Lächeln, das die Panik in mir unterdrückt hat, kämpft sich frei, als sie meine Hand schüttelt. Keine bösen Blicke, kein bissiger

Unterton, keine subtil abweisenden Gesten – sie klingt einfach nur sehr nett und etwas neugierig, aber das kann ich ihr nicht verübeln. Im Gegenteil.

»Freut mich auch!«, töne ich und bin innerlich so erleichtert, dass ich sie am liebsten knutschen würde. »Claire!«

Habe ich gerade …?

»Claire?«, wiederholt Mel und neigt irritiert den Kopf. »Ich dachte, du heißt Emma.«

Ja. Ja, ich auch.

Nervosität, schwerer Fall von Verpeiltheit, Drang, sich während sozial wichtigen Situationen in Peinlichkeiten zu suhlen – ich habe keine Ahnung, warum ich es nicht geschafft habe, meinen Namen zu sagen, und stattdessen Claires rausgehauen habe, aber ich weiß, dass ich gerade sterben möchte! Noch viel mehr als nach den geflüsterten Schweinereien an Doktor Reich und Schön.

Alle starren mich an. Zu Recht. Jeder hier weiß, dass ich nicht Claire heiße. Nur ich nicht.

Was zur Hölle stimmt bloß nicht mit mir?!!

»Ja … Ja, ich wollte sagen, Claire hat mir schon viel über dich erzählt …«, lüge ich, nicke hektisch und liebe mich für diesen Einfall.

Gut gerettet, Emma! Gut gerettet!

Danke! Ich weiß! Jetzt muss ich keinen Selbstmord begehen.

Mel schürzt die Lippen, kneift ein Auge zusammen und sieht dabei zwar eher albern, aber auch irgendwie skeptisch aus. »Wirklich? Was erzählt Claire denn über mich?«

Klar! Scheiße! Sicher will sie wissen, was die Frau, die jahrelang die beste Freundin ihres Freundes war und mit ihm Sex in Karnickelhäufigkeit hatte, über sie zu sagen hat.

Ich wette, ihr Verhältnis ist merkwürdig. Aber ich weiß es nicht! Ich habe keine Ahnung! Claire redet natürlich nicht mit mir über Mel. Ich muss mir trotzdem etwas aus den Fingern saugen. Sofort! Auch wenn Remo gerade unübersehbar möchte, dass ich die Fresse halte, weil er mich mit riesen Augen anstarrt, erschrocken langsam den Kopf schüttelt und auch noch mit der Hand vor seinem Hals herumfuchtelt. Pascal sieht mich, denke ich, auch sehr irritiert an, aber der ist gerade mein kleinstes Problem.

»Ach, Claire sagt nur, dass du …«, setze ich an, obwohl ich keine Ahnung habe, wie ich den Satz beenden werde. Ich kann ihre Frage aber nicht noch länger in der Luft hängen lassen, weil es jetzt schon so wirkt, als hätte sie irgendetwas Skandalöses erzählt.

Remo wird weiß. Pascal wird weiß. Ich werde weiß. Gleich kotzen alle und ich habe Schuld!

»… dass du sehr nett bist.«

Jap. Es war tatsächlich so einfach. Und wir können alle gleichzeitig wieder beginnen, zu atmen.

Mel schmunzelt und lacht kurz. »Claire ist süß«, meint sie und klopft Remo auf den Oberarm. »Ist sie doch, oder?«

Er zuckt mit den Schultern. »Süß. Nett. Wir sind alle bezaubernd. Viel mehr Menschen sollten uns anbeten.«

Remo beweist, dass Humor in allen Situationen hilft.

Mel grinst ihn noch mal an und macht dann eine auffordernde Kopfbewegung. »Kommt, wir sollten jetzt echt los. Wir können auch im Auto quatschen.«

»Draußen vor dem Hotel müssten eigentlich Taxis stehen«, meint Pascal und schließt zu Mel auf.

Als die beiden mich und Remo ein paar Schritte abgehängt haben, beugt er den Kopf zu mir runter. »Was war das denn?«, fragt er mit schräg klingender Stimme.

Ich sehe ihn entschuldigend an. »Sorry. Ich weiß auch nicht. Panik.«

»Ich hätte die Gurken, die ich gegessen habe, beinahe wieder hochgekotzt! Ich dachte, du haust jetzt weiß Gott was raus. Mach das bitte nie wieder mit mir, Hermine.«

»Hab ich nicht vor. Entschuldige.«

GEMEINSAMKEITEN

Draußen steht schon ein Taxi bereit. Remo setzt sich nach vorn, weil er der Einzige ist, der mit akzentfreiem, beschwingtem Italienisch um sich werfen und dem Fahrer erklären kann, wohin wir wollen, ohne wie ein Ausländer zu klingen.

Ich will eigentlich Pascal den Vortritt lassen, damit er sich neben Mel auf den Rücksitz setzen kann, aber er schiebt mich einfach ins Auto. Anscheinend sitzt er nicht gern in der Mitte.

»Oh, du riechst total lecker«, stellt Mel fest, als ich neben sie rutsche.

Ich hebe mein Handgelenk und lasse sie daran schnuppern. »Mini Love. Also das Parfum. Total billig, aber ich liebe es.«

Sie grinst, greift in ihre Tasche und zieht die kleine rosa Parfumflasche heraus, von der ich gesprochen habe. »Ich weiß. Ich liebe das Zeug auch.«

Vielleicht werde ich etwas zu rot oder freue mich etwas zu sehr über die banale Erkenntnis, dass wir das gleiche Parfum benutzen, aber das hier fühlt sich toll an. Dass Mel mich nicht für ein wertloses Flittchen hält, vor dem sie ihre Freunde beschützen muss, war mir wichtig.

Ich denke, sie weiß es. Ich bin mir beinahe sicher. Und sie ist trotzdem freundlich zu mir. Das ist alles andere als selbstverständlich. Die letzte Frau, der ich während eines Jobs begegnet bin, war Lias Frau, und die hätte mich unter Garantie körperlich und seelisch durch den Fleischwolf gedreht, wenn sie mich entdeckt hätte.

Mel verurteilt mich nicht. Sie wirkt sehr offen, warmherzig und sie hat diese coole Ausstrahlung, die sie nicht wie ein Püppchen, sondern wie eine angenehm toughe Person wirken lässt, obwohl sie so niedlich aussieht. Ich verstehe, wie sie zwei so heiße, charakterstarke Männer dazu gebracht hat, sie gernzuhaben. Wäre ich ein Kerl, wäre sie auch mein Typ.

Außerdem erleichtert es mich irgendwie, dass es noch jemanden außer mir auf dieser Hochzeit gibt, der ein Parfum für unter zehn Franken in der Tasche hat und sich nicht mit Chanel Nummer eine Million einsprüht, nachdem er aus seinem Dagobert-Duck-Geldspeicher gestiegen ist.

Ich überlege kurz, ob es angemessen ist, etwas neugierig zu sein, aber ich denke, die Frage ist ganz gewöhnlich, zumindest für ein Pärchen, das sich wirklich liebt und seine Beziehung nicht spielen muss.

»Darf ich fragen, wie ihr euch kennengelernt habt? Du lebst nicht in der Schweiz, oder?«

Mel schüttelt den Kopf. Dass sie nicht aus derselben Ecke wie Remo, Pascal und ich kommt, hört man. Ich weiß zwar, dass sie mal eine Dreiecksbeziehung laufen hatten und dass sie mal unter der Dusche der beiden stand, aber wie sie dort hingekommen ist, hat mir bisher noch niemand verraten.

»Nein, ich lebe in Wien. Remo und Pascal kenne ich, weil ich mal eine Zeit lang am Internat gelebt habe.«

»Bist du auch Lehrerin?«, will ich wissen und sehe Pascal schmunzeln.

»Nein. Ich bin keine Lehrerin, ich war …«

»Eine Schülerin?«, frage ich schockiert, weil mir gerade auffällt, dass ich ihr Alter nicht schätzen kann. Sie könnte auch erst zwanzig sein und wenn das mit Remo und ihr schon zwei Jahre läuft, war sie so alt wie Kevin, als …

Mel lacht. Pascal verzieht angewidert den Mund und Remo macht Würgegeräusche, bevor er sich zu uns umdreht.

»Sicher! 'ne Schülerin vernaschen! Pascal und ich hätten uns gegenseitig kastriert, wenn wir so was in Erwägung gezogen hätten! Mel ist nicht so jung, wie sie aussieht«, erklärt Remo.

Mir war nicht klar, dass der sonst so locker wirkende Herr Morelli diese Sache auch so streng sieht. Wir reden schließlich über volljährige Menschen. Aber dieses Schüler-Lehrer-Ding scheint auch für ihn ein No-Go zu sein.

Mel sieht mich mit hochgezogener Braue an und schüttelt den Kopf. »Remo hat mich auch für eine Schülerin gehalten, als ich bei ihm im Turnsaal aufgetaucht bin«, verrät sie.

»Ja! Aber da wollte ich dich noch nicht auf dieselbe Weise disziplinieren wie später«, verteidigt er sich grinsend.

»Ich war am Internat, weil ich aus meiner Wohnung ausziehen musste und keine Bleibe hatte. Dämliche Ex-Freund-Sache. Mein Vater hat mir angeboten, vorübergehend im Mädchenwohnheim unterzukommen. Er ist Direktor am Ingenium-Gymnasium.«

Ihr Vater ist Kevins Direktor?

»Oh, ich kenne deinen Vater!«, töne ich überrascht und merke erst eine Sekunde später, wie das aus meinem Mund klingt. So als wäre er mein Kunde.

Mel nickt zwar, sieht aber etwas perplex aus. Ich muss das klarstellen.

»Mein Bruder geht aufs Ingenium. Ich habe mal mit deinem Vater telefoniert. Er war wirklich ultranett und sehr entgegenkommend, als ich … Er ist toll.«

Die Sache mit dem Geld und meinen Schulden zu erwähnen, kann ich mir gerade noch verkneifen. Das hätte zu weit geführt. Aber vielleicht weiß sie es sowieso.

»Das heißt, du hattest heimlich was mit der Tochter deines Bosses«, stelle ich fest und schmunzle Remo an, der sofort zurückgrinst.

»Ja, superscharf, oder?«, entgegnet er.

»Er weiß jetzt, dass wir zusammen sind«, stellt Mel klar, schmunzelt aber auch. »Er wusste es nur nicht, als ich noch am Internat gewohnt habe …«

Klar, da haben Herr Favre und Herr Morelli ja auch noch gemeinsam Hand an die Tochter ihres Chefs gelegt. Total witzige, heiße Geschichte.

»Sag mal, kommt dein Vater eigentlich auch?«, fragt Pascal Mel. »Er ist schon eine Weile ziemlich gut mit Lucas Mutter befreundet, oder?«

Mel nickt. »Ja, er kommt. Aber erst morgen.«

»Haben die beiden …«

»Tatatata!!«, unterbricht Remo Pascals Frage mit einem nervigen Geräusch und hält sich provokant die Ohren zu. »Ich will das gar nicht wissen! Wenn mein zukünftiger Schwiegervater meine Tante heiratet, ficke ich plötzlich meine Cousine!«

Pascal lacht. Ich auch. Mel unterdrückt das Lachen, grunzt und beugt sich dann ein Stück über mich, um Pascal zuzuflüstern: »Sie sind nicht zusammen. Zumindest nicht offiziell, aber ich denke, da läuft was.«

»Wenn Luca davon erfährt, seht ihr jemanden ausrasten und mit dem Essen werfen«, warnt Remo, der Mel trotz Flüsterton gehört hat. »Du behältst das also schön für dich«, verlangt er in strengem Ton von seiner Freundin. »Sonst bastle ich das Foto aus dem Büro deines Vaters in die Hochzeitsdiashow!«

»Was für ein Foto?«, will ich wissen, weil Pascal schon wieder schmunzelt, als hätte er schon drei Gläser zu viel gehabt.

Ich liebe die Atmosphäre hier im Auto, die so ausgelassen und witzig ist, dass sie selbst einen unterkühlten Franzosen fröhlich macht. Die drei haben eine tolle Chemie und ich bin dankbar, dass ich mir ihre Show nicht nur ansehen darf, sondern auch eine Gastrolle abgestaubt habe.

Mel sieht mich seufzend an und überdreht die Augen. »Mein Vater hatte ein wirklich hässliches Teenagerfoto von mir in seinem Büro hängen. Ich wusste nichts davon, die beiden schon. Als ich mit ihnen in seinem Büro gestanden und das monströs hässliche Bild entdeckt habe, wollte ich vor Scham aus dem Fenster springen.«

Me! Mit solchen Situationen kann ich mich identifizieren. Ich mag sie immer mehr.

»Sie haben mich dann ewig damit verarscht«, meint sie.

»Das stimmt nicht«, widerspricht Pascal. »Ich habe gar nichts dazu gesagt.«

»Du hast recht«, pflichtet Mel ihm bei und sieht mich wieder an. »Pascal war höflich genug, so zu tun, als würde es das Foto nicht geben, selbst als wir direkt danebengestanden haben.«

Ja, das klingt nach Herrn Favre. Sehr mustergültig höflich, das geht mit seiner augenscheinlichen Distanziertheit einher, die Mel bestimmt auch zu spüren bekommen hat, als sie noch nicht so vertraut miteinander waren.

»Dafür hat der Idiot da vorn mich jedes Mal ›Speckröllchen‹ genannt, wenn wir uns getroffen haben«, erzählt sie. »Und frag mich jetzt nicht, wieso ich trotzdem mit ihm ins Bett gegangen bin, ich habe wohl einen ordentlichen Knall.«

»Hey! Das Speckröllchen habe ich nur ins Leben gerufen, weil du mit dem Mozzarella-Schwachsinn angefangen hast!«, verteidigt Remo sich und dreht sich wieder zu uns nach hinten. Er grinst plötzlich und sieht mich an. »Willst du das Foto mal sehen?«

Er kramt sein Portmonee hervor.

»Sag jetzt nicht, dass du das Ding tatsächlich dabeihast!«, ruft Mel.

»Sicher! Immer! Ich liebe es. Dein Vater hat mir mal einen Abzug gemacht.«

Sie seufzt, schmunzelt dann aber aus dem Fenster. Sie denkt ganz offensichtlich nicht ungern an diese Zeit zurück. Die beiden hatten wohl eine Art ›Was sich liebt, das neckt sich‹-Beziehung. Was süß ist und gut zu ihnen passt.

Remo zieht das Foto aus der Geldbörse und liebäugelt es an. Ich schiele nach vorn, genauso wie Pascal, der ihm aber auf die Hand schlägt.

»Gott, pack das weg! Der Fahrer ruft noch die Polizei, weil du in deiner Geldbörse ein Foto einer dicklichen Dreizehnjährigen im Bikini hast, das dich zu sehr begeistert!«

»Hast du mich gerade dicklich genannt?«, fragt Mel und zieht eine Braue nach oben. »Nach eineinhalb Jahren bodyshamed er mich doch!«, tönt sie gespielt gekränkt.

Pascal blinzelt betreten. »Nein. Das war … nichts gegen dich! Ich will nur verhindern, dass Remo italienische Taxifahrer gegen uns aufbringt und wir am Ende nur noch den Bus und den Zug nehmen können.«

»Züge können wir nicht nehmen, da vögelt Mel immer mit Teenagern, die wir unterrichten«, haut Remo raus.

»Gott! Ein Mal, Remo! Musst du das nach so langer Zeit rausposaunen?!«, faucht sie.

Pascals Blick schnellt zu ihr und wird vorwurfsvoll schockiert. »Bitte was hast du gemacht?!«

»Es war ein Versehen! Ich wusste nicht, wie alt er ist! Und ich kannte euch damals noch nicht und wusste nicht, dass er euer Schüler ist!«

Oh, sie hat wirklich mit einem Schüler? Ich muss grinsen. Dann muss ich das Gesicht verziehen. Aber nicht mit meiner Kröte, oder?! Der macht so was! Mit jemandem wie ihr sofort! Und er schwindelt sich auch gern älter! Und fährt oft Zug!

Hat Kevin das Mädchen gepoppt, das sein Lieblingslehrer gepoppt hat, der jetzt mich poppt? Die Welt ist so klein …

»Hör auf, mich so vorwurfsvoll anzusehen! Paul war damals schon achtzehn. Aber ich dachte, er wäre zweiundzwanzig. Er hat mich angelogen, wie sollte ich das denn wissen?«

»Paul? Paul Makovski?«, frage ich aufgeregt.

Die Altersbeschreibung würde passen – Paul war eine Klasse über Kevin, studiert mittlerweile in Amerika und, oh Gott, ich könnte ihr nicht verübeln, wenn sie sich von ihm zu einem kleinen Abenteuer hat überreden lassen.

»Ja! Kennst du ihn?«

Ich stimme in Mels Grinsen ein. »Mein Bruder war mit ihm befreundet. Die beiden waren mal auf einem Schüler-Rhetorik-Seminar in der Stadt und haben bei mir übernachtet.«

Mel nickt mir zu, ich nicke zurück – mehr braucht es nicht, um festzustellen, dass wir mit demselben Internatsschüler gevögelt haben. Doch, vielleicht ein ausgiebiges Kichern.

Ich würde ihr die Story gern erzählen und im Gegenzug ihre hören, aber wir einigen uns stillschweigend darauf, dass wir uns das verkneifen, weil Remo schon die Brauen hebt und Pascal uns Todesblicke zuwirft.

»Der Junge kommt rum«, brummt Herr Morelli halb amüsiert, aber doch mit einem Hauch Missfallen in der Stimme. »Und er war mal so schüchtern. Beim Schwimmunterricht in der Fünften musste ich eine halbe Stunde auf ihn einreden, bevor er sich in der Badehose rausgetraut hat. Jetzt läuft er rum und zeigt jedem, wie er ohne Badehose aussieht. Meine Motivationsvorträge sind einfach zu gut.«

»Was soll ich sagen?«, murrt Pascal. »Ich habe ihn damals zu diesem Rhetorikkurs geschickt.« Er funkelt in meine Richtung.

Oh, du warst das? Danke für die spannende Nacht mit dem unverschämt gut aussehenden Schulkameraden meines Bruders, für den ich meine ›Kevins Freunde sind widerliche Kröten und ich lasse sie garantiert nicht ran‹-Philosophie über Bord geworfen habe.

»Regt euch ab, war nur unbedeutender, sehr schneller Spaß, von dem ihr beide auch genügend in eurem Leben hattet«, argumentiert Mel gut und zuckt mit den Schultern. »Ich hab ihn nicht mal wirklich nackt gesehen.«

Echt nicht? Ich schon. Von vorn, hinten, von der Seite, kopfüber – ich hatte einen umfangreichen Rundumblick. Und es war wirklich nett. Auch weil dieses ganze ›Kevin darf uns nicht hören‹-Ding etwas erregend Verbotenes hatte.

Paul hat danach ab und an mal bei mir übernachtet, wenn er am Wochenende ausgegangen ist. Als ich mit Jan zusammengekommen bin, musste er sich aber eine andere Übernachtungsmöglichkeit suchen – ist ihm aber sicher nicht schwergefallen.

»Schon gut. Ihr habt eure Vergangenheit, wir haben unsere. Pascal, weißt du noch, die japanische Austauschstudentin …«, setzt Remo an und beginnt ebenso verschwörerisch zu nicken und zu grinsen wie wir vorhin. Das ist natürlich die Rache für unsere Paul-Geschichte. Pascal schnallt das aber nicht und neigt nur irritiert den Kopf.

»Ich weiß nicht, wen du meinst.«

Remo stöhnt genervt. »Echt jetzt?! Du sollst einfach nicken und kichern!«

»Hast du mich schon einmal in deinem Leben kichern gehört?«

»Gott! Ich lebe mit der personifizierten Humorlosigkeit zusammen … und ich mag sie auch noch …«, seufzt Remo, will sich wieder nach vorn beugen und normal hinsetzen, dreht sich dann aber doch noch mal nach hinten und sieht Pascal verständnislos an. »Kannst du dich wirklich nicht mehr erinnern? Die kleine Asiatin? Von der wir dachten, sie würde ständig ›Mittenrein! Mittenrein!‹ quieken? Bis wir dann gegoogelt haben, was das heißt?«

Pascal kichert zwar nicht, aber er lacht. Sehr ausgiebig. Remo stimmt ein. Er brüllt sich so weg, dass es ansteckend wird und Mel und ich mitlachen müssen, obwohl wir noch keine Ahnung haben, wieso.

»Gott, was hat das Mädchen euch denn zugerufen?«, schafft Mel es, nachzufragen.

Remo wischt sich eine Lachträne von der Wange. »Na ja, wir haben herausgefunden, dass ihr ›Mittenrein!‹ ›Miteinai!‹ hieß, was wohl so viel wie ›Sieh nicht hin!‹ auf Japanisch bedeutet. Sprachbarrieren können wirklich zu seltsamen Situationen führen. Wir haben ständig hingesehen. Aber wir kriegen jetzt grandiose Entschuldigungen auf Japanisch hin und wissen, wann wir uns die Augen zuhalten müssen.«

Ganz ehrlich: beste Vögel-Story ever. Beste Taxifahrt ever. Es macht gerade so viel Spaß, hier zu sein, dass ich mir wünsche, die Zeit würde langsamer vergehen.

Das hier wird aber schneller enden, als mir lieb ist, und danach für immer vorbei sein. Solange es aber noch Gegenwart ist, genieße ich dieses Gefühl von Freundschaft, Zuneigung, Eifersucht und Verlangen und tue so, als wäre all das keine Illusion auf Zeit für mich.

CLIQUEN-TREFFEN

Die Altstadt ist selbst dann der Hammer, wenn man nur durchhetzt. Der Taxifahrer konnte uns nicht bis zu unserem eigentlichen Ziel fahren, da eine Straße gesperrt war. Das war zumindest der Grund, den Remo übersetzt hat. Ich sehe keine Baustelle. Möglicherweise hat uns der Mann auch rausgeworfen, weil er Deutsch versteht und uns für einen seltsamen Haufen gehalten hat.

Hohe Altbauten mit hübschen Balkonen, schicke Geschäfte und viele Cafés. Genau so habe ich mir Verona vorgestellt – auch weil ich es schon zu Hause gegoogelt habe. Die Straßen sind unheimlich gepflegt, man sieht nicht ein Stück Asphalt, da sich Italiener anscheinend die Mühe machen, ihre ganze Stadt zu fliesen.

Ich würde mich gern genauer umsehen, aber ich muss mich darauf konzentrieren, nicht hinzufallen, weil wir im Marschschritt unterwegs sind.

Remo und Mel laufen wohl oft zusammen in diesem Tempo, sie lassen die schnellen Schritte mühelos aussehen. Remo hat sogar den Arm um Mel gelegt – sie laufen trotzdem synchron.

Bei Pascal und mir ist von Synchronität nicht viel zu bemerken, wobei man uns lassen muss, dass wir es schaffen, uns in so regelmäßigen Abständen gegenseitig anzuknurren, als wären wir ein brummendes Uhrwerk. Ich knurre, wenn er mich ohne Vorwarnung über einen Bordstein oder in eine andere Richtung zieht, und er brummt, sobald ich irgendetwas begeistert anstarre und dabei vergesse, dass ich eigentlich die Beine bewegen sollte.

Wir halten übrigens Händchen. Was nur dann romantisch anmuten würde, wenn die ineinandergeschlungenen Finger nicht dazu dienen würden, uns gegenseitig auszubremsen und weiterzuschleifen. Es ist wirklich Zeit, dass wir uns Leinen und Halsbänder besorgen.

Als Remo und Mel plötzlich vor einem hohen, vergitterten Tor haltmachen, rammen wir sie beinahe. Über dem Durchgang steht auf einer grauen Steintafel: Casa di Giulietta.

»Geschlossen?«, fragt Mel und sieht Remo an, weil er der Einzige ist, der das Schild lesen kann.

»Ja. Den ganzen Nachmittag lang«, stellt er irritiert fest und rüttelt prüfend am Tor. Als es aufgeht, schweifen verblüffte Blicke umher.

»Ruf mal Luca an«, schlägt Pascal vor. »Vielleicht müssen wir … Hey! Du kannst doch da nicht einfach so reingehen! Ich dachte, da steht ›geschlossen‹!«

Remo zuckt mit den Schultern und grinst. »Dann sollten sie auch abschließen und das Ding nicht nur anlehnen. Kommt, wir brechen ein.«

Der letzte Satz dient dazu, Pascal zu verarschen, der niemand ist, der irgendwo reinspaziert, obwohl es ein Schild verbietet. Ich kann das verstehen. Ich bin auch so.

Das letzte Mal, als ich einen Raum betreten habe, den ich nicht hätte betreten dürfen, hätte mich danach beinahe ein Wikinger-Muskelberg mit Erektion zerquetscht.

Pascal und ich sind keine Regelbrecher. Wir sind die, die andächtig nicken, wenn uns jemand in einen Raum mit einem einzelnen roten Knopf sperrt und uns sagt, dass wir da nicht draufdrücken dürfen. Remo ist der, der bei so einer Anweisung den Mittelfinger rausholt und danach damit auf den Knopf drischt. Was gut ist. So ergänzen sich Freunde und man erlebt spannende Dinge. In unserem Fall können wir uns dank des Rebellen in der Runde in Ruhe einen Ort ansehen, der sonst wahrscheinlich von Touristen überlaufen wäre.

Ich bin überrascht, als wir durch einen ziemlich dunklen Gewölbedurchgang laufen, dessen Wände mit kleinen Notizzetteln zugepflastert sind.

»Was steht da?«, will ich wissen und werde diesmal nicht weitergezogen. Pascal bleibt neben mir stehen.

»Namen von Pärchen. Sie hinterlassen ihre Namen in der Hoffnung, dass ihre Liebe ewig Bestand hat und die Zeiten überdauert, wie bei Romeo und Julia.«

Seinen persönlichen Lehrer dabeizuhaben ist toll, vor allem, wenn er eine dermaßen schöne Stimme hat wie Pascal. Sobald er irgendetwas erklärt, klingt er so angenehm ruhig und klug, dass ich mir sicher bin, dass ich viel bessere Noten gehabt hätte, hätte er mich unterrichtet.

Ich sehe mir die Notizzettel genauer an, lese unzählige Namen von Menschen, die auch schon mal hier standen und sich ewige Liebe gewünscht haben. Für wie viele sich die Hoffnung erfüllt hat, weiß ich nicht, aber der Anblick macht mir bewusst, wie zeit- und klassenlos der Wunsch nach diesem Gefühl ist.

Manche der kleinen Zettel sehen ziemlich alt aus, manche sind weiß, andere bunt und in den Handschriften stecken noch mehr Unterschiedlichkeiten. Trotzdem, egal wo man herkommt oder in welches Zeitalter man geboren wurde, der Wunsch nach Liebe fühlt sich wohl immer gleich an.

»In Paris haben Pärchen früher Schlösser an der Pont des Arts an der Seine angebracht. Das Brückengeländer ist aber unter der Last der Schlösser zusammengebrochen und mittlerweile ist es verboten. Als ich noch ein Teenager war, war sie aber voller Schlösser. Ich mochte den Anblick.«

»Wirklich?«

Dass ich Pascal etwas ungläubig ansehe, liegt daran, dass er in meiner Vorstellung ein ziemlich unterkühlter Teenager war, der nur Klavierspielen im Kopf hatte. Sex hat ihn schließlich auch nicht interessiert, das heißt aber wohl nicht, dass er gefühlskalt war.

Er zuckt mit den Schultern und lässt sich dann von mir so tief in die blauen Augen starren, dass ich selbst merke, dass ich dabei bin, ihm Angst zu machen. Er bleibt aber tapfer und zuckt nicht zusammen. Er macht nur einen kleinen, unscheinbaren Schritt von mir weg. Sicherheitsabstand – schon klar.

»Ich bin nicht blind für Romantik in der Welt, nur weil ich selbst nicht danach suchen kann. Würde ich das alles nicht sehen und verstehen, würde ich weder Klavier spielen noch singen. Musik hat immer etwas mit Leidenschaft zu tun und die kommt der Liebe ziemlich nahe.«

Ist es sehr seltsam, dass ich ihn gerade gern singen hören würde? Oder steht hier vielleicht ein Klavier herum? Ich will wissen, wie er aussieht, wenn er Musik macht. So unbedingt, dass mir dieser starke Drang beinahe peinlich ist.

Ich spinne ein wenig, seit wir hier sind.

»Das ist ein schöner Ort«, fasst Pascal zusammen und zuckt mit den Schultern, als müsste er beweisen, dass es ihm nichts ausmacht, es auszusprechen. »Die kleinen Papierschnipsel verleihen Shakespeares Geschichte auch heute noch Leben und wenn es die Menschen glücklich macht, ihre Namen an die Wand zu kleben, ist das gut. Aber nicht, wenn man es mit Kaugummi macht! Remo! Hör auf, hier herumzuspucken! Du Ferkel!«

Mein Blick folgt Pascals strengem Funkeln nach links, dorthin, wo Remo gerade seinen Kaugummi auf ein kleines Stück Papier klebt.

»Was soll ich denn sonst machen? Hast du vielleicht Klebeband eingesteckt?«

Dass Mel und Remo auch hier stehen geblieben sind, ist mir gar nicht aufgefallen. Aber es macht natürlich Sinn. Genau von dieser Art von Liebe lebt dieser besondere Ort. Echter.

»Du kannst doch nicht einfach deinen Kaugummi an die Wand pappen!«, tadelt Pascal.

»Ach, kann ich nicht? Halt mich ab«, blafft Remo zurück und klatscht provokativ fest sein Liebesgeständnis an Mel an die Wand.

Pascal und ich treten näher. Ich schmunzle das weiße Stück Papier an. Remo hat eine furchtbare Handschrift, aber das macht diese Geste kein Stück kleiner oder unbedeutender.

»Du hast nicht an Klebeband gedacht, aber an einen dicken schwarzen Marker«, stellt Pascal fest und schüttelt schmunzelnd den Kopf.

Remo wackelt mit dem Edding. »Ja. Schließlich soll man unsere Namen besser sehen als die anderen.«

»Du weißt schon, dass das kein Wettbewerb ist, oder? Das ist eine persönliche, stille Liebesgeste«, sagt Pascal.

»Ich weiß natürlich, dass es kein Wettbewerb ist«, entgegnet Remo in nüchternem Tonfall, bevor er beschwingt die Hand ausstreckt und mit dem Stift auf die Wand zeigt. »Aber wenn es einer wäre, hätten die anderen Liebeshaftnotizen so viel Respekt vor unserer Liebeshaftnotiz, dass sie vor Ehrfurcht von der Wand springen würden! In your face, fremde Menschen!«, flötet er herrlich bescheuert vor sich hin, dreht sich dann zu Mel und küsst sie.

Ich muss lachen und im selben Moment feststellen, dass ich noch nie so echte, blühende Liebe vor der Nase hatte. Schön. Irgendwie lässt mich die Erkenntnis aber auch eine Leere spüren, die mein chaotisches Leben mich nie wirklich hat bemerken lassen.

»Du bist ein Idiot«, kichert Mel, weil Remo sie gerade beim Knutschen so weit nach hinten gedrückt hat, dass sie umfallen würde, würde er sie nicht festhalten.

»Idioten-Fan!«, entgegnet er und küsst sie noch mal, bevor er sie beschwingt zurück ins Gleichgewicht bringt.

Pascal schmunzelt das Bild der beiden auch ab, seine Miene wird aber wieder neutral, als er sich in Bewegung setzt und als Erster durch den Durchgang geht.

»Soll ich ein Foto von euch beiden machen?«, biete ich an, weil ich denke, dass ihnen gerade gar nicht bewusst ist, wie süß sie zusammen aussehen. Wenn ich ein Foto davon mache, können sie den Moment zu Hause Revue passieren lassen.

»Ja, bitte«, antwortet Mel und lässt sich dann von Remo von hinten in den Arm nehmen.

Meine Handykamera ist zwar nicht die beste, aber das, was die beiden haben, fängt sie trotzdem problemlos ein. Als ich den beiden das Foto zeigen will, nimmt Remo mir das Handy aus der Hand.

»Ich kann auch eines für dich machen«, bietet er an. »Hey! Pascal! Ko…«

Ich reiße mein Handy wieder an mich, so schnell und hektisch, dass mir die aggressiv-ängstlich anmutende Bewegung sofort peinlich wird. »Schon gut. Ich will nur die Wand!«, rufe ich, schieße schnell ein Bild, das bestimmt verschwommen ist, und laufe dann weiter, weil ich mir nicht ansehen will, wie Remo und Mel gerade gucken.

Diese unangenehme Aktion war aber immer noch besser als Pascals Gesichtsausdruck sehen zu müssen, nachdem Remo ihn dazu auffordert, sich hier mit mir fotografieren zu lassen. Die Alternative wäre gewesen, allein vor einer Wand voller Liebesbotschaften zu posieren, Bunnyöhrchen mit den Fingern zu zeigen und statt Cheese ›Man kann mich nicht lieben, nur kaufen‹ zu rufen. Auch beschissen.

Obwohl ich so schnell laufe, höre ich Mel noch leise so was wie ›du unsensibler Vollhorst‹ zu Remo zischen.

Er hat das nicht böswillig gemacht, er interpretiert offensichtlich nur noch immer mehr in die Sache als alle anderen. Dabei müsste er

Pascal doch besser kennen als ich. Tut er nicht, zumindest nicht in dieser Hinsicht. Ich weiß, wie er reagiert hätte, und bin heilfroh, dass er Remo nicht rufen gehört hat.

Ich hoffe, die beiden haben jetzt kein schlechtes Gewissen oder empfinden so etwas wie Mitleid für das Flittchen, das irgendwie an diesem romantischen Ort gelandet ist.

Es geht mir gut. Und ich würde niemals von Pascal erwarten, dass er bereit wäre, hier ein Foto mit jemandem wie mir zu machen. Ich wünsche mir allerdings wirklich ganz fest, dass er irgendwann mal mit einer Frau wiederkommt, für die er auch einen Zettel an die Wand kleben möchte. Dass er jemandem begegnet, den er lieben kann. Eine Frau, die gut genug für den schönen, klugen und doch so speziell sensiblen Mann ist. Eine Nutte ist das nicht.

Wenn du die Gedanken noch zwei Sekunden weiterspinnst, muss ich den Wasserhahn aufdrehen, Emma – nur als Vorwarnung.

Alles gut! Finger weg vom Wasserhahn! Ich kann doch hier nicht heulen, weil ich spinne! Ich bin fröhlich! Verona ist geil! Und Pascal zieht sich gerade vor einem Fremden den Pullover hoch und entblößt seinen Sixpack. Ja, das ist genug Ablenkung. Was geht denn hier ab?

»Wenn es nach drei Tagen wieder weg war, war es wohl eine allergische Irritation«, höre ich eine Stimme sagen, die mir bekannt vorkommt.

Der Mann, der sich gerade eben noch gebückt hat, um Pascals Astralkörper zu mustern, ist doch kein Fremder, sondern sein Doktorfreund David.

»Hey! Löwenstein. Da lasse ich Pascal mal zwei Minuten Vorsprung und schon reißt ihr euch die Klamotten runter. Wird Luca da nicht eifersüchtig?«

Remo kennt ihn wohl auch ziemlich gut – wenn man jemanden so sarkastisch begrüßt, steht er einem nahe. Obwohl David nicht gerade so aussieht, als wollte er Remo gleich vor Wiedersehensfreude um den Hals fallen.

»Ja. So kann man auch ›Guten Tag‹ sagen«, entgegnet der junge Doktor kühl und vergräbt die Hände in den Hosentaschen. Anscheinend hat er keinen Bock auf Händeschütteln.

»Hallo, David. Schön, dich zu sehen«, tönt Mel und ignoriert die etwas kampflustig anmutenden Vibes zwischen David und Remo.

»Hallo, Melanie.«

Jetzt klingt David zwar nicht mehr ganz so kalt, aber wow, Doktor Löwenstein ist einschüchternd reserviert. Und ich dachte, Pascal wäre kühl. Gegen David ist mein Eisprinz ein Feuerengel.

»Wir haben nur gerade über die Stelle an meiner Hüfte gesprochen, an der ich letzte Woche den Ausschlag hatte«, erklärt Pascal seine kleine Strippeinlage. »Ich habe ihm ein Foto davon via WhatsApp geschickt, weil ich keine Zeit hatte, zum Arzt zu gehen.«

»Du diagnostizierst jetzt auch über WhatsApp?«, fragt Remo, stellt sich neben David und stupst ihn mit der Schulter an.

Ich dachte eigentlich, er würde etwas Abstand zu ihm einhalten. Tut er aber nicht. Sie mögen sich wohl doch. Vielleicht herrscht da nur manchmal etwas dicke Luft, weil David gerüchtehalber mal Luca vernascht hat und Remo etwas stichelt, weil er seine Cousine beschützen will.

Dass David und Luca vielleicht mal etwas laufen hatten und er trotzdem ihr bester Freund und Trauzeuge ist, habe ich nicht vergessen. Das ist wie mit den Kardashians: Irrelevanten Gossip-Mist kann ich mir merken, aber den blöden PIN meiner EC-Karte musste ich mir ins Handy tippen.

»Du kannst mir immer gern eine Nachricht schreiben, wenn du eine medizinische Frage hast«, bietet David an. »Aber wenn du das als Gelegenheit erachtest, mir ein Foto von deinen Genitalien zu schicken und dazu die Frage stellst, ob ich sie nicht nur gesund, sondern auch supergroß finde, lass es gleich bleiben. Den Witz hat Luca schon am ersten Tag meiner Praxisausbildung gemacht und ich fand ihn damals schon nicht witzig.«

Wir lachen alle – außer David. Was noch besser kommt, weil er die Anekdote so trocken erzählt.

Ich liebe den Humor, der in dieser Clique herrscht. Wobei, wenn ich so darüber nachdenke … dicker Respekt an Andrea. Nicht mal ich würde mich trauen, Jan ein Foto meiner Muschi zu schicken und zu fragen, ob er sie supergroß findet. Etwas schräg. Aber ich bin umso gespannter auf die italienische Sexbombe mit dem etwas derben Humor, die es schafft, so einen Eisblock wie David zum Schmelzen zu bringen.

»Wo wir gerade von Luca sprechen …«, greift Mel Davids Satz auf und sieht sich um.

Wir stehen in dem wunderschönen Innenhof, der Shakespeare zur berühmten Balkon-Szene inspiriert hat. Ich dachte, er wäre größer, aber es ist nur ein relativ unscheinbarer grauer Steinbalkon. Trotzdem, die Atmosphäre hier ist toll, vor allem weil das Ganze so exklusiv ist. Außer uns ist niemand hier. Alles ist still und schön und besonders.

David rollt mit den grünen Augen und brummt. »Ja. Ich weiß auch nicht, was das hier werden soll. Und das bisher Lächerlichste an diesem Spektakel: Luca ist schon hier. Ja, ich habe dich vorhin durch das Fenster gesehen! Würdest du nicht morgen heiraten, wäre ich schon längst abgehauen, du Freak!«

Die letzten Sätze ruft er dem Gebäude mit dem Balkon entgegen, das eigentlich leer aussieht.

»Warte mal, Luca ist da drin?«, fragt Remo und schüttelt den Kopf. »Ist das nicht ein Museum? Oder ein Souvenirshop? Wie kommt man denn bitte da rein? Und wieso?!«

»Na ja, die Liebe zum Einbrechen liegt wohl in der Familie«, flüstert Pascal verarschend. »Und sich absolut schräg verhalten, auch.«

»Wer kommt denn noch?«, will Mel wissen. »Luca wartet wahrscheinlich, bis wir alle hier sind«, mutmaßt sie.

Oh, da liebt jemand große Auftritte. Eine Diva. Finde ich gut.

David seufzt. »Alexander ist noch nicht hier. Er reist mit Lucas Assistentin mit dem ausladenden Hinterteil und einem Freund. Ich weiß nicht, wieso sie noch nicht hier sind. Vielleicht ist sie mit dem Arsch in einer Tür stecken geblieben und sie kriegen sie nicht raus.«

Alter, ist der Doktor gemein! Vor allem weil er selbst scheinbar darauf steht, achtzig Kilo schwere, lesbische Italienerinnen zu vernaschen. Anscheinend mag er Lucas Assistentin aber nicht. Wer lädt denn eigentlich seine Assistentin zu seiner Hochzeit ein? Die haben wohl ein gutes Arbeitsklima – wenn Doktor Bodyshaming nicht gerade vorbeischaut.

»David, wenn du Lena noch einmal dick nennst, werde ich sauer«, stellt Mel klar und funkelt problemlos und ohne den Hauch von Angst vor dem charakterstarken Mann gegen die tiefgrünen Augen an.

Er verzieht den Mund. »Ich sage nicht, dass sie dick ist«, stellt er klar. »Ich sage nur, dass ihr Hinterteil ausladend ist.«

»Die meisten Männer finden das heiß!«, haut sie ihm an den Kopf. »Dazu gehören dein Bruder und ausnahmslos all deine Freunde, die heute hier sind.«

»Hey, ich kenne das Mädchen mit dem dicken Popo nicht mal«, wirft Remo ein.

»Ich auch nicht«, fügt Pascal hinzu.

Mel macht eine abschätzige Handbewegung. »Egal! Ich schon! Und ich mag sie! Nicht nur, weil sie mir bei Noras Polterabend die Haare beim Kotzen aus dem Gesicht gehalten hat. Und in meiner Gegenwart zieht niemand über diesen hübschen Hintern her!«

Wow. Ich liebe Mel. Jeder wünscht sich so eine couragierte Freundin, die einen komplett angstfrei und tough gegen einen Löwen verteidigt.

»Der Polterabend, von dem es – warum auch immer – keine Fotos gibt«, merkt Remo gespielt vorwurfsvoll an und mustert seine Freundin mit hochgezogener Braue.

Sie grinst und zuckt mit den Schultern. »Hey. Ihr wart ein ganzes Wochenende auf Ibiza. Davon habe ich auch nur ein Flughafenbild gesehen, danach wart ihr quasi verschollen und seid erst zwei Tage später mit einem dicken Grinsen wieder aufgetaucht.«

Oh Ibiza. Die Finka. Vincents Finka. Der Tag, an dem ich Remo in meiner abgeschnittenen Hose beim Pinkeln zugesehen habe, war der Tag, als er Vincent den Schlüssel zurückgebracht hat. Dass alle Jungs hier offenbar mit Andrea mal in Vincents Haus waren, ist gerade etwas mindblowing für mich. Es fühlt sich so an, als würden sich gerade zwei Welten überschneiden.

»Alex kommt also noch mit dem Mädchen, dessen Hintern meine Freundin liebt, und mit Theo«, fasst Remo zusammen, weil er anscheinend doch nicht so gern über die Polterabende sprechen möchte.

David schüttelt den Kopf. »Nein, Alexander reist mit Simon. Ein Kommilitone von ihm. Theo ist mit Nicky in Australien. Sie kommen nicht. Er ist im Moment mental nicht sehr stabil. Obwohl ich denke, dass ihm das Auswandern gutgetan hat. Und die Beziehung zu Nicky. Aber ich habe ihm auch davon abgeraten, sich dieses soziale Spektakel anzutun. Luca ist ihm nicht böse, Theos Lebensumstände sind gerade nicht die besten.«

Remo neigt mitfühlend den Kopf und die ausgelassene Stimmung schwenkt plötzlich um. Mel sieht betreten auf den Boden und als ich zu Pascal blicke, starrt er auch nachdenklich gegen die Steinmauer des Gebäudes.

Ich habe keine Ahnung, wer Theo ist, aber er tut mir leid. Gute Besserung nach Down Under, ich hoffe, diese Nicky kümmert sich um dich.

»Warten wir sonst noch auf jemanden?«, fragt Remo und hebt die Stimmung mit der starken, beschwingten Stimme wieder etwas an.

»Was ist mit Natascha?«, will Pascal wissen, während er David fragend ansieht.

Der junge Doktor schüttelt den Kopf. »Sie kommt nicht.«

Das scheint die anderen auch zu überraschen.

Mel ist die Erste, die nachhakt. »Was? Wieso nicht? Du, Natascha und Luca standet euch doch immer so nah. Und ist sie nicht deine Fr…«

»Sie ist meine Garnichts, solange sie ihre Gewohnheiten nicht ändert!«, unterbricht David Mel harsch, wirkt aber sofort wieder beherrschter. »Sie nimmt eine Auszeit. Sie ist auf Kur.«

Kur? Klingt nach alter Frau, ich glaube aber kaum, dass sie das ist, nachdem Mel David gerade unterstellen wollte, dass sie seine Freundin ist.

Die Stimmung knickt übrigens bei Weitem nicht so ein wie bei dem Theo-Thema. Außerdem macht Remo eine seltsame Geste für Mel, von der er glaubt, dass nur sie sie mitbekommt. Ich sehe aber auch, dass er Faxen mit seinen Fingern vor dem Mund macht. Was soll das sein? Kotzen? Mel steigt ihm auf jeden Fall für die Insider-Show-Einlage auf den Fuß.

»Ruf mal deinen kleinen Bruder an«, fordert Remo David auf und schlingt die Arme von hinten um Mel. »Er und seine Freunde sollen einen Zahn zulegen. Ich will endlich etwas Essen gehen, nachdem Luca … vom Balkon gesprungen ist. Keine Ahnung, was das hier wird, aber ich habe Hunger.«

David zieht sein Handy aus der Tasche und seufzt es an. »Als ob ich irgendeinen Einfluss darauf hätte, ob sich diese unzuverlässige Kröte an Termine hält oder nicht. Hättest du einen kleinen Bruder, wüsstest du, wie sinnfrei dieser Anruf ist. Aber von mir aus …«

David wird mir gerade wieder sympathisch. Nicht nur, weil er seinen kleinen Bruder ›Kröte‹ nennt, sondern weil ich das genervte Stöhnen nachfühlen kann. Wie oft habe ich Kevin schon angerufen, weil er zu spät dran war. Beschleunigt hat ihn das nie, aber es hat gutgetan, ihn anzufauchen.

»Es ist schon längst nach zwei! Wo immer du bist, ich will dich laufen hören!«

Ja, genau so.

Mir kommt gerade die Vermutung, dass die anderen vielleicht noch nicht hier sind, weil sie vor dem verschlossenen Tor warten. Nicht jeder hat einen coolen italienischen Rebellen dabei, der mal eben so Verbotsschilder ignoriert.

In dem Moment, als ich etwas sagen will, ertönt eine Stimme, die etwas atemlos klingt. Er muss die letzten Meter wirklich gelaufen sein.

»Schon gut! Reg dich ab, ich bin ja schon hier!«

Ich drehe mich nach dem Neuankömmling um und bin überrascht, wie ähnlich sich Geschwister sehen können, während sie sich gleichzeitig komplett unähnlich sind. Klingt widersprüchlich, beschreibt die beiden blonden Brüder aber gut.

Die gleichen grünen Augen, der gleiche Körperbau, David ist etwas größer und markanter, aber ihre Gesichter schreien die Verwandtschaft zum Himmel. Was die beiden deutlich unterscheidet, ist die Tatsache, dass David sofort die Hände weggesteckt hat, als wir aufgetaucht sind, und auf überschwängliche Begrüßungsbekundungen verzichtet hat, sein Bruder aber gerade bis über beide Ohren grinst und kein Problem mit Berührungen hat.

Er steuert zielsicher auf jemanden zu, den er offenbar sehr mag und der sein breites Lächeln auch erwidert.

»Alles klar, Kleiner?«, fragt Remo, nachdem er Mel losgelassen hat und in die Hand einschlägt, die ihm hingestreckt wird. Er klopft ihm auf die Schulter.

Der ›Kleine‹ ist bestimmt schon Mitte zwanzig und damit vielleicht fünf oder sechs Jahre jünger als die beiden Lehrer und sein Bruder. Ich vermute aber, Remo kennt ihn schon lange – wenn man jemanden aufwachsen gesehen hat, bleibt er auch dann ›der Kleine‹, wenn er längst erwachsen ist. Kevin wird selbst dann ›der kleine Idiot‹ für mich sein, wenn er fünfzig ist und die Weltherrschaft an sich gerissen hat.

»Echt cool, dich so schnell wiederzusehen«, meint Alex fröhlich.

Er klingt, als würde er eher aus Mels Ecke kommen, genau wie sein Bruder. Ich nehme mal an, Remo und Pascal sehen diesen Teil ihres Freundeskreises nicht so oft. Umso schöner ist es, beobachten zu dürfen, wie sie dieses Wochenende genießen.

Alex streckt auch Pascal die Hand hin und grinst ihn an. Er scheint nicht ganz so dicke mit ihm wie mit Remo zu sein, aber er freut sich trotzdem.

Als er sich umdreht, lässt er den Blick zwischen mir und Mel schweifen. »Okay, wer gehört zu wem? Damit ich Bescheid weiß«, meint er amüsiert.

Mel schmunzelt, ich auch, aber mein Grinsen soll eher meine Nervosität verstecken.

Remo klärt ihn auf. »Die Rothaarige gehört zu mir, ich parke meine Hand nur gerade am Hintern der Blondine, weil ich dich verwirren wollte.«

Mel rollt mit den Augen. »Hey. Ich bin Mel. Und ich weiß manchmal auch nicht, wie es passiert ist, aber ich gehöre zu Remo.«

»Freut mich. Lena hat mir schon von dir erzählt. Ihr wart gemeinsam auf Noras Polterabend. Hast du deinen Schuh eigentlich wiederbekommen?«

Mel wird etwas rot und winkt ab. »Nein. Er durfte ihn behalten.«

»Wer zur Hölle hat einen Schuh von dir?!«, brummt Remo, dem sofort beruhigend über die Wange getätschelt wird. Mel sagt trotzdem nichts dazu, grinst ihn nur an.

Ich würde die beiden ja gern länger beobachten, weil sie toll und witzig sind, aber Alex dreht sich beschwingt zu mir.

»Und du bist …?«

»Emma!« Diesmal klappt es zum Glück mit dem Namen. Nicht unbedingt selbstverständlich, ich hätte mich auch als Victor vorstellen können.

Als Alex mich anlächelt, werde ich etwas rot, weil mir auffällt, dass er absolut mein Typ wäre. Mit blonden, gut gelaunten Sonnyboys kann ich gut. Zumindest vögeln und rumalbern. Er erinnert mich irgendwie an Jan. Nur mit absoluten Hetero-Vibes. Jemand, der gern im Mittelpunkt steht, ohne dabei egozentrisch oder selbstverliebt zu wirken. Das bekommen nicht viele hin. Jan kann das. Alex auch.

»Bist du Pascals Freundin oder wurdest du von meinem Bruder verschleppt? Wenn Letzteres zutrifft, zwinkere zweimal, dann lenke ich ihn ab und du kannst das Land verlassen.«

»Witzig, Alexander. Fragst du, zu wem sie gehört, weil dir deine Freundin schon langweilig geworden ist?«, tönt David kühl und erntet ein Funkeln von seinem kleinen Bruder, das ich Alex' warmen grünen Augen gar nicht zugetraut hätte.

»Sie gehört zu mir«, höre ich Pascal plötzlich sagen. Er stellt sich neben mich. »Solltest du nicht eigentlich auch in Begleitung kommen? Wo sind deine Freunde?«, fragt er und lenkt Alex' Aufmerksamkeit weg von David zu sich. Was gut ist, da lagen gerade so dicke Spannungen in der Luft, dass ich kurz die Luft angehalten habe. Ich und Kevin funkeln uns auch oft an, aber nicht so.

»Stimmt ja! Klar sind wir alle hier! Lena und Simon sind im Durchgang stehen geblieben. Ich soll eigentlich fragen, ob jemand zufällig an Klebeband gedacht hat.«

Noch ein Pärchen also. Lucas Assistentin ist wohl mit Alex' Freund zusammen. Ziemlich große Clique, die sich wohl gern datet. Gott, ich hätte euch alle so gern früher und unter anderen Umständen kennengelernt!

»Klar habe ich daran gedacht«, meint Remo und ich bin etwas irritiert, zumindest bis er seinen neuen Kaugummi aus dem Mund nimmt und ihn Alex in die Hand drückt. »Hier. Mit besten Grüßen.«

Spätestens jetzt ist klar, dass die beiden sich wirklich lieb haben – Alex verzieht nicht mal den Mund, blinzelt nur überrascht und nickt, bevor er zurück in den Durchgang verschwindet, um das ›Klebe-Utensil‹ weiterzugeben, das er ergattert hat.

»Remo! Musste das sein?«, zischt Mel, schüttelt zwar den Kopf, wirkt aber auch irgendwie amüsiert, weil sie ihren Freund natürlich kennt. Ich kann Remo mittlerweile auch ganz gut einschätzen und weiß, dass gleich ein lustiger Spruch folgt.

»Was denn? Keine Angst, Mäuschen, sie können zwar den Kaugummi haben, aber meinen Stift rücke ich nicht raus. Sonst zaubert die magische Wand am Ende noch für die und nicht für uns. Würde ich nie zulassen.«

»Wegen Leuten wie dir wird Influenza niemals aussterben«, merkt David dezent vorwurfsvoll an. Er hätte Remos Kaugummi wohl nicht angefasst. Er schüttelt ja nicht mal Hände. Ob er es seiner Freundin mit Latexhandschuhen macht?

Remo zieht eine Braue nach oben. »Und wegen Leuten wie dir können sich die Therapeuten der Menschen, die dir nahe sind, Strandhäuser leisten.«

Seltsamerweise schmunzelt David. Er weiß einen guten Konter wohl zu schätzen. Einstecken kann der unnahbare Doktor – was ihn zugegebenermaßen cool macht.

Ich bin nicht die Einzige, die gespannt den Durchgang im Auge behält. Dass ich unbewusst einen Schritt zurück mache, um vielleicht schon etwas zu erhaschen, merke ich erst, als ich gegen Pascal stoße.

»Ent…«

Das hätte ein leises ›Entschuldige‹ werden sollen, aber ich vergesse, weiterzusprechen, als er die Hand an meine Taille legt. Dass er mich festhält, irritiert mich aber nur drei Sekunden. So lange dauert es, bis Pascal selbst merkt, was er tut, seine Hand zuckt und dann wieder verschwindet.

Wow. Da hätte mich Herr Favre beinahe aus Versehen beim Warten in den Arm genommen. Kannst du noch atmen? Alles gut? Brauchst du Notfalltropfen? Ich habe welche in meiner Tasche.

Als die Stimmen in der Ferne lauter werden, blicke ich wieder zum Durchgang. Das Erste, das mir auffällt, ist, dass Davids Spruch von wegen ›Sie könnte in der Tür feststecken‹ bescheuert war. Durch welche Türen zwängt der sich denn durch? Sie ist weder ›ausladend‹ noch annähernd mollig, sondern schlank und wirklich niedlich. Blonde Haare, blaue Augen, trotzdem ist sie keine Barbie, es sei denn, Barbie macht neuerdings auf hübsches Mädchen von nebenan.

In dem Moment, als ich mir ihre Begleitung ansehe und mein Blick über das Gesicht des hübschen Typen mit den braunen Haaren und den warmen Augen streift, wackle ich einmal vor Überraschung auf der Stelle hin und her.

»Also, David kennt ihr ja … sorry dafür«, setzt Alex an seine Freunde gewandt an, murmelt die letzten beiden Wörter zwar kaum hörbar, aber man kann es ihm von den Lippen und vom schelmischen Gesichtsausdruck ablesen. »Das ist Remo, Lucas Cousin aus der Schweiz«, erklärt er weiter und deutet auf den Mann, der zum Gruß die Hand hebt.

Ich denke nicht, dass sie es mit Absicht tut, aber das Mädchen mustert ihn so schmunzelnd, dass es ein klein wenig auffällt. Sie tut das aber nicht verliebt, sondern eher so, als würde sie nach Ähnlichkeiten zu seiner Cousine suchen, für die sie offenbar arbeitet.

»Und das ist Remos Freundin … Me…«

Oh, Alex tut sich schwer mit Namen. Das stellt aber kein Problem dar, weil sich das Mädchen von seiner Begleitung löst und Mel umarmt.

»Mel und ich kennen uns, Alex. Wir waren gemeinsam auf Noras Polterabend. Sie hat bei mir übernachtet.«

Während die beiden hübschen blonden Frauen sich begrüßen, nickt Alex wissend. »Oh ja, stimmt. Die Sache mit der Körperfarbe …«

»Körperfarbe?!«, tönt Remo irritiert, bekommt aber mal wieder keine Antwort auf seine Frage nach dem Polterspektakel der Mädchen.

Mel grinst nur und winkt ab, bevor sie den hübschen Typen im hellgrauen Shirt umarmt.

»Oh, du und Simon kennt euch auch?«, stellt Alex fest, was Remo wohl auch gerade anmerken wollte, allerdings bestimmt in anderem Tonfall. Er zieht eine Braue nach oben und beobachtet alles sehr prüfend. Was witzig und süß ist, weil ihm die dezente Eifersucht steht.

»Ja, sicher. Simon hat Lena und mich abgeholt und … in die Wohnung getragen. Sorry übrigens noch mal für die Sache mit dem Gürtel. Ich glaube, ich habe mich nie entschuldigt«, meint Mel und grinst schief.

Der Braunhaarige lacht. »Schon gut. Ihr wart sehr unterhaltsam, nachdem ihr aufgehört habt, die Straßenlaterne anzupöbeln.« Er reicht Remo die Hand. »Hey, ich bin Simon.«

»Aha. Hast du Mels Schuh? Gib ihn zurück«, lautet seine etwas aus dem Kontext gerissene Antwort. Er kommt gedanklich wohl nicht mehr von dem Polterabend los. Ich hatte vergessen, dass Remos Stimme diesen knurrenden Unterton haben kann.

Simon blinzelt irritiert, schreckt aber nicht vor den strengen Blicken des Ghetto-Engels zurück. Das ist eine Leistung, zumal Remo durchaus einen sehr ehrfurchterregenden, einschüchternden Modus auf Lager hat – auch wenn das Ganze mit einem Hauch Humor gespickt ist.

»Nein. Ihnen fehlte schon ein Schuh, als ich sie eingesammelt habe.«

»Simon ist Lenas Freund«, wirft Mel in das Gespräch der beiden ein und sieht Remo wissend, aber warm an, während sie sich seitlich an ihn drückt und die Arme um seine Hüften schlingt. Während die beiden ein ›Ich liebe nur dich‹-Gespräch mit den Blicken führen, zeigt Alex in unsere Richtung.

»Das ist Pascal, Remos bester Freund, sie unterrichten am selben Internat.«

Lena schmunzelt. »An eurem ehemaligen Porno-Internat?«, will sie von Alex wissen und bringt mich zum Grinsen.

Porno-Internat mit Herrn Favre wäre schön. Wo trage ich mich für diese Crossover-Realität ein?

»Nein. Nicht auf Schloss Lindemuth. In der Schweiz«, stellt Alex klar.

Wieso klingelt da etwas bei mir?

»Um auf Schloss Lindemuth zu unterrichten, fehlt mir die Bereitschaft, die Sex- und Party-Orgien meiner Schüler zu vertuschen oder bei so etwas mitzumachen«, wirft Pascal mit schwarzem Humor um sich, während er und Lena sich wissend anschmunzeln.

Das Internat hat wohl nicht den besten Ruf. Oder einen zu guten.

»Dir ist schon klar, dass Alexander, Luca und ich auf dem Internat waren, dass du gerade Sex- und Partyhochburg genannt hast?«, fragt David Pascal und zieht vorwurfsvoll eine Braue nach oben.

»Entschuldige, ich wollte euch nicht zu nahe treten. Aber die Geschichten über die Sex- und Party-Eskapaden an eurem Internat habe ich von dir, Herr Doktor.«

Während David und Pascal sich amüsierte Blicke schenken, streckt mir jemand die Hand hin.

»Hey, ich bin Lena.«

Ich liebe Lena, weil sie mich bemerkt hat, obwohl ich schrägerweise schon selbst vergessen hatte, dass ich da bin.

»Freut mich! Ich heiße Emma.«

Als sie meine Hand schüttelt, fällt uns beiden auf, dass wir das gleiche schlichte silberne Armband tragen. 6,99 bei H&M – ich verrate es keinem, wenn du es auch nicht tust.

»Du warst nicht auf Noras Polterabend, oder?«, will sie wissen und wird dann etwas verlegen, weil sie so unsicher geklungen hat. »Entschuldige. Der Abend ist etwas verschwommen.«

Ich schmunzle und schüttle den Kopf. »Nein, ich war nicht da.«

Obwohl ich verdammt gern mit dir und Mel meine Schuhe verloren und irgendetwas Witziges mit Körperfarben gemacht hätte. Die beiden sind mir sympathisch.

»Ich bin nur Pascals … Begleitung.«

Ihr Blick schweift zu dem Mann, der einen Schritt neben mir steht und sich gerade mit Alex und David über die Schule unterhält, die Lena ›Porno-Internat‹ genannt hat. Ich mag ihren Humor. Sie verliert sich kurz unbewusst in Pascals Profil – niemand kann ihr das verübeln, schließlich wirkt seine Optik auf Frauen so wie Kartons auf Katzen: anziehend. Mir erging es bei unserem ersten Zusammentreffen nicht anders. Und Mel hat bestimmt auch eine gute ›Ich starre den Franzosen an‹-Geschichte auf Lager.

Lena kann sich nach einem kurzen ›Katze sieht Karton‹-Moment aber problemlos von Pascals Anblick losreißen. Es ist wie bei Mel: Sobald der Mann, den sie liebt und der ihre Namen für sie mit Kaugummi an die Wand geklebt hat, sie ansieht, gibt es nichts anderes mehr, das sie zufriedener anlächeln könnte. Sie dreht sich kurz nach ihm um, als er die Arme um sie legt und hinter ihr stehen bleibt.

Als Lenas Freund mich anspricht, blinzle ich etwas verlegen, weil ich die beiden angestarrt habe.

»Ich wollte dich schon am Flughafen fragen, ob du auch wegen der Hochzeit hier bist, aber ihr wart so schnell verschwunden.«

»Ja! Wir … waren etwas in Eile.«

Ich hatte ihn schon längst als den hübschen Typen erkannt, der mir am Flughafen angeboten hat, meinen Koffer zu tragen, bei Pascal macht es erst jetzt klick. Er dreht sich zu uns und neigt nachdenklich den Kopf.

»Ihr kennt euch auch?«, fragt Alex, der seinen Freund wohl auch gehört hat. »Wieso kennst du eigentlich immer so viel mehr Mädchen als ich?«, scherzt er.

»Wir kennen uns eigentlich nicht. Ich wollte ihr nur helfen, weil sie ihren kaputten Koffer nicht allein tragen konnte«, erklärt er.

Alex grinst. »Ach ja. Deshalb. Gutmensch.«

»Ich bin Emma«, stelle ich mich bei ihm vor.

Er schmunzelt. »Sim…«

»Hast du schon dreimal gesagt! Simon. Niemand hier ist taub oder dumm. Und sie musste ihren Koffer nicht selbst tragen!«

Hier passiert gerade etwas abstrus Merkwürdiges. Nicht nur, dass Pascal gerade wie ein trotziger Teenager mit verdammt schlechter Laune klingt, da landet auch plötzlich die Hand an meiner Hüfte, die vorhin zuckend verschwunden ist.

Während ich in überraschte Schockstarre verfalle, hebt Simon nur die Brauen. Seine Miene bleibt freundlich, was ihm verdammt hoch anzurechnen ist, weil Pascal gerade schlichtweg wie ein infantiles Arschloch geklungen hat.

»Alles klar. Ich wollte nur helfen. Nichts für ungut.«

»Nichts für ungut …«

Sehr schön. Jetzt äfft er ihn auch noch nach. Ladys and Gentlemen: Herr Favre, zwei Diplome, Lehrer und Musikpreisträger – und kurz davor, einen anderen Jungen gegen das Schienbein zu treten und dabei ›Er hat angefangen!‹ zu brüllen. Hat er nicht. Simon tut absolut gar nichts, außer freundlich und hübsch sein. Außerdem hält er seine Freundin im Arm! Das möchte ich betonen, weil das hier die seltsamste Eifersuchtsnummer ist, die ich jemals gesehen habe. Was mich eigentlich wenig verwundern sollte. Pascal reagiert schräg auf

Zuneigung und er knallt auch schräg durch, wenn er … Ach, ich weiß nicht, was gerade bei ihm im Oberstübchen brennt, aber er riecht gut und mir ist kalt und er ist warm, also was soll's.

Ich blinzle Lena entschuldigend an. Sie schmunzelt sehr liebevoll und sieht uns dann an, als würde sie es süß finden, dass Pascal mich so heißblütig selbst vor absolut nicht existenten Anmachversuchen beschützt, weil er so große Angst hat, mich zu verlieren. Nein, nein, du verstehst da etwas falsch. Der Mann leidet nur unter einem äußerst schweren Fall von emotionaler Behinderung, aber das kannst du nicht wissen.

Nur Pascal weiß, was gerade in seinem Kopf vorgeht. Oder auch nicht und er tut das unbewusst.

Ich bemerke, dass Mel auch zu uns rübersieht und diesen dezent gerührten Blick zum Besten gibt. Bitte hör auf, uns so anzusehen, wenn Pascal das mitbekommt, schubst er mich höchstwahrscheinlich vor Panik in die Efeubüsche. Ich halte mich schon mal vorsichtshalber an seinem Unterarm fest.

Wenn du mich wegschubst, reiße ich dich mit nach unten, das schwöre ich, du schräger Mann!

»Merkwürdige Schwingungen bei euch da drüben«, meint Remo und trottet mit Mel etwas näher zu Lena und Simon und Pascal und mir. »Was wird das? Wettstarren? Pärchen-Fight-Club? Mel und ich treten euch allen so was von in den Arsch! Komm her, Alex, und tu so, als wärst du mit deinem Bruder zusammen, dann dürft ihr auch mitspielen. Wir haben hier so ein Aggro-Paar-Ding laufen.«

»Entschuldigt, er wird gaga im Kopf, wenn er lange nichts isst«, rechtfertigt Mel Remos Humor und tätschelt ihm den Unterarm.

»Essen gibt es später. Ich lade euch alle ein. Aber erst mal: Benvenuto a Verona! Und willkommen zum letzten Abend vor meiner Hochzeit!«

Unsere Köpfe neigen sich alle gleichzeitig nach oben zu dem Balkon – hin zu der Stimme, die uns gerade begrüßt hat.

Ich bin verwirrt …

PÄRCHEN-WETTKAMPF

Mein Blick schnellt von Julias Balkon zu Pascal, der den irritierten Ausdruck auf meinem Gesicht schon erwartet hat. Er grinst mich schief an, lacht dann sogar leise.

»Schön, dass ihr alle hier seid. Ihr fragt euch bestimmt, wieso wir an so einem besonderen Ort zusammenkommen und …«

»Spring nicht, Luca! Du hast so viel, für das es sich zu leben lohnt!«, ruft Remo und fuchtelt theatralisch mit den Armen. »Nora! Deine aggressive Katze! Einen Schrank voller bunter Hosen!«

»Halt die Klappe, ich rede jetzt!«, brüllt Luca und zeigt auf Remo. »Du hast mich schon als Kind immer unterbrochen! Weil du ständig im Mittelpunkt stehen musst!«

»Sagt der Mann, der eine Touristenattraktion hat sperren lassen und auf einen Balkon geklettert ist, nur um einen extravaganten Auftritt hinzulegen«, entgegnet Remo.

Mann ist übrigens das Schlüsselwort. Die achtzig Kilo schwere, feurige Lesbe, die ich erwartet habe, gibt es nicht. Andrea DeLuca ist ein Typ, was bedeutet, Pascal hat mich mächtig verarscht. Und das amüsiert ihn gerade sehr, weil ich noch immer Fakten verarbeitend vor mich hinstarre.

Irgendwie macht nun alles mehr Sinn. Luca ist nicht die Braut, die mit einem Haufen Jungs nach Ibiza zum Poltern fliegt, sondern der Bräutigam. Und Doktor Löwenstein bekommt auch keine Fotos von einer großen Muschi, sondern von einem großen … Stimmt die Sache mit David eigentlich? Er wirkt überhaupt nicht schwul oder bi auf mich und mein Radar ist für gewöhnlich gut.

Ja, du hast mich drangekriegt, Pascal! Andrea hat aber auch einen verwirrenden Vornamen. Für deutschsprachige Ohren. Jetzt verstehe ich das mit dem Spitznamen.

Luca funkelt mit seinem Cousin kurz um die Wette und macht dann eine theaterreife Handgeste, die ankündigt, dass er mit dem Sprechen fortfährt.

Ich mag diesen dramatischen Touch, den er an den Tag legt. Keine Ahnung, wie er es schafft, dabei nicht tuntig, sondern durch und durch maskulin zu wirken, aber er kann das.

»Also, der Grund, warum ihr hier seid, ist, dass ich die Menschen in meinem Leben, die bereit waren, mir ihre Freundschaft …«

»Ich fasse es nicht, dass du noch immer nicht beim Friseur warst!«, faucht David dazwischen und zuckt aggressiv genervt mit den Schultern. »Es ist Nachmittag! Du heiratest morgen! Und dein Kopf sieht noch immer aus wie der einer Friseurschülerin, die an sich selbst übt, sich im Moment aber das Färbemittel nicht leisten kann!«

Also mir gefällt das Dunkelrot. David hat schon recht, die Farbe ist ungewöhnlich, und die Tatsache, dass er die Haare kinnlang trägt, macht das Ganze noch spezieller, aber ich schätze mal, der Mann im weißen Hemd und in den türkisen Hosen ist genau das – speziell.

»Okay, der Nächste, der mich unterbricht, sitzt morgen neben Noras schwerhörigem Rassisten-Onkel, der ständig fragen wird ›Was hat der Spaghettifresser gesagt?‹!«

»David hat recht, Luca«, ruft Lena und übergeht seine Drohung einfach. »Du hast Nora versprochen, dass du zum Friseur gehst.«

»Hey, lasst ihn doch mal ausreden. Ich bin sicher, er sagt gleich, dass er sich die Haare noch machen lässt«, meint Alex. »Er trägt doch bestimmt keinen Zopfgummi vor dem Altar. Oder? Luca, trägst du morgen einen Männerdutt?«

»Wenn er einen Männerdutt tragen will, schneide ich ihm den höchstpersönlich ab«, kündigt David an.

Ich denke nicht, dass er scherzt, er wirkt zumindest nicht so.

Luca stützt sich mit den Armen am Balkongeländer ab und faucht nach unten: »Wenn ihr dann damit fertig seid, von meinen Haaren besessen zu sein, würde ich gern damit fortfahren, euch für eure Freundschaft zu danken, ihr Arschlöcher!«

Die anderen schmunzeln und bleiben diesmal wirklich still.

»Na geht doch … Also: Ich denke, jeder hier weiß, dass ich niemand bin, der seine Freundschaft leicht feilbietet. Vielleicht bis auf das rote Kätzchen dort, das ich noch nie in meinem Leben gesehen habe. Hallo.«

»Hi«, piepse ich und winke, weil er das auch macht.

Er wirkt eigentlich ganz und gar nicht unnahbar. Trotzdem, wer das von sich selbst behauptet, selektiert wohl wirklich genau, wem er seine Zeit und Zuneigung schenkt und wem nicht.

Mein Blick huscht etwas verlegen zur Seite, während Luca mich mustert. Ich drücke mich unbewusst etwas fester gegen Pascal, der noch immer hinter mir steht. Er hat den Arm zwar nicht mehr um mich geschlungen, aber ich darf mich trotzdem an ihn lehnen.

»Ich habe es nie darauf angelegt, ein einfacher Mensch zu sein. Die Liste an Leuten, die mich für einen anstrengenden, einschüchternden Exzentriker halten, ist lang. Im Gegenzug gibt es kaum Menschen, die genau das an mir zu verstehen und zu schätzen gelernt haben. Tausend Menschen gegen eine Hand voll und ich würde nicht einen von euch Individualisten gegen den gesammelten Zuspruch der tausend tauschen. Danke, dass ihr hier seid und den morgigen Tag mit mir erlebt.«

Auch wenn diese Balkonszene mit so viel Sarkasmus und verschaukelnden Dialogen begonnen hat, im zweiten Akt wird sie gefühlvoll.

Luca ist ein guter Redner, nicht nur wegen der beschwingten, aber doch etwas lehrerhaft wirkenden Gestik. Man merkt, dass er klug ist. Und dass er beruflich auch vor Menschen spricht. Ich erinnere mich, dass Pascal meinte, er hätte einen Lehrstuhl an der Uni. Für einen Professor sieht er zwar ziemlich jung aus, aber David ist auch der jüngste Arzt, den ich jemals gesehen habe – die beiden sind ein spannendes, beeindruckendes Beste-Freunde-Gespann. Doktor Ice und Professor Exzentrisch.

»Wieso sagt er jetzt nichts mehr? Will er, dass wir klatschen?«, höre ich Remo zu David flüstern.

Er zuckt mit den Schultern. »Ich weiß nicht, was er will. Es kann auch sein, dass er gerade spontan über die Hochzeitstorte nachdenkt. Er ist schon seit ein paar Tagen so verwirrt.«

Lena nickt Davids Statement ab. »Er hat am Donnerstag im Büro vollkommen abwesend dreißig Kopien seiner Banane gemacht – ich dachte, das wäre ein Scherz, aber als er fertig war, hat er sie nur angestarrt und weggeworfen.«

»Euch ist schon klar, dass ich euch hören kann? Ich stehe nur zwei Meter über euch. Wörtlich betrachtet, metaphorisch gesehen stehe ich einen Kilometer über euch allen! Ich heirate morgen die Liebe meines Lebens, das hat noch keiner von euch mäkelnden Banausen zustande gebracht. Oder habe ich verpasst, wie einer von euch seine Beziehung dort hingebracht hat, wo er sie letzten Endes haben möchte?«

Dass ich und Pascal die Hand nicht heben, ist klar. Wäre auch schräg. Die Prostituierte und der Mann, der nicht schlafen kann, wenn eine Frau neben ihm liegt, haben wohl noch ein Stück Weg vor sich, was Beziehungsziele betrifft. Dass Remo sich nicht zu Wort meldet und Luca versichert, dass er alles hat, was er will, wundert mich aber. Er ist sonst auch nie auf den Mund gefallen. Jetzt schweigt er und funkelt Luca nur für die Stichelei an. Dafür winkt Lena.

»Hier. Wir. Absolut glücklich. Auch ohne Hochzeit oder Kinder.«

Simon schmunzelt hinter ihr süß und drückt sie dann.

»Du weißt schon, dass du keinen Keks von dem Idioten da oben bekommst, nur weil du auf seine provokante Frage antwortest?«, brummt Remo. »Angeber-Pärchen …«

Mel boxt ihn mit dem Ellbogen in die Seite. »Entschuldigt, er ist ein Idiot. Ihr seid toll. Und nicht jeder muss sich eine Hochzeit und Kinder wünschen«, stellt sie klar. Mehr an Remo gewandt als an Lena und Simon.

Ich denke, ich weiß jetzt, was los ist. Herr Morelli will heiraten und dass er Kindern gegenüber nicht abgeneigt ist, unterstelle ich ihm mal auch. Da liegen noch Beziehungsziele vor den beiden, ganz im Gegensatz zu Lena und Simon, die jetzt schon sehr angekommen zu sein scheinen. Die Lovestorys der beiden Löwen kenne ich nicht, aber sie sind wohl beziehungstechnisch auch noch nicht gänzlich dort, wo sie hinmöchten.

Liebe ist so unterschiedlich wie die Handschriften auf den vielen Zetteln da draußen, die darum bitten.

»Warum sind wir hier, Luca?«, will David wissen, der langsam etwas ungeduldig klingt. Er hat wohl auch Hunger. Oder die Beziehungsgespräche nerven ihn.

»Schön, dass du fragst«, tönt der rothaarige Mann und macht wieder beschwingte Gesten. »Ihr seid hier, weil Nora und ich uns darauf geeinigt haben, den Freitag dazu zu nutzen, unsere Gäste durch Verona zu führen und Zeit mit ihnen zu verbringen, weil morgen bestimmt alles so stressig und schnelllebig wird und wir nicht wollen, dass sich jemand vernachlässigt fühlt.«

David zieht eine Braue nach oben. »Das heißt, Nora macht sich gerade die Mühe, all ihre Verwandten inklusive nerviger Tanten und alter Leute zu unterhalten, und du hast eure Abmachung so ausgelegt, dass du mit deinen Freunden abhängen kannst?«

Luca schmunzelt wie ein gut aussehender Teufel und zuckt dann mit den Schultern. »Na ja. Zu meiner Verteidigung: Ihre Anweisungen waren sehr vage und sie weiß, dass sie einen Juristen heiratet. Ich denke, Nora wollte das hier. Weil sie mich liebt und will, dass es mir gut geht und ich mir keinen Stress mache.«

»Nora wird ihn umbringen …«, murmelt Mel etwas, über das sich wohl alle einig sind, bis auf Luca. Der grinst. Noch.

Ich muss auch schmunzeln. Sicher, ich bin hier nur hineingestolpert, das ist nicht mein Freundeskreis, und trotzdem, für dieses Wochenende so zu tun, als wäre er es, macht mich happy. Wer wünscht sich keine Clique voller spannender, humorvoller Menschen, die sich gegenseitig verschaukeln, aber gernhaben? Und einen Mann, der einem den Rücken wärmt, wenn es während der witzigen Gespräche im malerischen Ambiente mal kühl wird? Ich frage mich, ob sie alle wissen, wie viel Glück sie haben.

»Okay. Luca raubt Nora schon jeden Nerv, bevor sie ›Ja‹ gesagt hat. Niemand ist überrascht. Können wir jetzt bitte Pizza essen gehen?«, fragt Remo, der so aussieht, als würde er gleich Mel in den Hals beißen, wenn er nichts zu essen bekommt. Sie streckt ihm den Hals aber auch bereitwillig hin, was ich verstehen kann – ich würde das ›hungriger Vampir frisst Mädchen‹-Rollenspiel auch scharf finden.

»Essen gibt es später«, versichert Luca. »Zuerst tue ich das, was ich Nora versprochen habe: euch unterhalten. Lasst uns ein Spiel spielen!«

»*Romeo und Julia* trifft Jigsaw aus *SAW*«, tönt Alex amüsiert. »Krasses Crossover. Du klingst gerade total gruselig, Susi.«

Ich frage mich kurz, wer Susi ist, aber anscheinend hat Luca mehr als einen Spitznamen, er fühlt sich nämlich angesprochen.

»Tausend Euro auf die Hand, wenn du endlich aufhörst, mich so zu nennen!«, bietet er an, weil das ›Susi‹ offenbar kein Spitzname, sondern eine Verarsche ist.

Alex grinst und schüttelt den Kopf. »Kannst du dir abschminken. Nicht mal für eine Million. Du wirst immer meine Susi bleiben, und du weißt, warum. Aber schön, dass es dich nach so vielen Jahren noch nervt«, entgegnet der hübsche blonde Junge amüsiert.

Ähm, hallo? Er schlägt tausend Euro aus, um weiter einen Witz reißen zu können? Dafür müsste ich höchstwahrscheinlich einen ganzen Abend einen irren Maler mit Fetischvorlieben bespaßen. Und nicht mal das würde reichen, schließlich fällt da noch der Anteil für die Agentur ab.

»Versuchst du wirklich, einen Löwenstein mit Geld zu bestechen, Luca? Du bist heute wirklich ziemlich durch den Wind«, höre ich Pascal hinter mir sagen.

Remo lacht. »Ja, das ist, als ob du Bruce Wayne fragst, ob er dir das Batmobil für 'nen Zehner verkauft. Kannst du zwar machen, wird ihn aber nicht interessieren.«

Stimmt ja: Die Löwen sind steinreich.

Man muss dem Sonnyboy und Doktor Ice aber zugutehalten, dass sie die Sache mit der vielen Kohle nicht raushängen lassen. Ich hätte es beinahe vergessen, hätten Pascal und Remo keine Faxen darüber gemacht.

»Was willst du jetzt spielen?«, fragt Mel und lässt unsere Blicke wieder hoch zu Luca schweifen. Er lehnt am Balkongeländer und schmunzelt. Seine Miene wirkt aber plötzlich ernst. Was dem markanten Gesicht ziemlich gut steht.

»Wir spielen ein letztes Mal Kätzchen vernaschen. Hier oben steht Julias Bett. Und ich dachte mir, da ich noch mit keiner der Anwesenden das Vergnügen hatte, könnten wir das nachholen, bevor ich mich endgültig nur mehr der Frau verschreibe, die ich liebe.« Er deutet nach unten – sein Finger zeigt auf Mel. »Ich hätte bitte gern zuerst das Kätzchen, mit dem ich irgendwann verwandt sein werde und dem ich beweisen kann, dass ich mich schon als Kind immer schneller an den Kaugummi im Lolli geleckt habe als Remo.« Luca zwinkert, bevor sein Finger auf mich zeigt. »Danach das fremde rote Kätzchen, das von hier oben so klein und zierlich aussieht, dass es mir bitte seinen Ausweis zeigt, bevor ich beginne, es zu streicheln.«

Ähm, ich rufe ihm jetzt mal lieber nicht zu, dass ich zweiundzwanzig bin und er sich keine Sorgen machen muss.

Luca ist noch nicht fertig. Er zeigt zu Lena, sein Grinsen wird breiter. »Und zum krönenden Abschluss meine Assistenten-Mieze, die nie beendet hat, was sie an ihrem vierten Arbeitstag in meinem Büro angefangen hat, mich aber gern wieder Herr Doktor nennen darf, um die erotischen Vibes von früher wieder aufleben zu lassen.« Jetzt streift sein Blick über seine männlichen Freunde. »Ihr dürft übrigens gern zusehen, wie ich euer Kätzchen zum Schnurren bringe, allerdings müsst ihr mir versichern, dass ihr damit klarkommt, wenn ich den einen oder anderen Klaps auf einen hübschen Arsch verteile. Besonders in der letzten Runde.«

Luca rundet seine heißen Fantasien mit einem Zwinkern in Richtung Lena ab.

»Fertig mit dem Rausposaunen deiner Wichsfantasien?!«, zischt Remo zu seinem Cousin nach oben.

»Ja, das war's im Großen und Ganzen. Details improvisiere ich gern.«

»Gut! Dann komm hier runter, damit wir dich in der richtigen Reihenfolge vermöbeln können!«

»Er verarscht euch doch nur«, sagt Mel und überdreht grinsend die Augen.

Lena nickt, wirkt aber etwas verlegen. Dass sie sein Lieblings-Kätzchen ist, war nicht zu überhören. Und die Begeisterung über ihren Hintern auch nicht. »Das war doch alles nur ein Witz«, relativiert sie.

Simon sieht das offenbar anders. Das hübsche Gesicht, das bisher eigentlich immer so gelassen und freundlich ausgesehen hat, egal was ihm an den Kopf geworfen wurde, wirkt plötzlich etwas strenger. »Ach, dann hast du an deinem vierten Arbeitstag nichts mit ihm gemacht? Noch nie mit Luca geschlafen … sicher.«

»Habe ich nicht! Das war nur …«

Ohhh, ich würde an ihrer Stelle nicht zu präzise werden. Tut sie auch nicht.

»Da waren wir noch nicht zusammen. Da hast du noch Nicky, Julia, Bianca und Joe an den Schreibtisch oder sonst wo angekettet und zum Stöhnen gebracht.«

Nein, oder? Der höfliche, nette Junge fesselt gern? Echt jetzt?

Gott, ich muss aufhören, so begeistert zu grinsen. Das ist total bescheuert.

Als ich versuche, die Reaktion meiner Libido nicht meine Miene zeichnen zu lassen, entdecke ich, dass Mel auch dreckig grinst. Na, zumindest bin ich nicht die Einzige, die die schmutzige Vorstellung unterhält.

»Kriegt euch wieder ein«, ruft Luca und seufzt gespielt theatralisch. »Hätte ich das vor zwei Jahren vorgeschlagen, wäre das Einzige, was wir jetzt hitzig diskutieren würden, die Frage, ob wir genügend Gummis für den ganzen Abend dabeihaben. Jetzt könnt ihr nicht mal einen Witz darüber wegstecken.«

Ich dachte mir schon, dass Mel, Pascal und Remo nicht die Einzigen hier sind, die früher unverbindlicher gelebt haben. Ich denke, sie haben alle eine sehr ähnliche Einstellung zu Sex und Liebe. Jetzt, da sie sich die Hörner abgestoßen haben, wollen sie zur Ruhe kommen, aber diese Phase nach dem Übergang ist bestimmt nicht immer einfach und mit Unsicherheiten gespickt.

»Ich will mit niemandem hier schlafen«, stellt Luca noch mal deutlich und unmissverständlich klar »Ich liebe Nora. Ich werde sie heiraten, ihr treu sein, Kinder machen und der beste Vater und Ehemann sein, den die Welt jemals gesehen hat. Das heißt aber alles nicht, dass ich meinen Humor und meine Persönlichkeit morgen vor dem Gang zum Altar aus mir rauskotze und die Toilette runterspüle.«

Er hat jemanden gefunden, für den er sich nicht verbiegen muss. Vor dem er so sein kann, wie er ist, mit all seinen Macken und allem, was ihn anstrengend und exzentrisch macht. Das ist schön, aber dazu gehört auch eine riesen Portion Vertrauen. Ich muss mir verbieten, mich umzudrehen und Pascal anzusehen. Ich weiß nicht, ob er Lucas Vortrag etwas abgewinnen kann. Vielleicht hört er auch weg, weil ihn das Thema sowieso nicht interessiert.

»Nora und ich lieben uns genug, um wir selbst zu bleiben, und haben uns zur Genüge ausgelebt, um zu wissen, dass wir niemanden jemals mehr wollen werden als einander. Hört auf, euch eure

Vergangenheit vorzuwerfen oder Geheimnisse voreinander zu haben. Und wenn ihr noch nicht mit früher abgeschlossen habt, dann lasst euch eben die Zeit, die ihr dafür braucht. Liebe läuft nicht weg – wenn sie echt ist.«

Echt ist das Schlüsselwort. So schön ich Lucas Vortrag auch finde, er ist nicht für mich gedacht. Ich höre ihm trotzdem gern zu.

»Und wenn ihr das alles auf die Reihe bekommt, könnt ihr vielleicht auch mal in ein Museum einbrechen und die Leute, die ihr gernhabt, von einem Balkon aus beklugscheißen«, scherzt er. Hoffentlich. Vielleicht ist er auch wirklich eingebrochen. »Kann übrigens endlich jemand ein Foto von mir machen? Ich sehe so verdammt gut aus wie noch nie in meinem Leben! Ich habe vier Kilo für die Hochzeit verloren und zwei Kilo Muskelmasse draufgelegt – acht Prozent Körperfett, meine Damen und Herren! Seht mich an und werdet scharf!«

Er zieht seinen Pullover hoch und entblößt ein ziemlich heißes Sixpack.

»Will er gerade hören, dass er hübsch ist?«, fragt Remo.

David nickt. »Ja. Sagt es ihm bitte jemand? Vielleicht kommen wir dann schneller hier weg.«

»Total sexy, Luca!«, ruft Mel.

Das Remo nachlegt, war zu erwarten.

»Ja, so hübsch. Darf Nora eigentlich auch manchmal das Mädchen spielen oder ist das ausschließlich deine Nummer?«

»Blanker Neid lässt sich so gut hinter Humor verstecken wie ein LKW hinter einer Straßenlaterne – versuch es erst gar nicht«, kontert Luca.

Remo lacht. »Neid. Sicher. Auf die paar Muskeln, die du dir durch Sit-Ups und das Kopieren deiner Banane antrainiert hast. Hätte ich es notwendig, jetzt mein Shirt hochzuziehen, wärst du der LKW!«

»Ziehen wir uns jetzt doch alle aus?«, will Alex wissen und grinst.

»Tut, was ihr nicht lassen könnt, ich fahre zurück ins Hotel«, kündigt David an und setzt sich in Bewegung. Zumindest bis Luca ihn anschreit.

»Hey! Niemand verschwindet! Alle bleiben hier! Ich brauche euch für … das Spiel!«

»Es gibt wirklich ein Spiel? Ich dachte, du wolltest einfach der Mensch sein, der einen versauten Witz auf Julias Balkon reißt«, meint Mel.

»Ja, das auch. Aber es gibt wirklich einen Grund, warum ich euch herbestellt habe. Wir machen eine Pärchen-Schnitzeljagd«, kündigt Luca beschwingt an, erntet aber offensichtlich nicht die Reaktionen, die er sehen wollte.

David knurrt. »Schnitzeljagd. Wie alt sind wir? Zehn?«

»Hör auf, herumzustänkern. Du liebst meine Ideen und du wirst auch diese lieben. Ihr bekommt die Chance, Verona zu besichtigen, und ich … kann herausfinden, wer von euch das beste Paar ist. Das dürft ihr dann auch allen unter die Nase reiben. Ist so was wie ein Wettkampf. Das Gewinnerpaar bekommt etwas von mir. Etwas Großartiges. Einzigartiges. Etwas, das jeder von euch garantiert will.«

Jetzt horchen alle auf. Etwas, das jeder will? Mich interessiert auch brennend, was der exzentrische Mann sich hat einfallen lassen. Auch wenn ich nicht davon ausgehe, dass Pascal und ich heute noch einen Preis für das beste Paar hier abräumen. Wir treten gegen zwei

Pärchen an, deren Liebesgeschichten wahrscheinlich eine ganze Buchreihe füllen könnten. Wie sollen ein Flittchen und der Eisprinz, der es gebucht hat, denn da mithalten?

»Danke fürs Dissen, Susi! Du weißt, dass meine Freundin nicht hier ist, oder?«, murrt Alex und verschränkt die Arme vor der Brust. »Darf ich bei Lena und Simon mitmachen?«

»Ich dachte, ihr reicht sie nicht mehr rum«, gibt David einen Kommentar ab, der bei Remo oder Luca nach witziger Anspielung geklungen hätte – bei ihm klingt es nach Stichelei.

Lena kann das aber ab. Anscheinend ist ihr Davids Antipathie nicht neu und sie kann ihn hervorragend ignorieren.

»Alex kann gern bei uns mitmachen«, stellt Simon klar und drückt Lena ein Küsschen auf die Wange, bevor er seinen Freund anschmunzelt.

»David kann mit mir und Emma kommen«, bietet Pascal an. Natürlich ohne mich zu knutschen.

Remo schnaubt amüsiert. »Kann er das? Ich glaube, Doktor Löwenstein kommt nicht mit jedem.«

»Nein. Aber er könnte in diesem Fall«, entgegnet überraschenderweise David selbst und schmunzelt schief, bevor er mir einen kurzen Blick schenkt, der mich erröten lässt.

War das ein Kompliment? Der gemeine, kluge Mann verwirrt mich.

»Nein! Keine Dreierpärchen!«, verbietet Luca. »Ich brauche vier Zweierpaare … also das Spiel braucht das. Das ist ein Pärchen-Wettkampf! Wer verliert, muss Schluss machen. Wer gewinnt, darf heute Nacht hammer Gewinnersex miteinander haben! David, du spielst mit Alexander. Solltet ihr gewinnen, schwören wir alle hier, niemandem zu verraten, dass ihr euch in der Nacht vor meiner Hochzeit besonders lieb gehabt habt.«

Fieser Witz. Ich wette, Luca hat keine Geschwister, sonst wüsste er, wie ekelhaft das gerade war. Alex schüttelt sich und macht dann Würgegeräusche, während David so aussieht, als würde er still, aber heftig in sich reinkotzen.

Remo klatscht in die Hände. »Na gut. Dann her mit dem ersten Hinweis. Oder was auch immer. Mel und ich machen euch fertig!«

Es wundert mich nicht, dass Remo plötzlich so motiviert wirkt. Er ist ganz offensichtlich ein Wettkampf-Typ. Typisch Sportler. Außerdem kann er beweisen, wie gut er und Mel zusammenarbeiten – etwas, das eigentlich offensichtlich ist, aber er bemüht sich trotzdem darum. Was süß ist. Temperamentvolle Männer sind bestimmt schwer zu bändigen, schreien ihre Liebe dafür aber auch umso lauter zum Himmel. Das zu hören, muss schön sein.

Luca kramt in seiner Hosentasche und wirft dann vier gefaltete verschiedenfarbige Zettel nach unten. »Hier. Der rote ist für David! Und Alex …«

»Und die anderen?«, will Pascal wissen, der einen blauen Zettel aufgehoben hat.

»Ist mir egal. Passt schon so. Noch nicht lesen! Erst wenn ihr …« Er hat wohl gerade die Regeln zu seinem eigenen Spiel vergessen.

»Hast du dir den Mist spontan ausgedacht? Weißt du überhaupt, was du da tust, oder ist das Teil einer manischen Episode, hervorgerufen durch die Nervosität wegen der Hochzeit?«, will Doktor Löwenstein wissen.

»Ich bin absolut cool! Und das hier ist alles penibel geplant! Bis auf den Start …«, gibt Luca zu und streift sich nachdenklich übers Kinn.

»Okay, das Paar, das … am besten aussieht, kriegt fünf Minuten Vorsprung. Dreht euch mal für mich«, scherzt er.

Remo brummt, weil er im Wettkampf-Modus ist und vernünftige Regeln hören will. »Na gut, aber bevor du dir das französische Männermodel und die kleine rote Elfe da drüben aussuchst, bedenke, dass Mel und ich nackt schärfer aussehen als die beiden dürren, schwarz angezogenen Schaufensterpuppen.«

Ich weiß nicht, ob ich mich gedisst oder geschmeichelt fühlen soll. Pascal übernimmt das Reagieren für uns.

»Nenn uns noch einmal dürr und ich werde sauer! Nicht jeder kann so viel Essen wie du in sich reinstopfen und das Ganze dann mit Krafttraining verbrennen, weil er sowieso den halben Tag im Turnsaal verbringt. Du bist von Natur aus viel schmächtiger als ich. Claire hat mir Fotos gezeigt. Du warst ein dürres Gespenst, bevor du dich körperlich betätigt hast.«

»Claire hat Fotos von dir als Teenager? Du behauptest immer, es gäbe keine«, sagt Mel und stupst Remo an, der sich etwas verlegen am Kopf kratzt, aber brummt.

»Kann sein, dass sie welche hat.«

Ich kann mir kaum vorstellen, dass er mal ein schmächtiger Junge war. Sein Körper ist wirklich der Wahnsinn – auch in Klamotten. Man muss ihn nicht nackt sehen, um zu erahnen, dass er ein definiertes, sehniges, hartes Kunstwerk aus sich gemacht hat.

»Leute, wir sind alle ziemlich knackig«, tönt Alex gut gelaunt. »Luca, lass dir etwas weniger Subjektives einfallen.«

»Habe ich doch schon längst, ich höre euch nur gern beim Zanken zu – das macht mich so nostalgisch. Und irgendwie wuschig. Die

Sache mit dem kein Sex am Tag vor der Hochzeit kann ich nicht weiterempfehlen …«

Er verschwindet kurz im Gebäude. Als plötzlich ein Ball in den Innenhof fällt, zucke ich erschrocken zusammen. Meine Reaktion ist aber noch gechillt im Vergleich zu Mels. Sie verschwindet vor Schreck hinter Remo. David fängt den Ball und sieht zu Luca hoch, der gerade einen schwarzen Mülleimer über das Geländer hängt.

»Werft. Das Pärchen, das am öftesten trifft, bekommt fünf Minuten Vorsprung. Unterhaltet mich.«

David dribbelt den weißen Ball, wirft aber noch nicht.

»Luca, falls du uns hier verarschst und dein großartiger, einzigartiger Preis, den deiner Meinung nach jeder von uns will, so etwas Schwachsinniges wie ein Nacktfoto von dir ist, büßt du dafür«, droht er, schmunzelt am Ende aber.

Remo ist wohl nicht der Einzige hier, der Wettkämpfen etwas abgewinnen kann und gern gewinnt.

David gibt sich Mühe mit dem Werfen, verfehlt aber knapp, was keine Schande ist, weil der blöde kleine Eimer so verdammt weit oben hängt, dass da eigentlich kein Mensch reintreffen kann.

»Toll gemacht«, spottet Alex. »Das hast du davon, dass du deine ganze Kindheit damit verbracht hast, wie besessen zu lesen, und niemals draußen gespielt hast.«

David knurrt und wirft seinem kleinen Bruder den Ball zu. »Dann mach es besser, Alexander.«

Ich drücke Alex die Daumen, weil ich glaube, dass es verdammt schwierig ist, einen Bruder wie David zu haben. Er wirkt wie ein sehr fordernder, ehrgeiziger Mensch, den man schwer beeindrucken oder das Wasser reichen kann.

Auch wenn sein Wurf verdammt gut aussah, Alex verfehlt. Vielleicht, weil David so dicht neben ihm stand und ihn mit verschränkten Armen und bohrenden Blicken gemustert hat.

»Großartig. Dass du drei Zentimeter dichter dran warst als ich, war es definitiv wert, dass du in deiner ganzen Kindheit kein einziges Buch aufgeschlagen hast.«

»Ach halt doch einfach die Klappe, David! Jeder Basketballkorb hängt tiefer und ist größer. Das Ding kann man doch gar nicht treffen!«, mutmaßt Alex murrend.

»Ach echt? Lass mal sehen«, tönt Remo beschwingt, nimmt den Ball, dribbelt zweimal, wirft, trifft, fängt den Ball, den Luca ihm zuwirft, wieder und lässt ihn dann drehend auf seinem Zeigefinger balancieren, während er auf Pascal zugeht. »Na geht doch. Hier. Du bist dran.«

Das war ziemlich beeindruckend. Aber er hat Sport studiert – natürlich hat er Talent für alles, was mit Bällen oder Körperbeherrschung zu tun hat. Trotzdem: coole Show.

Pascal seufzt so laut, dass ich kurz glaube, er hat einen Asthmaanfall. »Ich will nicht«, sagt er tonlos und weigert sich, den Ball anzunehmen.

»Im schlimmsten Fall triffst du eben nicht. Macht doch nichts. Ist nur ein Spiel«, motiviert Remo einen Lehrer mit Lehrersprüchen.

»Komm schon, Pascal. Sei kein Spielverderber«, legt Remo nach und bringt damit ein Argument, das Pascal doch dazu bringt, sich den Ball zu greifen. Er ist zwar manchmal sehr reserviert, aber er ist kein Spielverderber.

Der blonde Eisprinz in Schwarz seufzt noch mal und stellt sich dann unter den Balkon. Ich bin mir nicht sicher, ob ihm das Ganze einfach zu kindisch ist oder ob er schlichtweg nicht gern Basketball spielt. Blamieren kann er sich nicht, schließlich haben die beiden Löwen auch nicht getroffen und sportliches Remo-Level zu erreichen, erwartet niemand von ihm.

Dass er so konzentriert wirkt, lässt mich glauben, dass er grundsätzlich dazu in der Lage wäre, das Ding reinzumachen. Schließlich hat er ziemlich begnadete Hände und ist ein sehr fokussierter Mensch.

Ich spanne mich an und ermahne mich, nicht wie ein Gummiball zu hüpfen, falls er trifft. Wahrscheinlich wäre ihm der Beifall zu viel.

Pascal wirft – wenn man es so nennen kann – und das Einzige, zu dem ich mich ermahnen muss, ist, nicht zu laut zu lachen. Ich weiß, es wirkt unsensibel, jemanden auszulachen, der so etwas banal Unwichtiges wie einen Wurf verbockt, aber ganz ehrlich, ich kann nachvollziehen, warum jeder hier zumindest einmal prustet. Pascal donnert so unkontrolliert und scheinbar ziellos auf die Wand ein, dass es eigentlich jeder Beschreibung spottet. Hatte er die Augen zu? Ist er spontan blind geworden? Hat er schon jemals irgendetwas geworfen?

Während die anderen sich zumindest um Beherrschung bemühen, windet sich der Sportlehrer neben dem Franzosen mit der versteinerten Miene. Ich glaube, Remo kotzt gleich vor lauter Lachen.

»Was war das denn?! Oh mein Gott, David, sieh ihn dir mal an, ich glaube, er hatte einen Krampfanfall. Bitte sag mir, dass du einen Krampfanfall hattest!«

»Spornst du deine Schüler auch mit so unhöflicher Kritik an, wenn du Sportunterricht gibst?«, blafft Pascal und murrt, als Remo sich mit der Hand an seiner Schulter abstützt, weil er wahrscheinlich schon Bauchschmerzen vom Prusten hat.

»Nein. Nein, das mache ich nicht«, japst er. »Die werfen auch nicht, als hätten sie noch nie Erdanziehung gefühlt. Wie konntest du denn bitte so lange vor mir verheimlichen, dass du wirfst wie ein Alien? Ich hätte dir helfen können! Wir hätten einen Therapieplan für dich ausgearbeitet!«

»Krieg dich wieder ein. Ich kann eben nicht werfen. Dafür habe ich ein absolutes Gehör und wenn wir hier einen Klavierwettbewerb veranstaltet hätten, könnte ich dich jetzt ein therapiebedürftiges Alien nennen.«

Pascal dreht sich weg und kommt mit versteinerter Miene wieder auf mich zu. Ich sehe ihm trotzdem an, dass ihm die Sache peinlich war. Irgendwie steht ihm dieses beschämte Funkeln hinter den eisblauen Augen aber. Er ist sonst so übertalentiert und außerordentlich, da ist etwas Unvollkommenheit richtig charmant.

»Du hast dich aber angestrengt«, flüstere ich ihm zu und ernte dafür Todesblicke.

»Fürs Verarschen habe ich schon Remo!«, brummt er und versteckt seine Verlegenheit wieder hinter der strengen Miene.

Remo hat in der Zwischenzeit wieder angefangen, den Ball am Zeigefinger zu drehen. »Hermine? Lena?«

Eigentlich ist es unnötig, dass ich noch werfe. Ich treffe garantiert nicht. Vielleicht kann Lena Basketball spielen. Sie schüttelt auf Remos Aufforderung hin aber nur den Kopf und hebt die Hände. Anscheinend will sie nicht. Das Spiel ist trotzdem nicht vorbei.

»Darf ich mal?«, fragt jemand, den ich eigentlich nicht mehr auf dem Schirm hatte, weil er eine so unaufdringliche und trotzdem tolle Aura hat: Simon.

»Klar. Hier.« Remo wirft dem freundlich schmunzelnden Braunhaarigen mit dem hübschen Gesicht den Ball zu.

»Danke.«

Er dribbelt nicht mal, um ein Gefühl für den Ball zu bekommen, er wirft einfach. Und trifft so was von.

Dass Lena Simon anglüht, ist klar. Mel und ich sollten uns die schmachtenden Blicke allerdings nach Möglichkeit verkneifen, aber das ist schwierig, zumal Simon der Hammer ist. So bescheiden, dass man beinahe vergisst, dass er da ist, und dann strahlt er plötzlich in genau dieser Bescheidenheit bis zum Himmel. Verdammt niedlich, sportlich, und das Bild, das er darauf steht, Frauen zu fesseln, werde ich leider auch nicht mehr los. Was für ein Typ …

»Wow«, tönt Remo leise zu Pascal. »Ich hasse den Jungen …«

Das meint er nicht ernst. Zumindest nicht zu hundert Prozent. Vielleicht zu egobedingten zwanzig Prozent.

Ich erhöhe auf eifersuchtsbedingte dreißig, als ich bemerke, dass Remo Mels begeisterte Blicke mitbekommt, die an Simon haften.

»Okay! Wieder her mit dem Ball!«, ruft er Luca zu und mustert dann Simon mit hochgezogener Braue. »Spielst du Basketball?«

Er schüttelt den Kopf. »Nein. Volleyball. Ein bisschen.«

»Pass auf, Remo. Simon leidet nur unter notorischer Bescheidenheit«, erklärt Alex. »Er führt dich hier noch vor und bedankt sich dann für das nette Spiel.«

»Wer sich hier bei wem bedankt, sehen wir noch«, entgegnet Remo, der plötzlich grinst, weil er anscheinend doch Gefallen daran findet, dass das hier noch so was wie ein kleiner sportlicher Wettkampf wird.

Mel, Lena und ich dürfen auch mal versuchen, Luca abzuschießen, aber das Hauptspektakel spielt sich zwischen Remo und Simon ab. Sie werfen beide absolut gezielt und präzise. Wer letzten Endes einmal verfehlt, ist mehr oder weniger Pechsache.

Das Glück ist in diesem Fall auf der Seite des Straßenköters mit dem beeindruckenden Werdegang. Simon verpatzt einen Wurf, Remo legt souverän nach und bleibt das Sportass der Gruppe.

»Hat Spaß gemacht. Danke.«

Simon bedankt sich wirklich, steckt die Niederlage mit einem Lächeln weg. Obwohl Remo schon den ganzen Nachmittag hungrig und etwas launisch ist, ein schlechter Gewinner ist er nicht. Er schlägt in Simons Hand ein, drückt sie vielleicht etwas zu fest, zumal die Adern an seinem Unterarm beim Händeschütteln hervortreten, grinst aber auch.

»Ein bisschen Volleyball, was?«, meint er und schüttelt den Kopf. »Sah eher so aus, als würdest du ein bisschen viel Ballsport machen.«

Simon zuckt mit den Schultern. »Aktiv nur mehr Beachvolleyball. Aber ich trainiere eine Mädchenmannschaft«, verrät er.

Lena murrt neben mir leise. »Ja, zwölf schwitzende Mädchen, deren Sporthosen wie Unterhosen aussehen – jeden Dienstag und Donnerstag. Und im Sommer wälzt er sich mit einer Halbnackten im Sand. Schön.«

Ich muss schmunzeln, auch wenn ich verstehen kann, dass es bestimmt nicht immer einfach ist, wenn der Mann, den man liebt, von schwärmenden Mädchen, die ihren Volleyballtrainer vögeln möchten, umgarnt wird. Lena muss sich aber bestimmt keine Sorgen machen. Simon sieht sie an, als wäre sie das einzige Mädchen der Welt. Ich bin mir sicher, er sieht die anderen gar nicht mehr.

Mir kommt die Stewardess in den Sinn, die sich vor lauter Sabbern auf die Nase gelegt hat. Seit wir hier sind, haben sich schon so viele Frauen nach Pascal umgedreht oder ihm zweideutig eindeutige Blicke zugeworfen, dass ich mir gar nicht mehr die Mühe mache, mitzuzählen. Er sieht sie auch nicht. Oder er will sie nicht sehen. Dass nicht ich der Grund dafür bin, wird mir einmal mehr bewusst, als ich zuerst Mel und Remo und fünf Minuten später auch Simon und Lena Händchen haltend durch den Durchgang laufen sehe, an denen ihre Namen kleben.

Pascal macht nur eine auffordernde Kopfbewegung in meine Richtung und steckt die Hände dann in die Hosentaschen.

Ich freue mich trotzdem auf den kleinen Trip durch Verona. Mit Herrn Favre. Die Stadt ist wunderschön und der Mann an meiner Seite liebt zumindest meinen Körper. Mehr Romantik gibt es für Rosen nicht.

ICH WAR SCHON IMMER SO

»Deine Freunde sind wirklich nett«, sage ich, ernte aber keine Reaktion. »Und witzig.«

Pascal behält den Blick auf seinem Handy. Er hat es wieder eingeschaltet, weil wir für Lucas Spiel Google Maps brauchen. Auf dem Zettel war eine Adresse notiert. Unser Ziel ist zu Fuß gut zu erreichen und der Weg führt uns direkt durch die hübsche Altstadt.

Es ist eigentlich schön, Verona zu sehen, richtig freuen kann ich mich aber nicht, weil der Mann neben mir so aussieht, als hätten wir gleich einen Termin beim Zahnarzt.

»Wir müssen bei diesem Pärchen-Ding nicht mitspielen, wenn es dich nervt. Ich bin mir sicher, Luca versteht es, wenn du ihm erklärst, dass das mit uns nichts Ernstes ist.«

Jetzt sieht er zumindest zu mir rüber.

Ich zucke mit den Schultern. »Ich kann auch allein Sightseeing machen oder zurück ins Hotel fahren. Dann kannst du dich Mel und Remo anschließen oder etwas anderes machen. Wenn du Lust auf Sex hast, brauchst du mir nur zu schreiben. Dann komme ich, wohin du willst.«

So sehr ich mich auch freue, in Italien zu sein, ich möchte nicht, dass Pascal sich die ganze Zeit mit etwas quält, das ihm zu schaffen macht – die Nähe zu einer Frau. Das hier ist sein Wochenende, nicht meines. Und dass er mich nur gebucht hat, um andere Frauen abzuschrecken und mich zu vögeln, wissen wir beide.

»Ja, fahr zurück ins Hotel, zieh dich aus und leg dich nackt ins Bett, bis ich wiederkomme und Lust auf dich habe. Dort bleibst du auch. Wenn du alles mit dir machen lässt, was ich sage, bringe ich dir hinterher vielleicht etwas zu essen«, meint Pascal, mustert mich eindringlich und bleibt dann stehen. »Sag mal, war das gerade der Ansatz eines Nickens?!«, ruft er und klingt plötzlich so schockiert, dass ich auch die Augen aufreiße.

»Nein! War es nicht!«, lüge ich, da ich jetzt erst richtig schnalle, dass er den Sarkasmus-Modus anhatte und eine andere Reaktion von mir erwartet hat – definitiv kein Nicken.

»Doch, du hättest das getan«, unterstellt er, klingt wieder leiser, aber mir gefällt dieser bestürzte Tonfall nicht.

»Pascal, du weißt, wie das läuft«, seufze ich und versuche, dieses seltsame Gefühl in mir runterzuschlucken, um viel abgebrühter zu klingen, als ich bin. »Wenn du mich nur vögeln und ansonsten nichts mit mir machen willst, ist das in Ordnung. Ich tue, was du sagst und was dir Spaß macht. Du bezahlst dafür.«

»Und das gibt mir das Recht, dich wie einen Sexsklaven und nicht mehr wie einen Menschen zu behandeln?«, will er wissen und schüttelt mit verengten Augen den Kopf.

»Tu jetzt nicht so schockiert. Du hast mich schon mindestens achtmal schwören lassen, dass es nur Sex ist und nicht mehr. Ich musste dir versprechen, dass ich dein Spielzeug bin.«

»Ja! Dasselbe habe ich von Melanie verlangt. Und sie ist keine Escort. Ich habe es auf etwas Körperliches beschränkt. Das hat nichts damit zu tun, dass ich eine Sexsklavin in dir sehe. Melanie und ich waren von Anfang an befreundet. Ich mochte sie immer, ich habe sie immer geschätzt, ich wollte nur nicht, dass sie …«

»Schon klar«, unterbreche ich ihn, weil er aussieht, als würde es ihm körperliche Schmerzen bereiten. es auszusprechen. Ich weiß, was Pascal meint. Er wollte nicht, dass sie sich in ihn verliebt.

»Und die Sache mit dem Ego-Vögeln …«, setzt er ein Thema fort, das ihm so offensichtlich unangenehm ist, dass ich nicht verstehe, warum er es nicht einfach gut sein lässt.

»Du musst dich nicht vor mir rechtfertigen, Pascal. Dass ich dich daran erinnert habe, was du zu mir gesagt hast, sollte kein Vorwurf sein, nur eine Feststellung.«

»Lass mich ausreden!«, verlangt er und funkelt mich vorwurfsvoll an, weil er wohl nicht gern unterbrochen wird, wenn er im Feuer seines eigenen Unbehagens brennt. Na gut, ich bin still. Brenn mal weiter.

»Du bist nicht die Erste, die ich so vögle. Das hat nichts mit deinem Lebensstil zu tun. Es war mir auch egal, ob Melanie kommt. Das hat Remo für mich erledigt. Ich wollte sie nur ficken und das wusste sie auch. Ich war schon immer so. Beziehungen zu Frauen sind schwierig für mich, wenn ich ihnen nicht vertraue. Aber das heißt nicht, dass ich dich für mein Eigentum halte oder dich nicht respektiere. Wenn das jemals so rübergekommen ist, tut es mir leid. Ich weiß, dass ich schwierig bin. Aber ich will kein Arschloch sein.«

Dass ich ihn mit einem unüberlegten Nicken auf einen Scherz, den ich nicht verstanden habe, zu so einer Reaktion bewegen kann, war mir nicht klar.

»Ich halte dich nicht für ein Arschloch«, versichere ich und schmunzle. »Ich wünsche mir manchmal, du wärst eines, dann wäre es einfacher, dich zu verstehen, aber du bist keines.«

Pascal sieht weg, lässt die Miene aber nicht vereisen.

Wir setzen uns wieder in Bewegung.

»Behandelt dich jemand so?«, höre ich ihn fragen.

Ich war gedanklich schon dabei, von dem ganzen Thema abzuschweifen – er offenbar nicht.

»Nein. Alles gut. Niemand sperrt mich irgendwo ein und behandelt mich wie eine Sexsklavin«, versichere ich.

»Was ist mit dem Typen, der dich gebissen hat?«

Ich bekomme meine Reaktion leider nicht schnell genug unter Kontrolle, weil das immer schwierig ist, wenn mich jemand an Finn erinnert. Dass ich versuche, meinen geschockten Gesichtsausdruck mit einem Grinsen zu überspielen, sieht im besten Fall merkwürdig aus – wahrscheinlich schreit es aber panisch ›Lüge!‹ in den Himmel.

»Er war nur … speziell. Nicht der Rede wert. Claire hatte ständig mit solchen Männern zu tun.«

»Was Claire tut oder nicht, ist mir egal«, entgegnet er harsch.

»Ich dachte, ihr wärt befreundet …«

»Das hat nichts damit zu tun. Ich mag Claire. Ich wünsche ihr nur das Beste. Aber ich habe mal gesehen, wie sie Remo in den Schwitzkasten genommen und ihm so fest in die Nippel gekniffen hat, dass er heulen musste – weil er an ihr Handy gegangen ist, als Vincent angerufen hat.«

Oh ja. Den muskelbepackten Straßenköter zum Jaulen zu bringen ist wirklich eine Leistung.

»Claire ist tough und lässt sich nichts gefallen, was sie sich nicht gefallen lassen will. Ich mache mir keine Sorgen um sie«, erklärt Pascal, betont das ›sie‹ am Ende aber so sehr, dass ich weiß, worauf er damit hinauswill.

»Hey. Ich bin auch tough. Ich hab dich mal mit einer Kappe verdroschen!«, verteidige ich mich und funkle Pascal an, weil niemand gern ›schwach‹ genannt wird, auch wenn er es nicht direkt gesagt hat.

»Du bist temperamentvoll, wenn du dich bei jemandem wohlfühlst – sobald ich dir Gegenwind gegeben habe und irrational offensiv wurde, bist du immer still geworden.«

»Vielleicht … aber wenn es wirklich darauf ankommen würde, kann ich mich durchsetzen.«

Du hättest dir vor Finn beinahe in die Hosen gemacht.

Das weiß Pascal doch nicht!

Sag es ihm.

Was?! Nein! Spinnst du?!

»Ich glaube dir, dass du beherzt und unerschrocken sein kannst. Für andere. Was du für Kevin tust, spricht für sich. Deinen Bruder würdest du vor allem und jedem beschützen. Aber nicht dich selbst.«

Ich fröstle, weil der Wind auffrischt. Oder weil mich Pascals Unterstellung trifft. Viel tiefer, als mir lieb ist.

»Selbst wenn das stimmen würde, ich komme klar. Die Agentur passt auf mich auf. Mir kann nichts passieren.«

Ich weiß nicht, was ich sonst sagen soll. Ich wiederhole einfach mein Mantra.

»Ist Vincent bei dir, wenn du Kunden triffst? Steht er neben dir, wenn du zu irgendeinem Typen nach Hause fährst, der sich nicht an die Regeln hält?«

»Sag mal, willst du mir Angst machen?«, entgegne ich Pascals furchteinflößend klingenden Fragen und funkle ihn an. »Ich kann den Job nicht einfach an den Nagel hängen, nur weil vielleicht irgendetwas passieren könnte. Wenn ich einen Typen in einem Club kennenlerne und mit ihm nach Hause fahre, könnte er auch ein Psychopath oder ein Vergewaltiger sein!«

»Ja, genau deshalb macht man so was auch nicht!«, brummt Pascal.

Bevor mir ein Lehrer einen ›Steig nicht zu Fremden ins Auto‹-Vortrag halten kann, hole ich schnell Luft. »Es geht mir gut! Die Sache mit Finn war scheiße, ja. Aber ich glaube nicht, dass Vincent mich noch mal zu ihm schicken würde.«

»Du glaubst …«, wiederholt Pascal tonlos.

Ich seufze in mich hinein. Ja, ich glaube. Weißt du, wie schwer es ist, einen Vampir einzuschätzen, der an der Spitze eines Unternehmens steht, das von Diskretion und seiner einnehmend mysteriösen Aura lebt?! Ich kann ja noch nicht mal einschätzen, wie alt Vincent ist, geschweige denn, welche Agentur-Entscheidungen er treffen wird! Seit ich Milas kenne, habe ich Vincent auf ungefähr 45 hochgestuft, aber nicht mal dabei bin ich mir sicher.

»Wenn Vincent dich noch mal zu diesem Typen schickt oder zu irgendjemandem, zu dem du nicht gehen willst, sag es mir«, spricht Pascal plötzlich ein Angebot aus, das mich irritiert.

»Was willst du denn machen? Ihn anrufen und ihm sagen, dass er mir einen anderen Kunden geben soll?«

Ich klinge so patzig vorwurfsvoll, weil sein Vorschlag durch und durch bescheuert war. Vincent würde ausrasten, wenn Pascal anruft, um ihm irgendwelche Vorschriften zu machen. Er ist sowieso schon skeptisch, weil ich das letzte Mal so emotional über Pascal gesprochen habe.

Ich höre die dunkelste Stimme der Welt in meinem Kopf warnend ›Enttäusch mich nicht‹ brummen.

»Ich bekomme riesen Ärger, wenn Vincent glaubt, zwischen mir und dir wäre irgend…«

»Ich bin kein Idiot. Ich weiß das auch«, versichert Pascal etwas gereizt klingend. Seine Augen funkeln aber nur kurz – sein Blick wird schnell wieder weich. »Wenn ich mit Vincent über dich und andere Kunden rede, lässt er mich dich nie wieder buchen. Aber ich kann Remo bitten, mit ihm zu reden, falls er dir Kunden aufdrängt, die du nicht haben möchtest. Er kennt Vincent besser als ich. Er hat früher mal für ihn gearbeitet. Nicht für ›Evig Roses‹, sondern als Kellner im ›SORT‹.«

Kellner. Klar. Süß, dass du ihm das glaubst. Du hast ihn noch nie tanzen gesehen, oder?

»Danke. Remo hat mir das auch schon angeboten. Aber das ist nicht notwendig. Vincent behandelt mich gut. Uns alle.«

Vielleicht bis auf Claire, die im Moment seine geballte passive Aggressivität abbekommt, weil sie mit ihm Schluss gemacht hat, aber das hat eigentlich nichts mit der Agentur zu tun.

»Na wenn Remo es dir schon angeboten hat, bist du ja in guten Händen«, murmelt Pascal.

Ich muss schmunzeln. Echt jetzt? Eifersüchtig? Auf Herrn Morelli, der so verschossen in Mel ist, dass er sich, ohne zu zögern, ihren Namen auf den Oberarm tätowieren lassen würde, weil er sowieso weiß, dass er sie immer lieben wird?

»Hör auf, so zu grinsen«, verlangt Pascal.

»Dann hör auf, ungewollt witzig zu sein.«

»Ich wollte dir nur helfen, weil ich nicht denke, dass du dich selbst beschützen würdest, wenn es notwendig ist. Du denkst nur an Kevin, nicht an dich.«

»Weil er damit nicht klargekommen wäre. Diese ganze Sache mit unserem Vater und den Geldsorgen … Er ist sensibler, als er wirkt.«

»Ich kenne deinen Bruder seit fünf Jahren, Emma. Du musst mir nicht erklären, dass er ein sensibler Junge ist, wenn es um sein familiäres Umfeld geht. Ich weiß auch, dass eure Mutter unter Angstzuständen leidet und kaum das Haus verlässt. Du bist schon mit siebzehn von zu Hause ausgezogen und Kevin hat bei dir gewohnt, bevor er aufs Internat ging.«

Ich starre Pascal entgeistert an. Kevin redet eigentlich mit niemandem über unsere familiäre Situation, nicht mal mit seinen besten Freunden. Dachte ich zumindest.

Ich war immer der Meinung, dass es nicht gut ist, wenn er seine Sorgen in sich reinfrisst und mit überhaupt niemandem darüber spricht. Anscheinend hatte er aber einen Zuhörer: Herrn Favre.

Wieso Kevin trotzdem darauf bestanden hat, dass ich am Elternsprechtag kein Wort über unsere familiäre Situation verliere, macht keinen Sinn. Oder doch. Die verschlagene Kröte wollte wohl nicht, dass ich herausfinde, dass er Pascal schon so viel über uns erzählt hat. Zuzugeben, dass er jemanden gernhat, war ihm schon immer peinlich.

»Du warst so was wie ein Mutterersatz für ihn. Obwohl du nur vier Jahre älter bist«, sagt Pascal mit sanfter Stimme.

Ich zucke mit den Schultern. »Na ja, natürlich habe ich versucht, auf ihn aufzupassen. Aber wir haben trotzdem ein sehr geschwisterliches Verhältnis. Kevin hört kaum auf mich und wir zanken viel.«

»Er hat dich sehr gern. Und ist unheimlich stolz auf dich«, entgegnet Pascal.

Ich verziehe das Gesicht. »Auf was sollte er denn bitte stolz sein? Er ist der mit den brillanten Noten und dem Potenzial. Ich konnte ihm nie mehr bieten als eine Matratze in meiner Dreißig-Quadratmeter-Wohnung. Die einzigen Dinge, die er von mir hat, sind eine Vorliebe für klebrige Cornflakes, weil wir uns nichts anderes leisten konnten, und so brillante Lebensweisheiten wie ›Prügel dich nicht, Zähne sind teuer‹, ›Kondome sind billiger als Windeln‹ und ›Wenn du Dinge beim ersten Mal nicht gleich perfekt hinbekommst, ist Fallschirmspringen vermutlich nichts für dich‹.«

Pascal lacht leise, schüttelt dann aber den Kopf. »Du gestehst dir viel zu wenig Verdienst an Kevins gutem Lebensweg zu. Ein Zuhause ist dann schön, wenn jemand da ist, der einen liebt, unterstützt und zum Lachen bringt – materielle Dinge spielen dabei eine sehr untergeordnete Rolle, erst recht für Kinder. Und du warst selbst noch eines, als du angefangen hast, dich um deinen Bruder zu kümmern. Kevin ist klug, er reflektiert das alles, seit er älter ist, und rechnet es dir sehr hoch an.«

Ich schweige und sehe auf den gepflasterten Weg, den wir entlanglaufen. Dass Pascal mir wehtut, indem er mir versichert, wie sehr Kevin an mir hängt und zu mir aufsieht, ist ihm nicht bewusst. Er meint es gut, aber ich kann nicht verhindern, dass meine Gedanken anfangen, in dieser dunklen Spirale zu kreisen, die begonnen hat, sich zu formen, als Jan mir die Visitenkarte von ›Evig Roses‹ zugesteckt hat.

Eigentlich bin ich gut darin, die ängstlichen Stimmen in mir nicht zu hören, schließlich murmeln sie mir keine Lösungen zu, sondern wiederholen nur Schreckensszenarien. Es ist sinnlos, hinzuhören, aber ich tue es gerade.

»Emma?«

»Ja …«

»Alles in Ordnung?«

Ich glaube, das ist das erste Mal, dass Pascal mir diese Frage stellt und nicht umgekehrt.

»Ja. Ja. Es ist nur seltsam, dass du so viel über mich und meine Familie weißt. Ich vergesse meistens, dass du ständig Zeit mit Kevin verbringst.«

Als Pascal nicht antwortet, beginne ich wieder, auf die Straße zu starren. Ich zucke zusammen, als er doch den Mund aufmacht, weil ich schon wieder dabei war, Kreise in meiner Spirale zu drehen.

»Ich habe mir immer Geschwister gewünscht. Einen großen Bruder oder eine große Schwester.«

»Du bist ein Einzelkind«, stelle ich fest, was ich bisher nur vermutet habe.

Pascal nickt. »Ja. Und ich habe auch keine große Familie. Keine Cousins oder Cousinen. Remo hat zwar auch keine Geschwister, aber er hatte Luca. Sie haben als Kinder viel Zeit miteinander verbracht, sich als Teenager aus den Augen verloren und jetzt sind sie wie Brüder füreinander. Was schön ist.«

»Also nur du und deine Eltern?«, will ich wissen.

Ich mag Remo sehr und bin mir sicher, sein Leben war spannend, aber der Mann neben mir interessiert mich mehr. Und ich bin mir sicher, er flüchtet sich in Familiengeschichten über die Morellis und DeLucas, wenn ich ihn nicht daran erinnere, dass er eigentlich über sich reden wollte.

Pascal antwortet nicht. Entweder lenken ihn die vielen Tauben an dem Springbrunnen ab, an dem wir vorbeilaufen, weil sie gerade von einem kleinen Terrier aufgeschreckt werden, oder er überlegt, ob er nicht doch noch emotional zumachen möchte. Das darf er natürlich. Ich werde nicht noch mal nachhaken, es ist seine Entscheidung.

Mir ist durchaus klar, dass er sowieso nur zu sprechen begonnen hat, weil er mich aus der tranceartigen schlechten Stimmung reißen wollte. Das ist nett, aber ich kann mich jetzt wieder zusammenreißen und die ängstlichen Stimmen stummschalten.

»Kommen Macarons eigentlich aus Italien oder Frankreich?«, frage ich, weil ich ihm Small Talk anbieten will. Sonst beginnt Pascal am Ende noch vor lauter Unwohlsein, starr auf die Straße zu blicken.

Oh Gott, ich weiß jetzt, warum wir beide Schwarz tragen – das ist unsere Uniform, wir sind das dürre Emo-Pärchen!

»Eigentlich gibt es nur meinen Vater und mich. Meine Eltern haben sich getrennt, als ich elf war.«

Okay. Das war nicht die Antwort auf meine Frage nach den Macarons, aber scheiß auf Infos über Nachspeisen, ich darf tatsächlich etwas über die Favres hören.

»Und du bist bei deinem Vater geblieben? War deine Mutter …«

»Krank? Nein. Das klingt so, oder? Ist ungewöhnlich, dass Mütter ihre Kinder zurücklassen. Es geht ihr gut. Sie ist gesund und munter. Denke ich.«

»Hast du keinen Kontakt zu ihr?«

»Sie ist weggezogen, nachdem sie sich von meinem Vater hat scheiden lassen. Nach Cannes. Und mein Vater hat eine Stelle als Lehrer in der Schweiz bekommen.«

Das beantwortet zwar wieder nicht meine Frage, aber ich nicke trotzdem interessiert. »Dein Vater ist auch Lehrer.«

»Ja. Er hat Geschichte und Deutsch in Frankreich unterrichtet und später Geschichte und Französisch in der Schweiz. Jetzt lebt er wieder in Dijon.«

»Also bist du zweisprachig aufgewachsen?«

»Nein. Meine Eltern sind beide Franzosen, mein Vater hat nur Deutsch studiert. Ich konnte nicht mehr als ein paar Wörter, als ich in die Schweiz gekommen bin.«

»Warst du da nicht schon elf?«

»Ja.«

»Und du bist den Akzent trotzdem komplett losgeworden!«, töne ich begeistert.

Pascal zieht eine Augenbraue nach oben. »Ischt es dir lieber, wenn isch so sbreche? Ein büsschen mehr von di Accent?«

Dass ich so kurz nach einem richtig tiefen Tief so herzhaft lachen kann, passiert eigentlich nur, wenn Jan bei mir ist. Pascal schiebt meine Laune mit dem gestelzten Deutsch-Französisch und dem gewollt dämlichen Gesichtsausdruck aber so problemlos in den grünen Bereich, als wäre ich niemals in einer schwarzen Spirale getrudelt.

»Kannst du mir beim nächsten Mal bitte in genau diesem Akzent etwas Schmutziges ins Ohr flüstern?«

»Ich denke, reines Französisch ist erotischer. Wobei mein Vater mir seit ein paar Jahren sagt, ich hätte mir dabei einen lustigen Dialekt angewöhnt.«

Pascal lächelt. So warm tut er das selten.

»Du hast ein gutes Verhältnis zu deinem Vater, oder?«

»Ja. Ich habe wirklich Glück, ihn zu haben. Er hat mich trotz der Sache mit … er war immer … ich sehe ihn leider viel zu selten.«

In Lückentexten war ich leider noch nie sehr gut. Er hat dich trotz der Sache mit …? Ich denke, er wollte ›meiner Mutter‹ sagen, aber ich bin mir nicht sicher. Er redet offenbar nicht gern über sie, es sei denn, man lässt ihm keine Ausweichmöglichkeit mehr. Und selbst dann beantwortet er andere Fragen.

»Wie heißt dein Vater?«, frage ich, weil er zumindest über ihn gern spricht und ihn das fröhlich macht.

Pascal stutzt plötzlich, sieht mich nur kurz an, dann huscht sein Blick überraschend schnell zur Seite.

»Was?«, will ich wissen und stoße mit der Schulter gegen ihn, damit er merkt, dass mich die Neugier kampflustig gemacht hat.

Pascal lässt sich von mir aus der Spur bringen, lacht kurz leise und zuckt dann mit den Schultern. »Claire hat mich etwas zu schnell gefragt, unter welchem Namen sie meine Buchung für die neue Escort weitergeben soll …«, setzt er an und grinst dann verlegen. »Mein Vater heißt Marcel.«

Ich quieke. Im ersten Moment finde ich das durchaus widerlich, dann süß. Dass Pascal auch manchmal etwas Seltsames, Unüberlegtes tut und nicht immer so perfekt ist, wie er wirkt, fühlt sich gut an.

»Du hast mich also als dein Vater gebucht?«, hake ich nach und sehe ihn den Mund verziehen.

»Musst du das auch noch aussprechen? Jetzt fühle ich mich … pervers.«

»Ist dein Vater attraktiv? Sieht er dir ähnlich?«

»Die meisten Leute halten uns für Brüder, also nehme ich mal an: Ja, wir sehen uns ähnlich. Hör auf, so zu grinsen! Das ist widerlich!«

»Hey, das ist deine seltsame Sexfantasie, nicht meine«, sage ich und nehme gerade zu viel Fahrt auf, als dass ich das Verarschen einfach sein lassen könnte. »Wenn du willst, kann ich dich weiter Marcel nennen. Oder gleich Papa? Dann wäre ich aber deine Schwester. Wenn dich so was anturnt, muss ich definitiv besoffener sein, wenn du mich haben willst.«

»Hast du einen Ausschaltknopf für den 18+-Humor?«

»Ja, der liegt auf meiner …«

»Gioielliera.«

»Ähm … okay. Komischer Spitzname, aber wenn du sie so nennen willst, von mir aus.«

»Das heißt Juwelier!«

»Ein Laden voller Schmuck? Das klingt so massiv umfangreich. Können wir sie bitte nicht so riesig klingen lassen? Da bekomme ich Komplexe.«

Pascal schnaubt, greift meine Schulter, dreht mich nach links und zeigt auf das Schild über der Tür. »Ich spreche von dem Geschäft! Nicht von deiner Perle! Die Adresse, die Luca uns aufgeschrieben hat, ist genau hier.«

SPRACHBARRIEREN UND MISSVERSTÄNDNISSE

Mein Blick schweift über die großen Schaufenster, aus denen es funkelt. »Komische Station für eine Schnitzeljagd. Bist du sicher, dass wir hier richtig sind?«, frage ich und sehe Pascal noch mal den Zettel aus der Hosentasche kramen.

»Ja. Absolut. Außer er hat sich vertan.«

Wir schließen diese Möglichkeit beide nicht aus, zumal es genügend Beweise dafür gibt, dass seine Hochzeit Luca in Ausnahmezustand versetzt, auch wenn er behauptet hat, ganz cool zu sein. Das Banane-Kopieren, die Diagnose von temporärer Geistesschwäche durch Doktor Löwenstein – dass Luca im Moment so aufgeregt ist, ist süß, könnte aber auch dazu geführt haben, dass er uns an einen komplett falschen Ort geschickt hat.

Ich hatte mit einer versteckten Nachricht an irgendeiner Sehenswürdigkeit oder einem kleinen Straßencafé gerechnet. Nicht mit einem Laden, in den man nur kommt, wenn einem ein Security-Typ in schwarzem Anzug die Tür öffnet.

Pascal schlägt vor, dass wir trotzdem mal nachfragen, zumal Luca einen Haufen Leute kennt und durchaus mal eine Juwelier-Mitarbeiterin gevögelt haben könnte, die er bequatscht hat, Botin bei seinem Spiel zu sein. Klingt für mich plausibel.

Ich weiß nicht, warum Menschen so fasziniert von funkelnden oder glänzenden Steinen und Metallen sind, aber ich werde auch irgendwie aufgeregt, als wir durch den hübschen Laden streifen.

»Ganz schön voll«, stelle ich überrascht fest. »Gibt wohl viele reiche Leute in Verona.«

Pascal sieht mich an, als hätte ich etwas Seltsames gesagt. »Nicht jeder, der seinen Schmuck nicht im Drogeriemarkt kauft, ist zwangsläufig reich«, merkt er an und macht mich damit ziemlich verlegen. »Echtes Silber oder Gold ist vielleicht teurer als Modeschmuck, aber durchaus erschwinglich, solange man es nicht übertreibt – außerdem wird die Haut davon nicht grün, auch ein Vorteil.«

Ja, schon klar! Können wir bitte ignorieren, dass ich mich als proletoides Ding, das noch nie in einem Juwelier war, geoutet habe?

»Hast du gar keinen echten Schmuck?«, will Pascal wissen.

Ich weiß zu schätzen, dass er so vorsichtig nachfragt und dabei nicht blasiert klingt, aber ich will mir trotzdem nicht ansehen, wie er mich gerade mustert, also behalte ich den Blick auf den hübschen Halsketten in der Auslage vor mir.

»Klar, verstecke ich alles in meiner winzigen Bude. Ich hab zwar keine Lebensmittel zu Hause, aber meine Küchenschränke sind voll mit Juwelen, da hätten Nudeln keinen Platz.«

Die Verlegenheit in mir zwingt mich dazu, sie hinter bissigem Humor zu verstecken. Ganz so zynisch klingen wollte ich nicht, aber ich rede schneller, als ich denke, wenn mir etwas unangenehm ist.

»Entschuldige, das sollte nicht provokativ klingen«, höre ich die melodische Stimme sagen, die so angenehm sanft klingt, dass ich mich prüfend nach Pascal umdrehen würde, würde ich nicht in der Reflexion der Scheibe sehen, dass er hinter mir steht.

»Du weißt, dass Kevin und ich kaum Geld haben. Und dass mein Grafiker-Job nicht viel abwirft.«

Mein Tonfall klingt vorwurfsvoll, aber es stimmt. Pascal weiß so viel über mich und Kevin – viel mehr, als mir vor unserem Gespräch bewusst war. Was die Kröte alles ausgeplaudert hat, kann ich nur raten, aber ich schätze mal, es ist mehr, als mir lieb ist.

»Hätte ja sein können, dass du mal etwas geschenkt bekommen hast. Von deiner Mutter, einer Tante oder deinem Ex-Freund, auf den du so abfährst.«

Jetzt drehe ich mich nach ihm um. »Von Jan?«

Pascal zuckt gleichgültig mit den Schultern. »Wenn er so heißt.«

Ich dachte eigentlich, er hätte mir im Flugzeug beim Plappern nicht zugehört, aber anscheinend hat er sich gemerkt, dass ich erwähnt habe, dass ich Jan sehr mag.

»Nein, er hat mir nie Schmuck geschenkt. Aber er hat mir immer sehr geholfen – mit vielem. Ich bin wirklich froh, dass ich ihn habe.«

Wie warm meine Stimme klingt, wenn ich von Jan spreche, fällt mir gerade selbst zum ersten Mal auf. Ich sollte das etwas unter Kontrolle bringen. Für Leute, die uns nicht kennen und unser Verhältnis nicht verstehen, klingt es vielleicht so, als wäre ich noch in ihn verknallt. Bin ich nicht. Ich liebe ihn. Aber ich liebe ihn nicht. Was wäre der angemessene Tonfall dafür?

»Von wem hast du das Armband?«, frage ich und deute auf Pascals linkes Handgelenk, das von dem silber-schwarzen Gliederarmband umschlossen wird, das er nur abnimmt, wenn er duscht. Sonst trägt er es immer, wenn ich ihn sehe.

Seine etwas eingefrorene Miene taut wieder auf, als er die Hand hebt. Was mich freut, weil ich genau das mit meiner Frage bezweckt habe: ablenken von der Tatsache, dass ich etwas zu begeistert von Jan rede und mir das selbst peinlich ist.

»Hat mir mein Vater nach Beenden meines Referendariats geschenkt. Silber und Carbon – ich habe mich sehr darüber gefreut.«

»Es ist wirklich schön.«

»Ja, ich mag es. Aber es hat bestimmt nicht die Welt gekostet. Ich komme aus einem sehr mittelständischen Elternhaus.«

Pascal nutzt die Gelegenheit, um die unterschwellige Message ›Ich schwöre, ich bin kein verwöhnter Snob!‹ in unser Gespräch einzuflechten. Das ›mittelständisch‹ kaufe ich ihm zwar nicht ganz ab, aber er muss sich nicht dafür rechtfertigen, dass er schon als Teenager reisen und die Welt sehen konnte und dass er nicht weiß, wie es ist, wenn man am Ende des Monats in all seinen Jackentaschen nach Kleingeld wühlt.

Als eine Verkäuferin frei wird und uns in beschwingtem Italienisch begrüßt, flüchte ich möglichst unauffällig hinter meinen Weltenbummler, damit er das Reden für uns übernimmt. Ich wüsste nicht mal, wie ich ihr unser Anliegen auf Deutsch klarmachen sollte.

›Hallo, wir sind hier vielleicht, vielleicht aber auch nicht auf der Suche nach einem Hinweis für die Schnitzeljagd eines sehr exzentrischen rothaarigen Mannes, der morgen heiratet, und deshalb möglicherweise etwas abdreht. Hatten Sie mal Sex mit einem Andrea?‹

Das würde wohl nur dazu führen, dass sie nach dem Security an der Tür ruft.

Pascal schlägt sich gut, auch wenn das Italienisch bei ihm hörbar holpert. Ich glaube, er haut ab und an auch ein paar französische Wörter raus, schmunzelt verlegen und hofft einfach, dass er verstanden wird. Dass die Frau im schicken Hosenanzug ihm wirklich folgen kann, glaube ich nicht, aber sie freut sich, während sie irritiert den Kopf neigt. Und sie ruft auch nichts, das sich so anhört wie die italienische Variante von ›Schickt Hilfe, hier stehen Verrückte‹.

Dass ihre offensichtliche Verwirrtheit über unser Anliegen sie so fröhlich stimmt, liegt nur daran, dass Pascal es ist, der gerade Kauderwelsch mit ihr spricht, und nicht ich oder ein hässlicher Mann.

Es hat durchaus Vorteile, wie ein auf die Erde geflatterter Engel mit stahlblauen Augen auszusehen – einer davon ist, dass man Leuten jeden Scheiß erzählen kann, ohne dass sie sauer werden.

Nachdem Pascal ›Andrea DeLuca‹ gesagt hat, wechselt ihre Miene von ›Ich habe keine Ahnung, was du sagst, aber sprich weiter, du Leckerbissen‹ zu ›Jetzt verstehe ich dich, nimm mich trotzdem!‹.

»Ah, Signore DeLuca!«, tönt sie und klatscht in die Hände.

Pascal und ich nicken wie wild und werden dann zum Verkaufstresen geführt.

Sie müsste eigentlich mitbekommen haben, dass wir das mit dem Italienisch nicht draufhaben, aber sie redet trotzdem auf uns ein, als hätte Lucas Name auszusprechen einen magischen Schalter in unseren Köpfen umgelegt, der uns dazu befähigt, sie plötzlich zu verstehen.

Ich werfe Pascal einen ahnungslosen Blick zu, während sie uns offensichtlich ihre gesamte Lebensgeschichte erzählt. Er zuckt nur mit den Schultern und wartet auch ab, bis etwas passiert, das wir schnallen.

Als mir auffällt, dass da irgendwo *Sexy Bitch* von David Guetta läuft, halte ich das erst mal für eine ziemlich schräge Songauswahl für das Shoppingerlebnis in einem Juwelier. Dann fällt mir wieder ein, dass ich den Song als Klingelton eingestellt habe, als ich das letzte Mal mit Jan rumgealbert habe.

Ich fische mein Handy hektisch aus der Tasche, um es schnell lautlos zu drücken. Eigentlich will ich den Anruf erst mal ignorieren, aber ich entscheide mich doch anders, als ich den Namen auf dem Display lese.

»Entschuldige mich kurz!«, rufe ich Pascal noch zu, bevor ich auf dem Absatz kehrtmache und aus dem Laden laufe. »Hallo?«

»Bist du artig, Emma?«

»Bist du besoffen?«

»Ein bisschen.«

»Es ist noch nicht mal dunkel draußen!«

»Sehe ich. Aber inwiefern hängt der Tageslichtstatus mit meinem Trinkverhalten zusammen?«

»Niemand lallt schon so rum, wenn es noch hell ist!«

»Ich hab dich mal total voll die Sonne beschimpfen hören, weil es dir beim Kotzen auf dem Klo zu hell war.«

»Ja, aber da war es sechs Uhr morgens – da gelten andere Regeln! Außerdem: Du musst mir nicht alles nachmachen, manchmal bin ich ein Idiot.«

»Weiß ich doch, Schwesterherz«, flötet Kevin und lacht.

»Wo bist du?«, will ich wissen, weil es mich wundert, dass es im Hintergrund verhältnismäßig still ist. Da sind nur ein paar Stimmen, die lachen. Klingt nicht nach Party, außer sie feiern auf ihren Zimmern am Internat. Total verboten. Ich verpetze dich gleich an deinen Lehrer!

»Ich sitze nur auf dem Sofa und versuche, deinen Boss dazu zu bringen, mich auch mal kurz von ihm versklaven zu lassen.«

»Du. Tust. Was ...« Mir bleibt beim Sprechen die Luft weg, meine Lungen fühlen sich wie leer gesaugt an. Ich spüre meinen festen Herzschlag sogar in meinem Hals, der sich zuschnürt, während ich versuche, der Panik zu verbieten, mich zittern zu lassen.

»Ich brauche dein Computerpasswort. Schon klar, dass du ein neues hast, JANXEMMA fand ich schon immer bescheuert, aber schreib mir so was doch auf!«

Ich kann meine Gedanken nicht ordnen. Die Angst schrillt noch immer in meinen Ohren – nicht nur metaphorisch, ich höre einen Summton, wahrscheinlich weil mein Puls viel zu hoch ist.

»Was redest du da von meinem Boss? Und vom Versklaven?«, frage ich und versuche, die Situation zu begreifen.

»Alter, läufst du gerade einen Berg hoch, Emma? Du klingst, als würde dir die Luft ausgehen!«

Nein, ich laufe nicht. Ich stehe. Ich kann nur vor Schreck kaum atmen.

»Ich will nur dein blödes Laptop-Passwort. Du sagst doch immer, das Ding wäre wie dein Boss, es hätte ein Eigenleben und es würde dich versklaven. Bescheuerter Witz, aber er kommt von dir.«

Ja, das ist mein bescheuerter Grafiker-Selbstständigen-Witz. Und er hätte mich gerade beinahe einen Herzinfarkt erleiden lassen. Ich bin in Gedanken schon Notfallpläne durchgegangen, wie ich möglichst schnell nach Hause komme und wie ich Vincent beknien kann, Kevin nicht für sich arbeiten zu lassen, egal was er sagt.

»WIKINGERVAMPIR40+«, murmle ich mein bescheuertes neues Passwort ins Telefon und höre Kevin dann grunzen.

»Du bist total schräg, Emma. Klingt nach 'nem schlechten Porno.«

Schlecht ist er nicht, aber Porno, ja.

Ich stöhne meine Erleichterung in die Straßen von Verona und ermahne mich selbst, nie wieder so bescheuerte Witze zu machen, die sich im Nachhinein zweideutig anhören könnten.

»Danke! Keine Angst, ich stöbere nicht in deinen mich verstörenden Ausgehfotos, ich will nur deine iTunes-Playlist abspielen.«

Kevin kann auch nicht in meinen Fotos stöbern. Nicht nur mein Laptop selbst, sondern auch alle meine Ordner und mein Mail-Eingang sind mit Passwörtern geschützt. Ich weiß, dass Kevin manchmal den Laptop benutzt, wenn er bei mir ist. Das ist auch in Ordnung, solange ich das Ding nicht mit Vincent verwechsle!

»Wie ist Italien?«, höre ich die betrunken klingende Kröte fragen. Jetzt, da ich die Panik ziehen lassen kann, überkommt mich eine Vermutung, die mich zwar auch aufregt, aber nicht an die Grenze zur Ohnmacht führt.

»Sag mal, hast du deine Freunde zu mir eingeladen?! Keine Partys in meiner Wohnung, Kevin!«

»Das ist keine Party! Nur ein wenig rumhängen.«

»Rumhängen klingt nach Sex! Wenn du Mädchen in meinem Bett vögelst, bringe ich dich um!«

»Mache ich nicht! Gibt ja noch das Sofa ...«

»Kevin!«, fauche ich, nicht weil ich ihm den Spaß nicht gönne, aber ich hatte schon mal das Vergnügen, aufzuräumen, nachdem die kleine Kröte ›Freunde‹ zu mir eingeladen hatte, während ich bei Jan war. Suspekte weiße Flecken aus den Laken und den Sofakissen zu rubbeln, die höchstwahrscheinlich aus dem eigenen Bruder stammen, war keine schöne Sonntagsbeschäftigung.

»Du hast doch ein Zimmer auf dem Internat, das schöner ist als meine Wohnung! Vögel und feiere gefälligst an deiner Schule!«, haue ich unpädagogische Anweisungen raus, die Herrn Favre höchstwahrscheinlich zum Explodieren bringen würden. Pascal ist aber zum Glück noch damit beschäftigt, sich von der italienischen Juwelen-Frau zuquatschen zu lassen, und ich kann meinen Bruder dazu anspornen, Sex unter einer Tafel zu haben. Das ist mir definitiv lieber, als eine von einer Party verwüstete und nach Kondomen und Alkohol riechende Wohnung vorzufinden, sobald ich nach Hause komme.

»Ich bin nicht mit Klassenkameraden zusammen! Ich darf keine schulfremden Personen mit in die Wohnheime nehmen«, verteidigt sich Kevin.

»Aber du nimmst die Fremden mit zu mir?!«

»Sie sind keine Fremden! Nur Leute, die ich eben kenne und die nicht auf meine Schule gehen.«

»Kevin, wenn du auf meinem Sofa poppst, denk daran: Ich liege da auch und mach's mir manchmal selbst.«

Ich ernte die Reaktion, die ich ernten wollte: einen Schrei.

»Ahhh, wieso sagst du mir das denn?!?! Bilder! Meine Genitalien sind gerade nach innen gekrochen!!«

»Gut so! Behalt sie da drin! Und das Bild im Kopf! Und räum gefälligst auf, bevor du wieder gehst!«

»Ja doch! Schreit hier nur rum und atmet laut … schräge, dürre Ziege, die mir erzählt, dass sie … Wäh! Ich kann nicht mal mehr hier sitzen! Keiner berührt das Sofa, meine Schwester masturbiert dort!«

Nach diesem angewiderten Satz höre ich nur noch ein Piepsen. Kevin hat aufgelegt.

Zugegeben, ich musste mit harten Bandagen kämpfen, aber der vögelt garantiert nicht mehr auf meinen Möbeln. Wahrscheinlich bumst er jetzt auf dem Boden herum, aber den kann ich zumindest mit dem Mopp wischen.

»Soll ich nachfragen, wieso du Kevin gerade gesagt hast, dass du es dir selbst auf einem Sofa machst?«

Als ich auf dem Absatz herumwirble, sehe ich den schönsten Mann der Welt ein sehr kokettes, aber auch irritiertes Gesicht machen. Pascal hat eine schwarze Box mit einem silbernen Schriftzug in der Hand.

»Wie lange stehst du denn schon hinter mir?«, frage ich vorsichtig und schmunzle verlegen, was sich seltsam anfühlt, zumal ich vor zwei Minuten noch taub vor Schreck war.

»Lange genug, um wütend auf dich zu sein, weil du meinen Schülern rätst, sich in ihren Wohnheimen zu betrinken und Sex zu haben. Wäre ich dein Lehrer, würden wir jetzt ein langes Gespräch über regelkonformes Verhalten und verantwortungsbewussten Alkoholkonsum und Sexualität führen«, meint Pascal und klingt dabei so streng, dass ich keinen Zweifel daran habe, dass Herr Favre auch einen sehr einschüchternden Pädagogen-Modus abrufen kann. Er grinst plötzlich schief. »Da ich aber gerade außer Dienst bin und dich auch nicht mehr erziehen muss: Was bitte ist ein Wikinger-Vampir?«

Ich lache leise und schüttle den Kopf. »Ach, nur etwas, das man mit Schoko-Bons füttern muss, damit es glücklich vor sich hin brummt. Was hast du da?« Ich deute auf die hübsche Box in seiner Hand, die so mysteriös wirkt. »Ist das Lucas nächster Hinweis? Wir waren hier wohl doch richtig«, mutmaße ich.

Pascal seufzt und zuckt mit den Schultern. »Ja. Das schon. Aber nachdem ich gesehen habe, was wir hier abholen sollen, habe ich einen Verdacht, was diese ›Schnitzeljagd‹ betrifft«, entgegnet Pascal und öffnet die Box.

Ich beuge mich neugierig nach vorn und bestaune dann etwas, das ich bisher nur in Filmen und auf Fotos gesehen habe: eine Perlenkette.

»Die ist doch nicht echt, oder?!«, töne ich ungläubig und mustere das schöne Schmuckstück etwas genauer. Wie abgefahren Perlen schimmern können, war mir nicht bewusst – als hätte man einen Glühfilter über sie gelegt.

»Ich hoffe sehr, dass die Perlen echt sind. Sonst hat Luca eine beachtliche Summe für Plastik hingelegt …«

Als Pascal in seiner Hosentasche kramt und mir dann die Rechnung vor die Nase hält, fallen mir beinahe die Augen raus. Sind Perlen nicht so was wie Muschel-Pickel?! Zugegeben, sie sind unglaublich schön, aber für den Preis dieser Halskette bekommt man einen Neuwagen! Oder sechstausend Packungen Schoko-Bons – ein 10-Jahresvorrat für den Wikinger-Vampir.

»Oh mein Gott! Wieso haben wir diese Kette?!«, frage ich und sehe mich paranoid um, weil es sich anfühlt, als würden wir hier mit einem Sack voll Geld in einer belebten Fußgängerzone stehen.

Pascal schließt die Box vorsichtig, lässt seinen Blick dabei aber auch schweifen. Anscheinend fühle nicht nur ich mich durch die kostbare Fracht etwas gestresst.

»Sie ist wohl ein Geschenk für Nora. Wenn ich die Verkäuferin richtig verstanden habe, hat Luca sie extra für sie anfertigen lassen.«

Das ist mal ein dekadentes, besonderes Hochzeitsgeschenk! Vom eigenen Mann … ist das üblich? Oder bekommt Nora das Prinzessinnen-Paket, weil sie einen exzentrischen rothaarigen Prinzen heiratet?

»Okay, aber wohin müssen wir als Nächstes? Wieder zurück zu Julias Balkon? Was ist denn der Hinweis?«, frage ich, weil ich mir auf die Perlen allein keinen Reim machen kann.

»Der ›Hinweis‹ kam von der Verkäuferin, die wohl von Luca darum gebeten wurde, mir mitzuteilen, in welchem Restaurant er am liebsten isst.«

»Das heißt, wir gehen jetzt essen? Wir mussten nur Schmuck abholen? Was ist denn das für ein Spiel?«

Pascal lacht leise, schüttelt dabei aber den Kopf. »Luca …«, seufzt er den Namen seines Freundes wie den eines Schülers, der gern mal etwas ausfrisst, aber trotzdem beliebt bei seinem Lehrer ist, weil er einfach charmant ist. »Ich glaube, ich weiß, was das alles sollte, aber lass uns mal hören, was die anderen sagen.«

Ich nicke und zucke im nächsten Moment, weil Pascal mir die schwarze Box hinstreckt. »Nein! Was soll ich damit?«, piepse ich erschrocken.

»Steck sie in deine Handtasche. Ich will sie nicht tragen.«

»Ich auch nicht! Ich packe nichts so Wertvolles in meine Tasche! Weißt du, was da alles drin ist?! Am Ende riecht das Ding nach toten TicTacs!«

»Wie seltsam ist denn deine Tasche?!«

»So seltsam wie ich!«

Dass er schmunzelt, lässt mich rot werden. Ich weiß nicht, warum. Heute ist ein schräger Tag. Verona macht mich etwas leicht im Kopf. Pascal wohl auch …

PIZZA, FREUNDE, LIEBE

Lucas Lieblingsrestaurant liegt etwas abseits der Stadt. Von außen sieht das Gebäude unscheinbar aus, aber kaum kommt man durch die Tür, ist man im italienischen Wunderland. An den Fenstern hängen dicke dunkelrote Vorhänge, die kaum Licht in den Raum lassen, für die Beleuchtung sorgen unzählige Lichterketten und Stehlampen. Alles wirkt sehr schick, mit einem Touch gemütlicher Schrulligkeit.

Der ältere Italiener, der eher wie der Besitzer und nicht wie ein Kellner aussieht, führt uns in einen separaten Raum, als Pascal nach ›DeLuca‹ fragt. Diesen Namen auszusprechen, lässt spannende Dinge passieren. Entweder bekommt man sündhaft teure Perlen in die Hand gedrückt oder man wird an einen Tisch voller Menschen geführt, die so besonders sind, dass ich Bücher über jeden einzelnen von ihnen lesen wollen würde. Ich sehe schon die Cover vor mir. Und die Titel.

Lena und Simon – Wenn Engel fesseln.

David und Alex – Löwenherzen bricht man nicht.

Mel und Remo – Ein Straßenköter zum Verlieben.

Luca – Das Unikat.

Die beiden italienischen Cousins fehlen zwar in der illustren Runde, dafür schmunzeln uns alle anderen an, als wir durch die Tür kommen – natürlich außer David, dessen Körper wohl einfach keine Endorphine ausschüttet, wenn es um soziale Interaktion geht.

»Ihr seid die Letzten«, tönt der junge, viel kontaktfreudigere Löwe, steht auf und zieht den Stuhl neben sich nach hinten. Es dauert ein paar Sekunden, bis ich verstehe, was Alex da tut. Eigentlich dachte ich, er will sich umsetzen, aber er tut das für mich. Stuhl zurechtrücken – wie süß und unheimlich höflich.

»Danke«, piepse ich leise und komme mir wie eine richtige Lady vor. Eine Lady, die gleich zu sabbern beginnt, weil es hier überall nach Pizza riecht und ich mittlerweile so hungrig bin, dass ich mich sogar mit Remo zum Gurkenfischen begeben würde.

»Ja, ihr seid die Letzten …«, pflichtet David seinem Bruder bei und sieht Pascal an. »Jetzt hast du leider keine Chance mehr auf Lucas bestimmt schwer debilen Preis für das, was er ›Schnitzeljagd‹ genannt hat.«

Pascal schmunzelt. »Was musstet ihr denn für ihn abholen?«, will er von Doktor Löwenstein wissen.

David seufzt und zieht eine Braue nach oben. »Verschreibungspflichtige Medikamente gegen Reisekrankheit, die er wahrscheinlich für den Flug in die Karibik braucht, für die der Idiot aber kein in Italien gültiges Rezept hatte.«

»Ach deshalb hat Luca darauf bestanden, dass du den roten Zettel bekommst«, schlussfolgert Pascal amüsiert.

»Ja, ich musste eine alte Apothekerin davon überzeugen, dass ich Arzt bin, obwohl sie der Meinung war, ich würde wie ein Kind aussehen. Sehr erquickend – genau so wollte ich schon immer mal einen Freitagabend verbringen.«

»Du sprichst dank Luca zumindest fließend Italienisch«, meint Pascal und sieht vorwurfsvoll auf den leeren Stuhl neben Mel. »Das Einzige, das Remo mir beigebracht hat, ist, wie man nach Kondomen, dem Krankenhaus und der nächsten Bar fragt – das hat uns herzlich wenig geholfen, als wir beim Juwelier waren.«

Mir war nicht klar, dass Pascal mit so einem begrenzten Wortschatz arbeiten musste. Sicher, der schönste Mann der Welt kann unzusammenhängend von Gummis, der Notaufnahme und dem nächsten Club quatschen, Frauen grinsen trotzdem begeistert.

»Wer war eigentlich als Erstes hier?«, frage ich, da mich interessiert, wer gewonnen hat.

Mir ist jetzt auch klar, dass Luca uns all seine Besorgungen, die er offenbar vor lauter Verpeiltheit vergessen hat, als ›Spiel‹ verkauft hat, damit wir für ihn ausschwärmen, aber ich denke nicht, dass er uns mit dem Preis gelinkt hat. Das Ganze war nicht wirklich eine Verarsche, er hat sich seine Anliegen nur etwas zurechtgebogen und sie witzig verpackt. Spaß gemacht hat mir der Ausflug trotzdem.

»Wir waren die Ersten«, antwortet Mel mir. »Die Sprachbarriere fiel bei uns aber auch weg – Remo knurrt auch fließend auf Italienisch vor sich hin. Wir durften Lucas Anzug vom Schneider abholen.«

»Ich hoffe, Susi kippt uns morgen nicht aus den Schuhen – er ist wohl wirklich ziemlich nervös, wenn er all diese Dinge in letzter Minute erledigen musste, weil sie ihm wahrscheinlich erst heute Morgen eingefallen sind«, mutmaßt Alex.

David stellt sein Weinglas ab und schüttelt den Kopf. »Er raubt mir zwar im Moment den letzten Nerv, aber er freut sich auf morgen und um den Rest kümmern wir uns. Remo und ich kennen den Ablauf auswendig – Luca muss nur ›Ja‹ sagen, und selbst dabei stehen wir neben ihm.«

So distanziert und unterkühlt David auch wirkt, ich bin mir gerade sicher, dass er trotzdem ein verdammt guter Freund sein kann – zumindest für Luca.

Obwohl er sich gern ausgiebig über die Exzentrik der rothaarigen Diva beschwert, von seiner Seite weichen oder ihm einen Gefallen abschlagen würde er nicht, egal wie sehr er ihn nervt. Eine wirklich süße Bromance.

»Was habt ihr für Luca abgeholt?«, höre ich Pascal fragen und sehe auch zu Lena und Simon, die bisher nicht verraten haben, was auf ihrem Zettel stand.

Lena schüttelt den Kopf, ihre Wangen sind etwas rot. »Ich will eigentlich nicht darüber reden. Und auch nicht darüber nachdenken, für was er das ganze Zeug braucht.«

Simon schmunzelt. »Ich nehme mal an, für die Hochzeitsreise. Wenn er irgendetwas davon für die Feier morgen verwendet, feiern die Italiener definitiv andere Hochzeiten als wir.«

»Susi hat euch Spielzeug besorgen lassen?«, tönt Alex belustigt und beugt sich neugierig zu Simon und Lena über den Tisch. »Zeig mal her!«

Er will die ›Einkaufsliste‹ sehen, die Luca aufgeschrieben hat.

»Die ersten beiden Dinge sagen mir etwas, aber was zur Hölle ist das dritte?«, fragt Alex irritiert und sieht zu Simon.

Der freundliche, höfliche Junge lächelt. »Etwas, das mich annehmen lässt, dass sie in ihrer Flitterwochensuite einen frei liegenden Trägerbalken haben, sonst macht es wenig Sinn, weil er dafür eine tragende Deckenkonstruktion brauchen wird.«

»Simon studiert Architektur ...«, murmelt Lena uns etwas verlegen zu, wahrscheinlich um zu erklären, woher er das alles weiß. Das erklärt aber nur, dass er Wörter wie ›Trägerbalken‹ und ›tragende Deckenkonstruktion‹ benutzt. Den Rest hat er definitiv nicht im Architekturstudium gelernt. Es sei denn, die nehmen da auch SM-Räume durch.

Mel und ich grinsen uns wieder beschwipst.

Alex schmunzelt auch, aber anders. »Ich kenne dich schon so lange und bin noch immer überrascht, was du alles hinter ›Guten Tag, wie kann ich die Welt retten?‹ verstecken kannst. Du solltest dir einen anderen Namen für die zweite Persönlichkeit in dir ausdenken – irgendetwas Dunkleres als ›Simon Kirschbaum‹.«

»Ich verstecke gar nichts«, stellt Simon klar und lächelt so unschuldig, wie er im ersten Moment wirkt. »Und ich habe keine zwei Persönlichkeiten.«

Lena sieht ihn mit hochgezogenen Brauen an. »Denkst du das wirklich von dir selbst? Bevor ich zum ersten Mal mit dir in Alex' Wohnung war, dachte ich, du wärst so anständig und unverdorben, dass selbst ich neben dir pervers wirke«, gibt sie zu, vielleicht auch, weil der Wein, der am Tisch steht, wirklich gut schmeckt und die Zunge lockert.

Alex räuspert sich und blinzelt Lena dann an. »Jetzt kann ich es dir ja sagen: Ganz ehrlich, Lena, niemand war jemals so unschuldig wie du, ohne Jungfrau zu sein. Nicht mal echte Jungfrauen. Ich habe Klosterschülerinnen gevögelt, die nicht so verlegen schockiert ausgesehen haben wie du, als du zum ersten Mal in meiner Wohnung warst. Ich dachte, du würdest nach einer Stunde wieder verschwinden und zu Hause in eine Tüte atmen.«

Wieso klingt Alex' Wohnung nach verdammt viel frivolem Spaß?

Lenas Miene wird finster, was süß aussieht, weil sie im selben Moment rot wird. »Hey! Ich bin nicht abgehauen! Und ich war überhaupt nicht … unschuldig«, piepst sie.

Alex zieht eine Braue hoch. »Ich habe in meinem Leben drei Mädchen entjungfert und ich zähle dich dazu, weil sich die beiden vor dir bei Weitem nicht so unschuldig angefühlt haben.«

Jetzt verstehe ich Davids Spruch mit dem ›Ihr reicht sie nicht mehr rum‹. In Alex' Wohnung sind ziemlich coole, heiße Dinge passiert.

Wieso lerne ich euch alle erst jetzt kennen?!

»Das war nur … weil … ich davor schon lange nicht mehr … ich hatte einfach eine Weile keinen …«

Oh, ich kann mich gerade hervorragend in Lena reinfühlen – nicht was die Unschuldssache betrifft, aber ich spreche auch fließend Stammlisch, wenn ich so nervös werde wie sie gerade. Es muss ihr aber nicht peinlich sein, dass sie sexuell nicht so freizügig und erfahren war wie der Rest ihrer Clique. Nicht jeder ist von Natur aus experimentierfreudig und offenherzig mit seiner Sexualität. Und wenn ich das richtig verstehe, hat sie ihren Erfahrungsschatz nach anfänglicher Unsicherheit mit spannenden Erlebnissen erweitert. Etwas introvertiert und unschuldig wirkt sie trotzdem noch, aber das entspricht wahrscheinlich einfach ihrem Wesen und trägt nicht zuletzt dazu bei, dass ich verstehe, wieso jemand so Exzentrisches wie Luca sie spannend findet. Gegensätze ziehen sich an.

Dass Lena Hilfe suchend zu Simon blickt, fällt nicht nur mir auf.

Alex lacht. »Du musst Simon gar nicht so ansehen. Er weiß genau, was ich meine.«

Simon bedenkt Lena mit einem sehr warmen, aber amüsierten Blick. »Ich dachte auch, es wäre dir zu viel. Deshalb wollte ich dich nicht mit zu Alex' Party nehmen.«

Der jüngere Löwe zuckt mit den Schultern und zwinkert Lena dann zu. »Aber du bist schnell auf den Geschmack gekommen. Ich meine, den Sprung zu schaffen von ›Niemand fasst meinen Arsch an‹ zu ›Ich stehe auf Sex mit Theo‹ ist beeindruckend.«

In Lenas Augen passiert gerade etwas: Da glitzern Emotionen, die sie verstecken will, deshalb sieht sie auch gespielt interessiert in ihr Weinglas, obwohl es dort nichts außer schimmernden Rotwein zu sehen gibt.

»Ich habe schon sehr erfahrene und fetischliebende Mädchen an Theo verzweifeln sehen – selbst Nicky hat ihn manchmal rausgeworfen. Ich weiß noch, einmal …«

»Alex, trink mal nicht so viel«, unterbricht Simon seinen Freund und macht eine beschwichtigende Geste mit der Hand. Klang zwar freundlich und gut gemeint, soll aber ›Klappe halten‹ heißen.

Alex blinzelt irritiert, merkt dann aber selbst, dass er zu viel geplappert hat, und nickt.

Wenn ich raten darf, ist Theo jemand, den Alex gernhat, aber mit dem entweder Simon oder Lena ein Problem oder zumindest eine Vergangenheit hat.

»Ja, halt endlich den Rand, Alexander«, setzt David nach und schüttelt den Kopf. »Wenn ich noch eine Geschichte darüber hören muss, wen du entjungfert hast und was du in deiner Wohnung abziehst, wird mir übel.«

Alex zieht eine Augenbraue nach oben. »Du hast absolut kein Recht, dich über so was zu beschweren. Dein bescheuertes Sexleben verfolgt mich schon, seit ich zehn bin! Du hast nicht mal die Höflichkeit besessen, in dieser einen Nacht, in der ich mal in deinem Zimmer schlafen musste, Natascha nicht einzuladen und zu vögeln! Ich lag zwei Meter neben euch!«

»Ich habe dir ja gesagt, besorg dir Ohropax, aber dafür warst du zu stur. Außerdem bist du nach fünf Minuten sowieso eingeschlafen.«

»Klar! Ich hab mich in den Schlaf gewidert! Was hätte ich denn sonst machen sollen? Zusehen?!«

»Als ob du das nie getan hättest, du kleine spannende Kröte. Luca hat dich mindestens dreimal beim Spannen erwischt, wenn er mit einem Mädchen bei uns war oder wir dich in den Urlaub mitgenommen haben.«

Alex weiß gerade nicht, ob er verlegen oder wütend aussehen soll. »Ihr habt mich total verkorkst …«, murmelt er schließlich bockig und wendet sich seinem Weinglas zu.

»Lena ist rot, Alexander heult gleich, weil David offensichtlich wieder gemein zu ihm war, und Remo ist wütend, weil ich klüger bin als er – könnte bitte jemand die Zeit anhalten? Genau so sollten wir uns für immer lieben und hassen!«

Dass Luca und Remo durch die Glastür gekommen sind, fällt mir erst auf, als Luca den Moment lobt – oder verschaukelt. Der Rothaarige hat einen Arm auf der Schulter seines Cousins und schmunzelt verschlagen.

Remo sieht wirklich etwas angepisst aus. Mir fällt zum ersten Mal auf, dass die beiden sich nicht ähnlich sehen. Andrea ist etwas größer und deutlich blasser als Remo.

DeLuca hat auffallend schöne Lippen, Morelli diese markant hübschen Wangenknochen – was beide aber definitiv gemeinsam haben, ist die Alpha-Wolf-Ausstrahlung.

»Ich nehme an, Lucas Preis hat dich in diese fantastische Stimmung versetzt«, mutmaßt David und mustert Remo, der sich neben Mel setzt und dann brummt. »So großartig, wie ich erwartet hatte? Was hat er dir gegeben, weil ihr am schnellsten für ihn geshoppt habt?«

»Hör auf, zu spotten, Löwenstein!«, ruft Luca und nimmt an der Stirnseite des Tisches Platz. »Mein Preis war erste Sahne, er weiß ihn aber erst zu würdigen, wenn er sein Ego runtergeschluckt hat – insofern er nicht daran erstickt, ist schließlich ein ganz schön großer Brocken.«

»Was hat er dir denn gegeben?«, will Mel von Remo wissen.

Er schüttelt nur den Kopf.

»Erst essen, dann knurren?«, fragt sie ihn und streicht ihm über die Wange. Er nickt und drückt ein Küsschen auf ihre Hand, bevor sie sie wieder runternimmt.

Dass sie ihn so gut kennt und auch mal schweigen lassen kann, obwohl sie garantiert neugierig ist, ist süß.

Entweder ist das, was Remo bekommen hat, total bescheuert oder so persönlich, dass es selbst einem grenzenlos selbstbewussten Ghetto-Engel die Sprache verschlägt.

Dass Remo übrigens nicht ganz so Ghetto sein kann, wie er selbst behauptet hat, ist mir schon aufgefallen, als ich gesehen habe, was für ein kostspieliges Fest seine Familie auf die Beine stellt. Ich will unbedingt noch in Erfahrung bringen, wie man sich selbst Straßenköter nennen kann, obwohl man aus so einer steinreichen Familie kommt, aber das wird im Moment gerade unwichtig.

Wir werden alle aus unseren Gedanken und von unserer Neugier losgerissen, als die Tür aufgeht und so viele duftende Pizzen vor uns landen, dass sie beinahe den gesamten Tisch füllen. Nichts auf der Welt hat jemals leckerer für mich ausgesehen. Oder doch: Vielleicht ein nackter Franzose, der heute zum ersten Mal bereit war, meinen Hunger zu stillen.

»Kannst du bitte aufhören, meinen Kopf anzustarren, David? Ich hab die Teufelshörner erst gestern abgesägt, so schnell wachsen die nicht nach.«

»Ach, die Mühe hast du dir gemacht? Die Hörner wären nicht so hässlich gewesen wie diese unzumutbare dunkelrote Katastrophe, die du Frisur nennst. Ernsthaft, Luca – deine Haare waren noch nie so lang. Du bist ein erwachsener Mann mit Doktortitel und einem Lehrstuhl an der Uni – Noras Verwandte werden trotzdem denken, sie heiratet ihren reichen Zuhälter, der es irgendwie geschafft hat, sie drogenabhängig zu machen und in eine Stockholm-Syndrom-artige Beziehung zu locken.«

Obwohl ich so satt bin, dass ich nur in dem gemütlichen Stuhl lehnen und mich von den amüsanten Gesprächen berieseln lassen wollte, rutsche ich jetzt unruhig herum. ›Zuhälter‹ ist eines der Wörter, bei denen ich mich angesprochen fühle, auch wenn es nicht um mich geht. Die Geschichte, die David vom Stapel gelassen hat, ist mir peinlich, obwohl sie nicht annähernd mein Leben beschreibt.

Dass Pascals und Mels Blicke auch einen Moment lang zu mir gehuscht sind, macht es nicht besser. Sie haben das unbewusst getan, aber ich fühle mich trotzdem irgendwie schmutzig.

Eigentlich will ich mein innerliches Unbehagen dadurch abbauen, dass ich eine Weile an meiner Nagelhaut herumkratze und verlegen auf meine Finger blicke, aber die Berührung, die ich fühle, lenkt mich von meinem Vorhaben ab. Mein Blick schweift nach unten, auf Pascals Hand, die sich auf mein Bein gelegt hat. Seine Finger drücken kurz zu, knapp über meinem Knie, was eine Sekunde lang kitzelt, dann guttut. Auch wenn er die Hand gleich wieder wegnimmt, die Berührung hat die Anspannung in mir gelöst.

»Dir ist schon klar, dass nicht wir beide morgen heiraten, oder? Ich muss nicht dir gefallen, nur Nora«, setzt Luca seine Diskussion mit David fort und lehnt sich seufzend zurück, bevor er Doktor Löwenstein angrinst. »Nur als kleine Vorwarnung: Ich plane, in den nächsten fünf Jahren zehn Kilo zuzunehmen, weil Nora und ich gern kochen und ich nie wieder oberflächliche Frauen mit meinem Körper zum Quieken bringen muss.«

David verfinstert den Blick. »Sicher. Adipös und Haare bis zum Arsch. Mach. Aber ohne mich.«

»Das heißt, du warst nur mit mir befreundet, weil ich hübsch bin? Das kränkt mich, Löwenstein!«

Remo grunzt. »Könntet ihr beide bitte noch passiv-aggressiver ineinander verliebt sein? Küsst euch doch bitte einfach.«

Luca hebt die Brauen. »Nicht eifersüchtig werden. Ich liebe dich doch genauso. Genieß mein Geschenk und freu dich.«

Was Luca Remo gegeben hat, wollte er auch nach dem Essen nicht verraten – zumindest nicht uns allen. Mel weiß es wohl, weil sie kurz zusammen verschwunden sind und sie beim Wiederkommen ziemlich wissend gelächelt hat.

»Bist du nervös wegen morgen?«, stellt Lena eine Frage, die wir uns heute Abend wohl alle schon mal gestellt haben.

Luca wirkt ziemlich entspannt, auch wenn ihn die ganzen organisatorischen Versäumnisse chaotisch wirken lassen. Ich denke, etwas Chaos liegt aber in seinem Wesen.

»Nein. Ich bin nicht nervös«, antwortet er und klingt dabei zur Abwechslung ziemlich unironisch und geerdet. »Was morgen passiert, ist das, was ich mir gewünscht habe, seit ich zwanzig bin und Nora in dieses Flugzeug gestiegen und aus meinem Leben verschwunden ist. Es wird verdammt noch mal Zeit. Und ich genieße es …«

Dass am Tisch Schweigen einkehrt, passiert zum ersten Mal. Wir lassen Luca kurz in Gedanken versinken und sehen ihn dann schmunzeln. »Danke für heute. Dass ihr mitgespielt habt, obwohl es kein Spiel gab. Ich bin vielleicht nicht nervös, aber etwas durch den Wind. Ich weiß zu schätzen, dass ihr mich ausgehalten habt.«

Er greift nach seinem Glas und hebt es hoch. Der dunkelrote Wein schimmert in der warmen Ambientebeleuchtung.

»Auf euch. Auf dass wir noch weitere Male so zusammenkommen, um auf eure Liebe anzustoßen. Und irgendwann auf die Hochzeiten unserer Kinder. Und unserer Enkelkinder, weil wir alle zu stur sind, um zu sterben. Salute!«

Lucas Ansprache folgt Gläserklirren.

Eigentlich habe ich noch nie wirklich darüber nachgedacht, ob ich mal heiraten oder Kinder bekommen werde. Liebe war nie ein Thema in meinem Leben, zumindest kein so großes, bedeutendes. Dass sich das alles ausgerechnet jetzt in meine Gedanken drängt, ist unpassend, aber Luca lässt das, was er mit Nora hat und feiern wird, so schön und erstrebenswert klingen, als wäre es die besonderste Sache der Welt. Ist es wohl auch. Für Menschen, die keinen Vertrag unterschrieben haben, der jeden für immer so sehr abschrecken wird, dass sie nicht geliebt werden können. Wer heiratet schon Nutten? Oder bekommt Kinder mit ihnen?

Ich schrecke aus meinen Gedanken hoch und habe kurz Angst, dass mein In-die-Leere-Starren aufgefallen sein könnte. Ist es nicht. Lucas Lobgesang auf die Liebe und auf die Zukunft scheint alle zum Nachdenken gebracht zu haben.

Die beiden Löwen tippen Nachrichten in ihre Handys und sehen sich dabei so ähnlich, dass es sie bestimmt wütend machen würde. Wen sie auch lieben, sie vermissen sie gerade.

Lena lehnt an Simons Schulter, Mel mustert Remo seltsam durchdringend von der Seite, während er nachdenklich auf die Kerze am Tisch starrt.

Als ich den Kopf vorsichtig zu Pascal drehe, sehe ich, dass er auch sein Handy in der Hand hat. Er tippt irgendetwas. An irgendjemanden. Nach dieser Ansprache.

Hast du jemanden, den du liebst? Von dem du niemandem erzählst, weil es zu schwierig für dich ist, es zuzugeben? Das freut mich für dich. Wirklich. Dass Freude so verdammt wehtun kann, ist mir zwar neu, aber okay.

»Kommt ihr noch mit in die Stadt?«, fragt Alex, klopft beschwingt auf den Tisch und reißt uns damit alle endgültig aus der Gedankentrance. »Simon, Lena und ich wollten noch ausgehen, hat jemand Bock, sich uns anzuschließen?«

»Gern, aber ich habe da morgen diese spezielle Sache, für die ich ausgeschlafen sein sollte«, entgegnet Luca und zwinkert.

Alex' Blick schweift zu Remo. Er schüttelt den Kopf. »Nein, wir fahren zurück ins Hotel, oder?«

Mel nickt. »Wenn du willst. Kommt ihr auch mit?« Sie blickt zu Pascal und mir.

Ich sehe Anweisungen erwartend zu dem Mann neben mir, der sein Handy gerade in der Hosentasche verschwinden lässt.

»Ja, es ist spät. Und mein Hals kratzt etwas.«

»Nicht die Stimme verlieren, Goldkehlchen! Du singst morgen, selbst wenn du spontan Mumps bekommst! Nora freut sich schon darauf, seit ich ihr etwas von dir vorgespielt habe«, verrät Luca.

Pascal winkt ab. »Keine Sorge, ich verzichte heute mal auf die Zigaretten und die Heavy-Metal-Gesangseinlage vor dem Einschlafen.«

»Aber wenn du mir nichts von Slipknot vorsingst, kann ich nicht einschlafen«, scherze ich und höre diese besondere Clique noch einmal lachen, bevor wir uns für heute verabschieden.

David bestellt für sich und Luca noch einen Drink. Vielleicht um seine Haare weiter zu dissen, vielleicht aber auch, um die letzten

Stunden vor diesem großen Tag mit seinem besten Freund ausklingen zu lassen. Lena, Simon und Alex machen sich auf den Weg, um das Nachtleben von Verona zu erkunden, und Mel, Remo, Pascal und ich landen wieder gemeinsam in einem Taxi.

Kaum sitzen wir alle, beugt sich Pascal zu Remo, der wieder vorn eingestiegen ist. »So. Ich will sofort wissen, was du von Luca bekommen hast und wieso du darauf reagiert hast wie damals, als ich deine Lasagne fallen gelassen habe.«

PRINZESSINNEN-SUITE

Ich blinzle Remo gespannt an, der sich nach Pascal umdreht. »Sobald du betrunken bist, wirst du neugierig und redselig, was?«, unterstellt er dem etwas beduselten Eisprinzen.

Pascal verzieht den Mund. »Einmal bin ich zu still, dann rede ich zu viel – wie viele Wörter pro Tag wären dir denn genehm? Dann zähle ich in Zukunft mit.«

»5000 Wörter. 500, wenn du dich wie eine beleidigte Prinzessin verhältst.«

»Wenn ich eine Prinzessin bin, bist du eine maulende, betrunkene Hofdirne!«

Ich muss lachen, weil sie offenbar auf eine sehr schrullige Art streitlustig werden, sobald sie etwas zu tief ins Glas geschaut haben.

Mel schüttelt amüsiert den Kopf. »Und ihr verarscht Luca und David ständig damit, dass sie sich wie ein altes Ehepaar zanken. Wisst ihr was: Ihr seid beide wunderschöne Prinzessinnen und jetzt habt euch wieder lieb.«

Die beiden schmollen kurz, dann beugt sich Pascal wieder nach vorn. »Was war denn nun Lucas Preis?«

Okay, er wird wirklich penetrant neugierig, sobald er ein Glas Wein zu viel hatte. Das ist zwar ungewohnt, aber süß.

Remo brummt und kramt dann in seiner Hosentasche. »Hier.« Er hält Pascal eine goldene Scheckkarte vor die Nase.

»Was ist das?«

»Die Karte zu Lucas Suite«, verrät er und steckt sie wieder weg.

»Sollst du heute Nacht bei ihm schlafen?«, will Pascal irritiert wissen.

Remo nickt. »Ja. Genau. Ich soll neben ihm pennen, ihm den Bauch kraulen und ihm immer mal wieder ins Ohr hauchen, dass er morgen ein sehr hübscher Bräutigam sein wird.«

Ich schätze mal, das war Sarkasmus. Oder italienische Bruderliebe, die merkwürdige Dinge von einem verlangt.

Mel seufzt leise. »Luca hat seine Suite für die Nacht verschenkt, weil er bei Nora schläft«, klärt sie uns auf.

»Ich dachte, sie würden die letzte Nacht vor der Hochzeit getrennt voneinander verbringen«, sage ich.

»Ja, hat er in der Casa di Giulietta nicht behauptet, er wäre enthaltsam in den Tagen vor der Hochzeit?«, pflichtet Pascal mir bei.

Remo schüttelt den Kopf. »Luca meint, es ginge ihm nicht um Sex, sondern darum, dass er die letzten zehn Jahre nicht neben Nora einschlafen und aufwachen durfte und jetzt keine Nacht mehr verpassen will.«

Das klingt schön. Jemand, der einen so sehr liebt, dass er sich nachts zu einem schleicht, auch wenn es verboten ist.

»Die beiden sind so süß …«, spricht Mel aus, was wir wohl alle denken – außer Pascal, der sein Bett für sich allein braucht, weil er sonst Panikattacken bekommt.

Ich sollte langsam mal darüber nachdenken, wo ich heute Nacht schlafen kann. Aber wenn Remos und Mels Zimmer frei ist …

»Und wieso ziehst du so ein Gesicht, wenn Luca dir seine Suite gegeben hat?«, höre ich Pascal fragen und sehe auch wieder neugierig zu Remo.

»Weil die Suite nur ein Zusatzgeschenk war. Lucas eigentlicher fabelhafter ›Preis‹, den seiner Meinung nach jeder von uns gewollt hätte, war ein klugscheißerischer Beziehungsratschlag, weil er sich für Amor persönlich hält, nur weil er zufällig als Erster heiratet.«

»Sein Preis war ein Beziehungsratschlag?«, wiederhole ich. »Was hätte er denn uns geraten, wenn wir gewonnen hätten? Er weiß nicht mal, dass ich …« Ich beiße mir auf die Zunge, aber für alle im Auto ist klar, was ich meine.

Remo brummt. »Er gibt zu allem seinen Senf dazu. Hält sich für so einen guten Menschenkenner. Klugscheißer. Ich hätte ihn im Pool ertränken sollen, als wir sieben waren.«

Während Remo vor sich hin murrt, sehe ich zu Mel, weil ich erahnen will, was sie von Lucas Ratschlag hält. Sie schmunzelt nur mild und sieht aus dem Fenster. Ich kenne sie nicht gut genug, um zu sagen, ob sie gerade ungute Gefühle überspielt oder einfach ein wenig müde ist.

»Habt ihr Probleme?«, fragt Pascal, der sonst eigentlich so diskret wie ein Pfarrer ist – das Kollar ist ihm aber anscheinend ins Weinglas gefallen.

»Ist es wegen der Distanz? Ihr telefoniert doch dauernd und seht euch jedes Wochenende. Willst du nach Wien ziehen? Verlässt du die Schule? Kannst du nicht in die Schweiz ziehen, Melanie?«

Dass er so besorgt klingt, bringt mich dazu, ihn etwas zu gerührt anzusehen – eigentlich würde ihn das wütend machen, aber er schnallt das gerade sowieso nicht, weil er befürchtet, sein bester Freund könnte in ein anderes Land ziehen.

»Schon gut, Pascal«, entgegnet Mel und neigt auch mitfühlend den Kopf. »Wir trennen uns nicht und Remo zieht nicht weg. Alles in Ordnung. Wir lieben uns und daran wird sich auch nichts ändern. Luca war nur der Meinung, dass es uns guttun würde …«

»Können wir bitte das Thema wechseln?!«, knurrt Remo dazwischen. Sein unheimlich strenger Blick, der auf Mel ruht, wird in der nächsten Sekunde weich. »Ich liebe dich, aber du findest es doch auch schwachsinnig, was Luca vorgeschlagen hat – wir müssen nicht darüber reden.«

Ich denke, sie will etwas erwidern, aber sie nickt nur und blickt dann wieder aus dem Fenster.

Schräge Vibes hier im Taxi …

Pascal holt schon Luft, aber meine Hand landet so dicht an seinem Schritt an seinem Oberschenkel, dass er vergisst, dass er sich weiter einmischen wollte. Er blinzelt nur irritiert meine Finger an, weil er nicht einschätzen kann, ob ich gleich den Eiffelturm befummle oder nicht.

Ich habe nicht vor, ihm eine Beule in die sowieso schon enge Hose zu zaubern, aber ich halte es für besser, wenn er jetzt einfach die Klappe hält.

Dass Pascal sich Gedanken macht, weil er die beiden so gernhat, ist lieb von ihm, aber ich bin mir sicher, seine Sorgen sind unbegründet. Mel und Remo kommen klar. Ich denke nicht, dass es irgendetwas auf der Welt gibt, das so ehrliche Liebe erschüttern könnte. Und kleine Problemchen und Meinungsverschiedenheiten gehören zum Leben. Ehrlich gesagt liebe ich die Menschen am meisten, mit denen ich schon die emotionsgeladensten Streits ausgefochten habe: Kevin, Jan …

Sag es!

Geh schlafen, du bist auch betrunken!

Das Hotel sieht bei Nacht noch viel märchenhafter aus als bei Tageslicht. Der Springbrunnen ist beleuchtet, genau wie Teile der Gartenanlage und das steinerne Treppengeländer.

Der Empfangsbereich ist annähernd leer, da schiebt nur ein Hotelmitarbeiter einen riesenhaften Wagen mit unzähligen Blumengestecken.

Ich freue mich auf die Feier morgen, so sehr, dass es etwas im Magen kribbelt. Wenn selbst ich etwas Aufregung verspüre, obwohl ich Luca erst so kurz kenne, kann ich mir annähernd vorstellen, wie es in den anderen aussieht. Auch wenn alles gerade so ruhig wirkt, ich denke, morgen früh liegt hier überall Nervosität und Vorfreude in der Luft.

»Wollt ihr euch Lucas Suite auch mal ansehen?«, fragt Mel, als wir gemeinsam in den langsamsten Lift der Welt steigen. »Ich bin mir sicher, er hat eine gut gefüllte Minibar. Wir könnten vor dem Schlafengehen noch einen Absacker nehmen.«

Pascal schüttelt den Kopf. »Ich trinke heute nichts mehr, ich hatte schon zu viel.«

So betrunken ist er nun auch wieder nicht. Er hat einen kleinen Schwips, der ihn etwas redselig macht, aber der verfliegt in einer Stunde sowieso. Anscheinend ist Pascal aber jemand, für den selbst das in die Kategorie ›zu viel‹ fällt. Was mich nicht wundert, er ist ein Kontrollmensch und das würde ihm im Rausch zu sehr abhandenkommen.

»Du musst ja nichts Alkoholisches trinken«, schlägt Mel vor und zuckt mit den Schultern.

»Ja, wir finden garantiert ein Päckchen Fruchtsaft für dich. Oder kriegst du davon Sodbrennen? Soll Herr Morelli mal gucken, ob es einen Schlaf-Gut-Tee für dich gibt? Damit du morgen ganz hübsch singen kannst?«

Dass Remo den Kindergärtner-Modus anwirft, bringt mich und Mel zum Lachen. Die liebevolle Stimme steht ihm, auch wenn er sie gerade nur zum Verschaukeln benutzt.

Pascal zieht die Augenbrauen hoch. »Ich musste dir mal eine Woche lang die Ohren eintropfen, weil du das allein nicht geschafft hast. Und ich musste dich dabei festhalten, weil du unmögliche Szenen veranstaltet hast. Willst du wirklich darüber diskutieren, wer von uns beiden das größere Kind ist?«

Remo schüttelt sich. »Ah. Widerliche Ohrentropfen zählen nicht! Absolut grauenhaft, das Zeug! Da lasse ich mir lieber ins Bein schießen oder die Eier tätowieren!«

Da Pascal keinen Knopf drückt, möchte er wohl noch ein wenig mit Mel und Remo abhängen. Ich kann nichts drücken, zumal ich noch immer kein Zimmer habe. Ich nehme an, Pascal will später noch mit mir schlafen. Was ich danach mache, weiß ich noch nicht. Mel und Remo um ihre Zimmerkarte bitten und zugeben, dass ich nicht weiß, wo ich sonst schlafen soll? Das könnte peinlich werden. Ich möchte bitte definitiv noch einen Drink!

Lucas Suite liegt im obersten Stock des Gebäudes am Ende eines marinegrün gestrichenen Gangs. Hinter der weißen Tür erstreckt sich ein Raum, der im Stil dem barocken, aber bunten Ambiente der Standardzimmer entspricht. Der Raum ist aber viel größer. Ein hammer Kingsize-Bett mit einem königlich goldenen Kopfteil, ein Sofa, eine kleine Bar, ein antiker Schreibtisch und eine unglaublich coole Aussicht auf das beleuchtete Heckenlabyrinth.

»Wow! Das ist der Hammer!«, töne ich begeistert und schlüpfe aus meinen Schuhen, weil hier überall weicher türkiser Teppichboden verlegt ist. Die anderen tun es mir gleich.

»Nie etwas Protzigeres, Bunteres gesehen«, meint Remo und dreht sich einmal im Kreis. »Der Raum wirkt reich und irre – als wäre Lucas Persönlichkeit hier drin explodiert und hätte auf magische Weise Inneneinrichtung betrieben.«

Ich muss lachen, weil ich die Parallelen auch sehe.

Mel seufzt und steuert auf die Bar zu. »Luca protzt nicht. Seine Eltern haben eben Geld, das hat er sich doch nicht ausgesucht«, unterstellt sie Remo, der sie umgehend ansieht, als hätte sie Luca gerade ein Liebesgeständnis gemacht.

»Klar, du findest das gut. Du spielst ja auch in deren Team.«

»In welchem Team spiele ich denn bitte?«, will Mel wissen, während sie mit ein paar Flaschen hantiert.

Remo macht eine blockende Geste mit der Hand, was mich stark an Luca erinnert, der auch diese beschwingte, aber maskuline Art zu diskutieren hat.

»Im Team ›reich und privilegiert‹. Und behaupte jetzt nicht, das stimmt nicht. Du tust immer nur so bescheiden, aber deine Wohnung liegt im feinsten Wiener Innenstadtbezirk.«

»Ja und?«, meint Mel schulterzuckend. »Das heißt trotzdem nicht, dass ich Geld nicht zu schätzen weiß. Mein Vater hat mir nie viel Taschengeld gegeben. Außerdem: Mit den DeLucas und Löwensteins kannst du meine Familie wirklich nicht vergleichen!«

Dass Mel aus einem so guten Elternhaus kommt, wusste ich nicht. Die Sache mit dem Billigparfum hat mich wohl auf eine falsche Fährte geführt. Sie wirkt sehr genügsam – keine Markenklamotten, keine teure Handtasche. Aber ihr Vater leitet eines der teuersten Internate der Schweiz – da hätte man schon erahnen können, dass sie nicht am Monatsende Kleingeld in den Jackentaschen suchen muss.

»Ich musste neben dem Studium immer arbeiten, mein Vater hat mich nie mit Geld vollgepumpt«, rechtfertigt Mel sich und greift sich eine Flasche Wein. »Außerdem verdienst du viel mehr als ich, Remo! Aschenputtel kam sicher nie mit einem nagelneuen Alfa um die Ecke.«

»Klar. Jetzt. Aber niemand von euch weiß, wie es ist, wirklich harte, beschissene Jobs zu haben«, tönt er gespielt theatralisch, grinst dann aber. Er stichelt nur scherzhaft vor sich hin, wahrscheinlich um sich selbst von der Sache abzulenken, die ihm wirklich etwas zu schaffen macht und über die er nicht sprechen möchte.

»Ähm … du weißt schon noch, dass ich hier bin, oder?«, frage ich und blinzle Remo an, als er sich nach mir umdreht.

Den Titel ›härtester Job‹ überlasse ich sicher niemandem, der mit dem hübschen Arsch im ›SORT‹ gewackelt hat. Ich musste mir den Arsch berufsbedingt von einem irren Maler mit vier Persönlichkeiten malträtieren lassen – ich gewinne dieses ›Aschenputtel macht Geld mit dem Körper‹-Ding!

Remo kommt auf mich zu und legt mir den Arm um die Schulter. Er riecht verdammt gut, macht sich aber auch ganz schön schwer beim Lässig-an-mir-Abstützen.

»Ja, Hermine versteht mich! Du und ich spielen im selben Team.«

»Ach, und in welchem Team spiele ich deiner Meinung nach?«, fragt Pascal und hilft Mel, den Wein zu entkorken.

»Na ja, du bist ein Hybrid-Wesen. Ich bin mir nicht sicher. Ich weiß, dein Vater ist nicht reich, aber dieses Französisch-Sein lässt dich grundsätzlich versnobt wirken, und die Klaviersache …«

»Pascal ist in meinem Team«, meint Mel und schmunzelt ihn an, bevor sie wieder zu Remo sieht. »Wir sind Team ›Papa hat uns eben lieb, verurteil uns nicht‹ und ihr dürft Team Vincent sein«, scherzt sie.

»Du kennst Vincent?«, frage ich überrascht, sehe dann aber vorsichtig zu Remo, weil ich wissen will, ob es okay ist, dass ich nachfrage. Er wirkt unbekümmert, als er mich loslässt.

»Er hat mich mal den Berg hoch zum Internat gefahren. Persönlich kenne ich ihn also kaum, aber ein bisschen …«, verrät Mel und zuckt mit den Schultern.

Remo schnaubt. »Noch nie jemanden so breit grinsen gesehen, während er vom Teufel gesprochen hat. Kannst du das bitte sein lassen?«

»Ich grinse doch überhaupt nicht«, verteidigt sie sich und setzt eine betont ernste Miene auf.

»Doch, ich habe es auch gesehen – wie ein Honigkuchenpferd«, pflichtet Pascal Remo bei.

Sie hat wirklich gegrinst, als sie ›Vincent‹ gesagt hat, aber ich verüble ihr das garantiert nicht. Das würde wohl keine Frau. Vincent ist ein spannender Mann mit einer verdammt einnehmenden Ausstrahlung – den behält man im Gedächtnis, auch wenn man ihm nur kurz begegnet ist.

»Er war einfach nett«, setzt Mel an. »Auf eine etwas dämonische, einschüchternde Weise …«

Jetzt muss ich grinsen. »Ja, ich denke, der Dämonen-Touch liegt an den dunklen Augen.«

»Der Dämonen-Touch liegt an der Persönlichkeit«, korrigiert Remo mich.

Mel zieht eine Braue nach oben. »Du magst Vincent«, erinnert sie ihn.

»Ja, weil ich spinne und Höllenfürsten etwas abgewinnen kann. Dein Fangirl-Gehabe liegt daran, dass er dir mal einen Job angeboten hat und du schrägerweise noch immer total stolz darauf bist.«

Dass Vincent Mel für die Agentur haben wollte, wundert mich überhaupt nicht. Sie wäre eine verdammt gut gebuchte Escort. Natürlich hat sie es nicht notwendig, ihren Körper zu verkaufen. Außerdem hätte Remo mit Sicherheit die Agentur niedergebrannt, bevor Mel irgendetwas hätte unterschreiben können.

»Hat Vinc eigentlich schon ein neues Mädchen?«, fragt Remo plötzlich und sieht mich neugierig an.

»Ich glaube, ich war die Letzte, die er eingestellt hat«, entgegne ich etwas irritiert, weil Remo nicht so aussieht, als hätte er das wissen wollen.

»Nein, ich meine, ob er wieder eine Freundin hat. Claire hat ihn endlich abgeschossen. Ich denke nicht, dass es lange dauert, bis er sich das nächste leichtgläubige, selbstzerstörerische Ding sucht, das bei ihm abhängen und ihn bespaßen darf.«

Ja. Hallo. Das wäre höchstwahrscheinlich ich …

»Ich weiß es nicht«, behaupte ich und schüttle so energisch den Kopf, dass mir etwas schwindelig wird. »Ich kenne die anderen nicht so gut. Nur Jan. Und die neuen Fetisch-Escorts. Vom Ausgehen.«

Zu viele sinnfreie Infos am Ende, aber sie glauben mir.

Ich will nicht Vincents ›leichtgläubiges, selbstzerstörerisches Ding‹ sein, aber was habe ich denn für eine Wahl? Wenn er mich vögeln will, kann er mich vögeln – wo, wie und so oft er will. Das heißt aber nicht, dass ich so naiv bin, zu glauben, er würde mich lieben. Obwohl das bestimmt alle denken werden …

»Können wir bitte das Thema wechseln?«, schlägt Pascal vor und sieht etwas genervt aus. Dass er nicht gern über den Mann redet, der ihm Frauen verkauft, kann ich verstehen. Mir ist das Thema auch unangenehm.

»Ja. Lasst uns auf Luca anstoßen. Und ein erinnerungswürdiges Wochenende in Verona«, meint Mel und beginnt plötzlich, kleine Gläser mit einer verdächtig klaren Flüssigkeit zu füllen.

»Du hast doch schon den Wein aufgemacht. Was wird das?«, fragt Remo.

»Ich will nichts mehr«, stellt Pascal noch mal klar, wird aber von Mel ignoriert.

»Jetzt stellt euch nicht so an. Wie oft kommen wir schon alle zusammen? Wir sollten die Zeit genießen, der Alltag ist stressig genug. Wollt ihr wirklich früh und nüchtern schlafen gehen? Lasst uns zumindest noch etwas quatschen.«

Mir gefällt ihr Vorschlag. Und ihr Enthusiasmus. Ich bin auch noch nicht müde und ich verbringe gern Zeit mit ihnen, auch wenn ich alles, was sich nach Freundschaft und Zugehörigkeit anfühlt, am Sonntag wieder hinter mir lassen muss.

Remo zuckt mit den Schultern, greift sich einen der Shots und küsst Mel, nachdem er ihn gekippt hat. Ich sehe kurz zu Pascal, der sich neben mich gestellt hat, und biete ihm das kleine Glas in meiner Hand an. Er funkelt nur.

»Nein danke! Ich will nichts mehr trinken!«

Gott, ja. Schon verstanden. Dann trinke ich eben allein.

So wie die Flüssigkeit in der Kehle nachbrennt, tippe ich auf Wodka. Oder Gin. Während ich mir prüfend mit der Zunge über die Lippen lecke, greift Pascal plötzlich meine Hand und zieht mich zu sich. Das ist das erste Mal, dass er mich vor jemand anderem küsst. Auch wenn es nur Remo und Mel sind, fühlt sich das seltsam an. Ich dachte nicht, dass er das kann. Er kann aber. Und wie. Seine Zunge schiebt sich so tief in meinen Mund, dass er mir jetzt mit Sicherheit sagen kann, was ich gerade getrunken habe.

Mir ist sowieso schon warm vom Alkohol, aber Pascals Lippen lassen auch Stellen in mir wärmer werden, die das Hochprozentige nicht erreicht hat. Als er mich wieder loslässt, versuche ich, ihn nicht mit zu glänzenden Augen zu mustern. Ich freue mich auf später. Wenn wir allein sind.

»Kannst du unser Gepäck aus dem alten Zimmer holen?«, höre ich Mel fragen und versuche, mich wieder auf das Gespräch und nicht mehr auf das Pochen in meinem Körper zu konzentrieren.

Remo neigt den Kopf. »Jetzt? Das ist so viel Zeug. Ich habe keinen Bock.«

»Später bist du betrunken und müde und schläfst einfach ein. Dann muss ich alles holen, weil du nicht mehr wach zu bekommen bist und nur vor dich hin brabbelst. Dann bin ich wütend und muss dich schlagen und morgen fragst du dich den ganzen Tag, wieso du hinkst.«

Remo seufzt. »Schon gut, schon gut. Aber du musst mir helfen, wir haben drei Millionen Koffer dabei.«

»Pascal kann dir helfen«, schlägt Mel vor.

Remo hebt eine Braue. »Sag mal, willst du uns loswerden, damit ihr Frauengespräche über Penisse führen könnt?«

Mel nickt. »Ja. Genau das ist mein perfider Plan. Mit Emma über Penisse reden. Das ist so was wie ein Freundschaftsritual unter Frauen – sich erst mal jeden Penis haargenau beschreiben, den man schon mal gesehen hat. Und mit Pauls fangen wir an.«

Remo verzieht das Gesicht und schiebt Pascal dann zur Tür. »Lauf! Lauf! Selbst wenn sie bluffen, die ziehen das aus purer Sturheit durch, wenn wir nicht verschwinden!«

Ich lache, als die Tür zufällt, und wende mich dann Mel zu. Sie reicht mir ein Glas Wein.

»Hier. Und, wie ist Pauls Penis?«, fragt sie und grinst.

»Nett. Und er hat ziemlich kleine Eier, was ihm bestimmt zugutekommt, wenn er alt ist und die Schwerkraft zuschlägt.«

»Als ich noch klein war, dachte ich immer, alle Männer würden so aussehen wie Ken-Puppen. Ich meine, ich wusste, dass es so was wie Penisse gibt, aber die Existenz von Hoden hat mich schwer schockiert.«

Ich lache. »Dann nehme ich mal an, du hast keinen Bruder, mit dem du dir immer ein Zimmer und ein Bad teilen musstest.«

»Nein, hatte ich nicht. Dein Bruder ist Kevin Reichalt, oder? Der Schulsprecher.«

Ich nicke. »Ja. Ich hoffe, er ist dir nicht auf die Nerven gegangen oder hat dich angebaggert, während du am Internat gelebt hast.«

»Absolut nicht. Aber ich weiß noch, dass Pascal ihm Klavierunterricht gegeben hat. Und dass er niedlich ist.«

»Optisch, ja. In seinem Inneren ist er aber eine Kröte.«

Mel schmunzelt und verhindert dann, dass ich meine Haare in mein Weinglas tauche, weil ich es bescheuert halte.

»Danke«, sage ich leise und werde etwas verlegen.

»Ach, passiert mir auch ständig. Lange Haare sind manchmal bescheuert. Entweder klemmt man sie irgendwo ein oder man erschreckt sich selbst zu Tode, weil man denkt, ein Käfer wäre auf einem gelandet, obwohl einen nur die Haare am Rücken kitzeln.«

Auch wenn ich mich mit diesen Geschichten absolut identifizieren kann, schüttle ich den Kopf. »Ich meinte danke, dass du so nett zu mir bist, obwohl …«

»Wer nicht nett zu dir ist, ist ein Idiot, Emma. Du bist so lieb und witzig, dass du selbst Pascal zum Schmunzeln bringst, und das traut er sich Frauen gegenüber nie.«

Ich zucke mit den Schultern, weil ich nicht weiß, was ich erwidern soll.

»Ich weiß, eure Situation ist kompliziert, aber ihr kriegt das hin, ich bin mir sicher. Remo hilft dir, falls du Ärger mit der Agentur bekommen solltest, wenn …«

»Ich weiß! Danke! Aber ich brauche keine Hilfe …«, murmle ich und winke ab.

»Entschuldige bitte. Du willst jetzt nicht darüber reden«, stellt Mel fest und nickt langsam und beruhigend. Dass sie einer dieser wenigen Menschen ist, die Unbehagen so schnell spüren und ihre Neugier dann ziehen lassen können, weiß ich sehr zu schätzen. Ich hätte sie unheimlich gern als Freundin, aber wer weiß, ob wir uns überhaupt wiedersehen.

»Das Wochenende soll Spaß machen. Und uns in Erinnerung bleiben«, meint sie und nickt wieder, diesmal beschwingter.

Ich tue es ihr gleich und konzentriere mich auf den Moment, den ich in einer hammer Suite in Verona mit großartigen Menschen verbringen darf.

»Stimmt es eigentlich, dass Luca und David mal etwas miteinander hatten?«, frage ich, da ich das für einen guten Zeitpunkt für pikanten, amüsanten Gossip halte.

Als ich sehe, dass Mel sich plötzlich einen zweiten Shot greift und ext, blinzle ich sie mit großen Augen an. Wow, ich liebe sie – sie säuft mehr als ich.

Sie schüttelt sich kurz und kneift die Augen zusammen. Als sie sie wieder aufmacht, sieht sie mich etwas verstohlen an. »Darf ich dich etwas wirklich Schräges fragen, Emma?«

»Sicher! Schräg ist mein zweiter Vorname. Eigentlich Elisabeth, aber meine Mutter hätte mich Emma Schräg genannt, wenn sie schon gewusst hätte, was ich von mir gebe, sobald ich sprechen lerne.«

Ihr Lachen mündet in einem Schmunzeln. Mel streift sich kurz unsicher über den Oberarm, sieht mir dann aber ziemlich fest in die Augen. »Würdest du gern mit Remo schlafen?«

EIN PROBLEM, VIEL LÖSUNG

Es gab schon viele Situationen in meinem Leben, in denen ich mich im Nachhinein für mein Stammeln in Grund und Boden geschämt habe – das hier wird keiner dieser Momente. Es gibt nämlich schlichtweg keine spontan kluge und eloquente Reaktion auf diese Frage. Wer etwas anderes behauptet, ist so abgebrüht, dass es an Gefühllosigkeit grenzt.

»Ähhh … wie bitte?«

Vielleicht habe ich sie falsch verstanden.

»Gefällt dir Remo? Findest du ihn anziehend? Sexuell? Willst du mit ihm schlafen?«

Jap, ich habe sie richtig verstanden. Und Mel stellt mir diese Frage noch immer ohne erkennbare Ironie, ohne ein Zwinkern oder ein Grinsen. Sie sieht mich nur an und möchte eine Antwort.

»Ob ich …? Ich meine, er ist … Würde ich gern? Nein!«

Ich glaube, mein Gesicht glüht röter als der Wein in meiner Hand, den ich beinahe verschütte, weil ich beim Reden nervös herumwackle.

Mel hebt auch die Hände, aber beschwichtigend. »Schon gut, ich frage das nicht, weil ich dir irgendetwas unterstelle, sondern weil ich es einfach wissen möchte.«

»Wieso?«

Können wir nicht weiter über Penisse und Eier reden?! Nicht die von deinem Freund, andere!

Mel seufzt und lehnt sich dann an die Fensterfront hinter der Bar. »Luca hat Remo geraten, mich noch mal mit Pascal schlafen zu lassen. Oder David. Oder irgendeinem anderen Mann, der mich sexuell anspricht und dem wir beide vertrauen.«

Wow. Das ist ein wahnsinnig beschissener Ratschlag. Luca kam mir eigentlich ziemlich empathisch und klug vor, aber er ist ein Vollidiot. Kein Wunder, dass Remo so durch den Wind war.

»Du liebst Remo, wieso solltest du mit jemand anderem schlafen? Ihr führt doch keine offene Beziehung, oder?«

Mel schüttelt den Kopf. »Nein. Tun wir nicht. Möchten wir auch nicht. Ich liebe ihn, aber in letzter Zeit …«

Ich lasse sie kurz schweigen. Sie braucht wohl einen Moment, um zu überlegen, wie weit sie ins Detail gehen möchte. Da ihr die Geschichte aber sehr wichtig scheint, gehe ich nicht von einer Kurzfassung aus.

»Vor zwei Monaten, als Remo angefangen hat, Luca intensiv mit der Hochzeitsplanung zu helfen, hatten wir einen ziemlich seltsamen Abend. Ich musste etwas länger arbeiten und Remo war schon in meiner Wohnung, als ich nach Hause gekommen bin. Ich hatte einen wirklich anstrengenden Tag und Kopfschmerzen, ich war etwas … unsensibel drauf und zickig.«

»Solche Tage hat doch jeder mal«, sage ich und zucke mit den Schultern.

»Ja, aber ich habe wohl etwas rausgehauen, das ich nicht hätte sagen sollen – zumindest nicht auf diese Art und Weise.« Mel trinkt einen Schluck Wein und schüttelt dann über sich selbst den Kopf. »Remo saß am Laptop und hat mir die Hochzeitslocation gezeigt. Wenn er erst mal zu reden beginnt, quatscht er sich gern in irgendetwas rein – ich liebe diese Begeisterung an ihm, aber an diesem Tag war es mir einfach zu viel. Er hat angefangen, darüber zu reden, wo er gern heiraten würde und wie und wo wir später leben könnten und wie schnell nach der Hochzeit ich schwanger werden könnte. Und irgendwann hatten wir dann fünf leibliche Kinder und ein adoptiertes, weil ihm die Waisen in den Schwellenländern leidtun – er hat so viel gelabert! Sechs Kinder, ein Haus und zwei Hunde in fünf Minuten! Ich war … etwas überfordert.«

Ich nicke eindringlich, weil ich Mels Überforderung nachvollziehen kann. Remo ist ein sehr feuriger, redseliger Typ, was bestimmt auch anstrengend sein kann. Außerdem ist er älter als Mel. Sie mag zwar nicht so jung sein, wie sie aussieht, aber Remo ist dreißig und Mel Mitte zwanzig. Wahrscheinlich will sie sich noch etwas auf ihren Job und ihr eigenes Leben konzentrieren, bevor sie sechs Kinder aus fünf Schwellenländern und zwei Hunde großzieht.

»Ich will das alles!«, versichert sie eindringlich. »Und ich will es mit Remo und niemand anderem, aber nicht … unmittelbar und sofort.«

»Ja, aber er versteht das doch, oder? Ich meine, du hast gerade erst die Uni abgeschlossen und zu arbeiten begonnen. Ihr könnt das alles doch auch in fünf Jahren machen.«

Mel nickt, greift sich aber an die Stirn. »Remo versteht es. Das ist nicht das Problem. Wir haben darüber gesprochen, alles ist gut. Und ich habe mich tausendmal entschuldigt, dass ich ihn an diesem Abend so angeblafft habe.«

»Was hast du denn gesagt?«, frage ich vorsichtig, um abschätzen zu können, wie tief sich Mel in die Nesseln gesetzt hat.

Sie wird etwas rot und leise. »Ich habe ihm gesagt, dass meine Eierstöcke im Vergleich zu seinen noch nicht am Ablaufen sind und er mal einen Gang runterschalten soll … dann habe ich ihm einen Vogel gezeigt und bin duschen gegangen …«

Oh. Ja. Die Message hätte man netter verpacken können.

»Mir ist noch unter der Dusche aufgefallen, was für ein kolossales Arschloch ich war. Als ich nackt rausgelaufen bin, hatte Remo den Laptop zugeklappt, saß auf dem Sofa und hat mich einfach nur gebeten, ihn nicht zu verlassen, und mir versprochen, dass er auf eine Hochzeit und Kinder verzichten kann, solange wir einfach zusammenbleiben.«

Ihn so zu sehen und zu hören, hat bestimmt verdammt wehgetan. Schon die Beschreibung der Situation versetzt mir einen Stich ins Herz.

»Das war so furchtbar, ich habe ihm die ganze Nacht versichert, dass ich ihn liebe und ihn unbedingt heiraten und Kinder mit ihm möchte. Ich meine, ich habe einen Mann, der mich so sehr liebt, dass er von einer Hochzeit und Kindern mit mir träumt! Wie viele Frauen wünschen sich so einen Kerl?! Und ich mache aggressive Witze über seine nicht vorhandenen Eierstöcke und zeige ihm den Vogel! Ich bin furchtbar.«

»Nein, du hast einfach Angst bekommen. Und du hast doof reagiert, das macht jeder mal.«

Mel nickt. »Ja. Doof ohne Ende. Remo hat mir verziehen – noch in derselben Nacht, aber das Ganze hat einen bescheuerten Gedanken in ihm losgetreten, der ihn bis heute verfolgt.«

Mein Blick schnellt zur Tür, weil ich dachte, ich hätte etwas gehört. Als ich wieder zu Mel blicke, winkt sie ab. »Keine Angst, die brauchen eine Weile – Remo hat sein Zeug im ganzen Zimmer verteilt, das müssen sie erst mal einsammeln.«

Ich seufze erleichtert und bemerke, dass ich mein Glas leer getrunken habe. Mel schenkt uns nach.

»Und was hat das Ganze mit Lucas dämlichem Ratschlag zu tun?«, will ich wissen, weil ich mir noch immer keinen Reim darauf machen kann.

»So dämlich ist der Vorschlag nicht …«, meint Mel und schmunzelt milde. »Remo denkt seit meinem debilen Ausraster, dass er mich mit der ganzen Beziehung überrumpelt hat. Als wir uns kennengelernt haben, kam ich gerade frisch aus einer miesen Beziehung. Und eigentlich hatte ich vor, erstmal Single zu bleiben. Aber ich habe mich Hals über Kopf in ihn verschossen, was mir am Anfang so große Angst gemacht hat, dass ich einfach abgehauen bin. Zurück nach Hause, ohne mich zu verabschieden.«

Ich nicke, obwohl ich diesen Teil der Geschichte schon von Remo kenne.

»Er hat mich zwar etwas schmoren lassen, aber dann hat er mir verziehen und ist mir hinterhergekommen. Seither sind wir zusammen und ich liebe ihn so sehr, dass ich gern in die Vergangenheit reisen und mir selbst am Flughafen in die Fresse hauen würde.«

Wir schmunzeln beide. Mel wirkt etwas gelöster.

»Aber jetzt seid ihr doch glücklich.«

Sie nickt. »Ja. Sind wir. Abgesehen davon, dass Remo sich einredet, er hätte mir nicht genügend Zeit gelassen, mich auszuleben. Er hat selbst eine ziemlich wilde Vergangenheit und meint, er hätte erst mit Ende zwanzig begriffen, dass er nichts mehr von zwanglosem Sex hält und etwas Ernstes möchte.«

Ich blinzle irritiert. »Ähm … und jetzt sollst du mit anderen Typen poppen, bis du Ende zwanzig bist?«

»Nein. Ich habe absolut kein Interesse daran, mit jemand anderem zu schlafen. Das habe ich Remo auch genau so gesagt, aber er hört nicht auf, sich diese verrückten Vorwürfe zu machen, dass alles zu schnell ging und zu früh für mich sein könnte. Luca hat vorgeschlagen, unseren alten Lebensstil noch einmal aufzugreifen, um endgültig herauszufinden, ob mich diese Abenteuer noch reizen oder ob ich ohne sie leben kann und will. Ich kenne die Antwort! Ich brauche das nicht, aber so bescheuert es sich auch anhört, ich denke, es würde Remo beruhigen …«

Wenn ich über ihre doch sehr spezielle Situation nachdenke, macht das seltsamerweise Sinn. Für die meisten anderen Pärchen wäre das undenkbar, aber Mel und Remo haben sich nun mal kennen und lieben gelernt, während sie Dreier mit Pascal hatten.

Sich darüber klar zu werden, wann der Zeitpunkt gekommen ist, an dem man keine Abenteuer mehr haben will, ist wahrscheinlich wichtig.

Dass Remo sich ein Leben lang einredet, Mel hätte seinetwegen etwas verpasst, das ihr noch Spaß gemacht hätte, wäre wirklich beschissen.

Luca, du exzentrisches, versautes Genie! Der Ratschlag war gar nicht so scheiße!

»Mit Pascal wäre es in einem geschützten Rahmen«, meint Mel und zuckt mit den Schultern. »Das zwischen uns war immer nur Sex, nie mehr, und Remo vertraut ihm.«

Ich nicke. »Na ja, dann solltet ihr wirklich noch mal …«

»Ich will keinen Dreier mehr«, verneint Mel und füllt die leeren Shotgläser wieder mit Wodka. »Es wäre seltsam, wenn ich noch mal mit jemand anderem schlafe und Remo nicht. Das ist irgendwie unfair, auch wenn es nur um Sex geht.«

Ohhh, ich verstehe ihre erste, mich schockierende Frage jetzt!

»Du meinst, wir …? Ich soll mit ihm? Und du mit Pascal?«

»Ja.«

»Bist du dir sicher?! Hast du dir das genau überlegt?!«

Ich muss das fragen, auch wenn ich Mels Sicht der Dinge verstehe und die Situation begreife.

»Remo und ich lieben uns, daran besteht kein Zweifel. Aber ich will gleiche Verhältnisse schaffen. Und das kann ich nur mit einer anderen Frau.«

»Du kennst mich kaum …«, murmle ich verlegen, auch wenn ich mich auf eine seltsame Art geschmeichelt fühle.

Mel schmunzelt. »Das stimmt. Aber ich mag dich. Remo mag dich und Pascal vertraut dir. Die Frau, die das schafft, muss ein warmherziger, empathischer Mensch sein. Außerdem bin ich mir sicher, dass du Liebe und Sex problemlos trennen kannst – schon allein wegen des Jobs, oder?«

»Ja, das kann ich. Aber …«

Dass meine Wangen wieder glühen, kann ich nicht verhindern.

»Wäre dir Claire nicht lieber? Ich meine, sie kennt Pascal und Remo schon länger, dich auch.«

Alle wollen immer Claire. Ich bin quasi nur die Ersatz-Rose, das sollte sie wissen. Für Mel aber anscheinend nicht.

Sie zieht die Brauen nach oben. »Versteh mich nicht falsch: Claire ist ein wirklich tougher, cooler Mensch und ich mag sie, aber ich hole mir doch keine Frau ins Bett, die schon mal so verliebt in meinen Mann war, dass sie sich seinen Namen hat tätowieren lassen. Ich bin vielleicht bescheuert, aber nicht so bescheuert!«

»Claire hat ein Remo-Tattoo?!«

»Na ja, sie hat ein ›R‹ am Knöchel. Remo glaubt, das steht für ›Revolution‹, weil er schon immer schwer bescheuert war, was Claire betrifft.«

Während ich große, neugierige Augen bekomme, seufzt Mel.

»Sie war wirklich unglaublich verliebt in ihn, ziemlich lange, aber er hat sie immer gefriendzoned, ohne es zu merken. Für ihn war es Freundschaft und Sex, sie hat sich aber Hoffnungen gemacht und er war … einfach ein Idiot, aber es war eben keine Liebe für ihn.«

Ich erinnere mich an das Gespräch mit Claire in dem Café und dass sie erwähnt hat, sie hätte vor Vincent schon mal einen Mann geliebt, der sie nicht zurückgeliebt hat. Dass sie von Remo gesprochen hat, ist krass!

»Weiß er mittlerweile, dass sie früher in ihn verliebt war?«, frage ich. Remo hat damals im Auto auch so getan, als wären sie einfach immer beste Bumsfreunde gewesen.

Mel seufzt wieder. »Ich denke, er wusste es unterbewusst immer, er wollte es nur nicht wahrhaben, weil er sie nicht verletzen wollte. Das ist alles verdammt lange her, sie waren Teenager und Claire ist schon lange darüber hinweg. Sie hat mir das alles selbst erzählt, sonst wüsste ich auch nichts davon. Sie war sehr ehrlich zu mir und hat so viel für Remo getan, als er noch jünger war und wirklich Hilfe brauchte. Dafür bin ich ihr unheimlich dankbar. Aber ich will nicht, dass sie noch mal mit ihm schläft. Da würde mein Herz nicht mitspielen …«

Jap, das kann ich verstehen.

»Und weiß Remo, dass du mit mir und Pascal …«

Sie schüttelt den Kopf. »Nein. Ich habe ihm heute beim Essen eigentlich gesagt, dass ich Lucas Vorschlag nicht gut finde, weil ich ihm nicht wehtun will. Aber wenn das alles so ausgeglichen stattfindet … und ohne Gefühle, dann können wir vielleicht nach heute Nacht endlich einen Schlussstrich ziehen. Gemeinsam.«

»Verstehe …«, murmle ich und versuche, nicht so nervös zu klingen, wie ich gerade werde.

Sex mit dem Ghetto-Engel. Zu viert. Eine zweite Frau. Ich hatte noch nicht mal einen Dreier!

»Aber ich will das natürlich nur, wenn es für dich auch in Ordnung ist. Und du mit Remo schlafen möchtest. Du weißt, ich finde Pascal anziehend – körperlich, aber zwischen uns gibt es keine romantischen Gefühle, das schwöre ich dir. Aber falls du Remo nichts abgewinnen kannst oder du Pascal nicht mehr teilen möchtest, verstehe ich das absolut!«

Mel klingt so peinlich berührt, dass ich die Augenbraue besonders hochziehe. »Also erstens …«, setze ich an und mache eine dramatische Pause. »Ich bin eine Nutte und ich kann unmöglich von Pascal verl…«

»Du bist keine Nutte, Emma. Du bist eine Escort. Und du hast gute Gründe. Sag das nicht so abwertend, so denkt niemand von dir. Ich nicht, Remo nicht und Pascal schon gar nicht.«

Dass sie mich mit so lieben Worten unterbricht, berührt den Teil in mir, der so dumm ist, Finn noch immer zu glauben. Trotzdem muss ich meinen Satz beenden.

»Ich habe kein Recht, von irgendeinem Mann Exklusivität zu verlangen, solange ich noch mit so vielen anderen schlafen muss … das wäre nicht fair und das würde ich nicht wollen. Außerdem ziehen Pascal und ich so was nicht mal annähernd in Erwägung! Ich weiß nicht, was für einen Schwachsinn Remo dir erzählt hat, aber du weißt ja, dass er manchmal plappert«, sage ich und höre Mel lachen.

»Da bin ich zwar anderer Meinung, aber gut. Das mit Pascal und mir wäre heute Nacht okay für dich. Was ist mit Remo? Ist er dein Typ?«

Dass sie tatsächlich noch immer ein wenig unsicher klingt, ob ich Remo optisch ansprechend finde, kann nur daran liegen, dass sie betrunken ist.

Wer sagt denn bitte ›Der sympathische, toughe Mann, dessen Körper ein Kunstwerk ist, ist nicht mein Fall!‹?

»Du weißt, dass dein Freund ein Fitnessmodel sein könnte?«, lautet meine Antwort.

Mel lacht und zwinkert dann. »Ja. Sein Körper ist zum Niederknien – im wahrsten Sinne.«

Wir kichern und greifen dann beide relativ hektisch nach einem der Shots. Alkohol ist ja eigentlich nie eine Lösung. Es sei denn, man plant spontan einen Vierer, dann: Lösung!

»Danke, Emma. Ich weiß, meine Idee ist schräg«, meint Mel verlegen, wirkt aber irgendwie gelöst. Ich sehe ihr an, dass sie das will, und ich verstehe, wieso. Unter keinen anderen Umständen würde ich mich jemals darauf einlassen, mich in eine Beziehung zu drängen. Die Liebe der beiden kann aber rein gar nichts erschüttern. Weder der schönste Mann der Welt noch ein rothaariges Flittchen. Es geht nur um Sex. Und um einen Abschluss.

»Ich sagte doch: Schräg ist mein zweiter Vorname«, scherze ich und bin selbst überrascht, dass ich so locker bin. Muss an der vielen Lösung liegen.

Wie schnell mein Nervenkostüm von gechillt betrunken auf panisch beduselt umschlagen kann, wird mir klar, als die Tür plötzlich aufspringt und ich vor Schreck beinahe wie eine Katze auf die Bar hüpfe, um dort schwer atmend zu hocken. Mel hat auch gezuckt, und wie. Zwei Katzen auf der Bar – das hätte die Männer wohl irritiert.

»So, ich hoffe, ihr seid fertig mit euren Penis-Gesprächen! Pascal und ich haben übrigens die ganze Zeit über Muschis geredet, nicht wahr?«, tönt Remo und stellt zwei Koffer neben dem Sofa ab.

Pascal trägt zwei Reisetaschen und brummt. »Wie kann man so ein Messi sein?! Du warst gerade mal eine Stunde in diesem Hotelzimmer und deine Zahnpasta lag unter dem Bett!«

»Alter, du machst mich fertig! Spiel doch einmal mit, wenn ich die Mädchen verschaukeln will!«

Mel und ich starren uns an, da die beiden doch etwas schnell aufgetaucht sind. Wir hatten keine Zeit, zu besprechen, wie wir die Sache starten und ob wir zuerst mit ihnen darüber reden oder auf subtil machen. Sie sind zum Glück damit beschäftigt, das Gepäck abzulegen und Remos Anzug aufzuhängen, aber viel Zeit für telepathische Frauengespräche bleibt uns nicht.

Was jetzt? Ausziehen? Betrunken machen? Sexy Musik auflegen?! Bitte nicht tanzen! Niemand will mich vögeln, wenn er mich erst mal tanzen gesehen hat! Ich denke, das war auch der Grund, warum Vincent mich bei meinem Vorstellungsgespräch nicht ausprobiert hat. Er hat mich auf der Straße tanzen gesehen und dachte sich ›Nö, das muss Victor machen …‹.

Dass sich in Mels Blick auch so viel Nervosität spiegelt wie in meinem, ist nicht gut. Ich dachte, sie hätte einen Plan. Sie verlässt sich aber wohl darauf, dass die Professionelle diese Sache professionell in Gang bringt.

Entschuldige, aber du bist an die verpeilteste Escort der Welt geraten! Ich habe keine Ahnung von Vierern, nicht mal von Dreiern. Claire wüsste, wie man so etwas subtil sexy in Gang bringt, bei mir kannst du schon froh sein, wenn ich später niemanden aus Versehen trete!

So viele Körper … so viele Hände. Und das Schlimmste: Das hier ist nicht wirklich ein Job mit irgendwelchen Fremden, das fühlt sich nach einem privaten Abenteuer mit Freunden an. Was viel schlimmer ist. Was Fremde von mir denken, ist mir nach einem kurzen Schäm-Anfall egal. Das hier darf ich aber auf keinen Fall verbocken, weil es Remo und Mels Beziehung vorantreiben soll. Die Art und Weise ist vielleicht ungewöhnlich, aber nichtsdestotrotz: Diese Vögelei hat Bedeutung! So viel Druck!

»Hey, ich habe noch ein Spiel von meiner letzten Aushilfestunde in der Grundschule in meiner Tasche! Wir könnten eine Runde Memory spielen. Tierbabys. Seht euch das Schwein an.«

Mel und ich blinzeln Remo an, der gerade das asexuellste Gespräch der Welt gestartet hat, und das, obwohl er das Wort ›Schwein‹ benutzt hat. Er hält uns die Karte vor die Nase.

»Können wir bitte etwas Erwachseneres machen?«, meint Pascal und ich schöpfe schon die Hoffnung, dass er die Stimmung damit wieder in die richtige Richtung lenkt, ohne dass Mel und ich etwas tun müssen, aber dann sieht er leider die Karte, die Remo hochhält, und schmunzelt plötzlich alles andere als verdorben. »Das ist wirklich ein süßes Schwein.«

Großartig. Jetzt fängt der auch noch mit den Tierbabys an.

Das Ferkel ist leider wirklich herzallerliebst. Es trägt einen kleinen Hut …

»Falls euch das zu kindisch ist: Ich habe auch noch Schnapskarten in der Manteltasche, weil wir die immer im Lehrerzimmer benutzen. Wir können in Teams spielen«, schlägt Remo vor. »Die Verlierer müssen die Gewinner zum Essen einladen. Lasst uns Pärchentausch machen. Ich spiele mit Hermine. Wir ziehen euch die Hosen aus!«

Remo legt den Arm um mich und stützt sich genauso lässig an mir ab wie vorhin. Vorhin hatte mein Kopf aber noch nicht hundert Grad von den glühenden Wangen.

Eigentlich ist das die perfekte Steilvorlage, um zumindest irgendetwas anklingen zu lassen. Als ich kurz zu Mel blicke, sieht sie mich erwartungsvoll an.

Ich versuche zu verdrängen, dass ich nervös bin und mich die Nähe zu Remos warmem, hartem, duftendem Körper schwer irritiert. »Wenn du mit mir spielen willst … Karten. Ich muss mal ins Badezimmer!«

Dass ich der erste Mensch der Welt bin, der ›Karten spielen‹ verführerisch aussprechen möchte und dann kolossal dabei versagt, ist mir zu viel. Ich brauche eine kurze Pause. Eine Minute, um mich zu sammeln.

»Warte, ich komme mit!«, ruft Mel, läuft mit mir ins Bad und donnert die Tür zu.

»Entschuldige!«, piepse ich, weil ich mich wie ein Idiot aufgeführt habe.

»Nein, schon gut! Ich hätte etwas sagen sollen. Aber das ist … Ich habe so etwas noch nie gemacht. Das macht mich nervöser, als ich dachte«, gibt sie zu und grinst mich verlegen an.

»Wie haben eure Dreier denn immer angefangen?«, frage ich, weil sie zumindest damit Erfahrung hat.

»Na ja. Ich war einfach da. Und die beiden haben den Rest gemacht. Pascal knurrt Anweisungen, Remo ist ungestüm … ich musste nie etwas tun, um das Ganze zu starten.«

Oh, ich erkenne langsam unser Problem. Wir sind beide nicht gut darin, uns Männern anzubieten, die gedanklich bei Tierbabys festhängen. Mich buchen auch nur Typen, die wissen, dass sie mich vögeln wollen. Lias war der Einzige, der etwas schwerer zu knacken war, aber nur weil er zu höflich und anständig war, um zuzugeben, dass er mich gern vögeln würde.

»Ich kann Remo nicht einfach anmachen …«, sage ich und schüttle den Kopf. »Er will doch überhaupt nichts von mir und würde sich nur unwohl fühlen, wenn das aus heiterem Himmel kommt.«

»Er will dich garantiert! Ich bin mir sicher, dass er sich das schon mal vorgestellt hat!«, unterstellt Mel.

Ich stelle mir auch viel Schwachsinn vor, aber das heißt nicht, dass ich das alles möchte.

»Kannst du nicht einfach Pascal … keine Ahnung, anfummeln? Bei euch wirkt das nicht so schräg«, schlage ich vor, höre Mel aber seufzen.

»Doch, das wäre schräg. Nach so langer Zeit. Gott, wieso hat dieses riesige Badezimmer keine Minibar?«

Ja, mehr Lösung wäre jetzt schön. Zumal wir ungeahnt viele Probleme mit dieser Sache haben.

»Vielleicht ist es besser, wenn du sie einfach fragst. Ganz offen. ›Wollen wir alle vögeln? Wegen dieser Sache, die Luca vorgeschlagen hat?‹ So in der Art?«

Mel seufzt. »Die beiden können verdammt stur und impulsiv sein. Wenn sie kein bisschen scharf sind, wenn ich ihnen das vorschlage, beginnt Remo nur wieder, Luca als Klugscheißer zu beschimpfen, und Pascal sieht mich bestimmt so vorwurfsvoll an, als hätte ich ihm vorgeschlagen, ein Schüler-Lehrer-Rollenspiel zu machen.«

»Ja! Was ist nur mit den beiden und dieser Schülerinnen-Sache?! Wie kann sie das so überhaupt nicht anmachen? Ich meine, nur als Spiel! Das wäre doch …«

»Scharf?«, vervollständigt Mel meinen Satz und nickt eindringlich. »Ich weiß. Was das angeht, spinnen sie ein wenig. Ich darf Remo selbst heute noch nicht Herr Morelli nennen, wenn wir vögeln. Das hat er mir einmal erlaubt, aber da hat er unter Sexentzug gelitten, weil ich zuvor krank war, und ich musste ihn trotzdem quasi zwingen.«

Mir kommt auch gerade der Verdacht, dass die beiden abblocken könnten, falls der Moment nicht prickelnd genug ist. Sie sind wirklich stur.

»Alles in Ordnung?«, hören wir eine melodische Stimme durch die Tür rufen. Pascal klingt so sanft wie selten.

»Ja, alles in Ordnung!«, antwortet Mel. »Wir sind Frauen, wir müssen gemeinsam auf die Toilette gehen.«

»Emma?«, ruft Pascal trotzdem meinen Namen.

Ich drücke mein Ohr an die Tür. »Ja?«

»Wenn ich irgendetwas gemacht habe, das … Ich bin nur etwas müde, nicht …«

»Nein! Alles gut, wirklich. Du hast gar nichts gemacht. Du warst toll … heute war toll. Danke … Wir pinkeln nur.«

Wow, ich bin gut darin, romantische Momente zu killen. Pascal stellt Fragen, die klingen, als wäre ich ihm wichtig, und ich beschwichtige ihn mit warm ausgesprochener Dankbarkeit und lege dann nach, dass wir strullern. Sehr schön. Jetzt hat er ein Bild im Kopf. Aber er geht garantiert von der Tür weg.

Als ich mich wieder zu Mel drehe, grinst sie breit.

»Was?«, murmle ich verlegen.

»Nichts. Es ist nur schön, Pascal so zu erleben. Ich kenne ihn so nicht.«

»Er ist nur noch immer etwas betrunken …«, relativiere ich leise.

»Willst du das noch immer durchziehen oder …«

»Klar!«, entgegne ich schnell, bevor ich das Oder höre, das mich gerade etwas überfordern würde.

Mel beißt sich auf die Unterlippe. »Okay. Darf ich etwas versuchen?«

Ich nicke, obwohl ich weiß, was sie vorhat, und ich mich gleich anspannen werde. Ich habe schon mal eine Frau geküsst, aber zum Spaß, bei einem Trinkspiel beim Ausgehen. Das hatte nichts Sexuelles – das hier schon, zumindest testweise.

Ihr Kopf kommt ganz vorsichtig näher. Als sie die samtweichen Lippen auf meine drückt, schließe ich die Augen. Mich hat noch nie jemand so vorsichtig und zart geküsst. Ich kann den Körper überraschend schnell entspannen und öffne die Lippen ein Stück für sie. Selbst Mels Zunge ist ungewohnt sanft. Sie fühlt sich gut auf meiner an, außerdem riecht sie toll.

Obwohl mich der Kuss nicht wirklich anturnt, muss ich Mel verlegen anlächeln, als sie das Gesicht wieder ein Stück zurückzieht.

»Das fällt mir leichter, als ich gedacht hätte«, gibt sie zu und schmunzelt.

»Ja, mir auch. Eigentlich ist es ganz schön …«

Ich lüge nicht. Es ist schön. Vielleicht weil ich betrunken bin oder weil Mel so hübsch ist. Auch wenn ich nicht auf Frauen stehe, kann ich weiblicher Ästhetik viel abgewinnen. Sogar mehr, als ich dachte.

Weil ich der Meinung bin, dass es sich nicht gehört, wenn nur sie mich küsst, da sich das so anfühlen würde, als hätte sie mir ein Kompliment gemacht und ich würde keines erwidern, beuge ich diesmal den Kopf in ihre Richtung.

Beim zweiten Mal sind wir von Anfang an etwas mutiger mit den Zungen. Als Mel mir plötzlich gegen meinen Mund haucht, spannt sich mein Körper wieder automatisch an.

»Darf ich?«, höre ich sie flüstern und fühle im nächsten Moment ihre Hand unter meinen Pullover gleiten.

Okay! Okay! Nein, ich weiß nicht. Ja, das sind meine Brüste!

»Zu viel?«, fragt sie vorsichtig und zieht ihre Hand wieder zu sich.

»Ähm …« Ich horche kurz in mich rein. »Eigentlich nicht. Ist es seltsam, dass ich jetzt ein klein bisschen scharf bin?«

Mel lacht. »Oh Gott sei Dank! Ich dachte, ich wäre seltsam, weil mich das etwas anturnt, obwohl ich sonst nicht auf Frauen stehe.«

Irgendwie fällt gerade die Anspannung von uns ab. Wahrscheinlich hat uns beide unterbewusst die Angst heimgesucht, dass wir mit einer zweiten Frau im Bett nicht klarkommen und das irgendwie schräg finden. Stimmt aber nicht. Es ist in Ordnung. Und ein klein bisschen heiß.

Ich denke, ich bin nicht die Einzige, die gerade Feuer und Flamme für eine sehr scharfe Nacht wird …

SECHS ORGASMEN

Als wir aus dem Badezimmer kommen, sind wir deutlich selbstbewusster, sicherer und auch schärfer. Die besten Voraussetzungen für unser Vorhaben, auch wenn Remo und Pascal gerade auf dem Sofa sitzen und eine Runde Tierbildchen-Memory gestartet haben.

»Ich hoffe, ihr habt im Bad über irgendetwas gesprochen, das euch total verlegen gemacht hat«, meint Remo und mustert uns mit hochgezogener Braue. »Eure Wangen sind knallrot. Entweder habt ihr pikante Geheimnisse ausgetauscht oder ihr hattet beide einen wirklich schweren Toilettengang. Dass Frauen sogar dabei nebeneinanderstehen und reden, würde ich ein klein wenig merkwürdig finden, aber auch sehr solidarisch. Pascal, wieso stehst du nie neben mir, wenn ich …«

»Remo!«, unterbricht Mel ihn, bevor er seinen Witz zu Ende reißen kann. »Schluss für heute mit dem Teenagerhumor. Wolf-Modus wäre mir lieber.«

Er nickt und lässt seine Miene dann etwas strenger werden. Dieser Wolf-Modus gefällt mir. Der ist heiß. Er sieht nicht schlecht gelaunt aus, nur auf eine sehr kokette Weise streng.

Pascal mustert mich prüfend. Er versucht wohl noch immer, abzuschätzen, was mit mir los war. Oder er ahnt, was wir vorhaben. Die tiefblauen Augen funkeln klug und wissend, aber das tun sie meistens. Er sieht einfach immer verboten schön und intelligent aus.

»Wir können gleich Karten spielen«, kündigt Remo an und deutet auf den Stapel, den er auf die Bar gelegt hat. »Ich muss Pascal nur schnell im Memory besiegen.«

»Remo, du verbringst zwanzig Prozent deines Tages damit, deine Schlüssel und dein Tafellineal zu suchen, wie willst du dir da merken, wo die Enten liegen?«, meint Pascal und neigt etwas hoheitsvoll den Kopf. Er ahnt wohl doch nichts. »Damit ich gegen dich im Memory verliere, müsste ich sternhagelvoll sein.«

»Angeber …«, murrt Remo und knurrt dann, weil er anscheinend die falsche Karte aufgedeckt hat.

»Schon gut, ich und Emma können ja auch schon mal zu spielen beginnen«, meint Mel und überdreht nach drei Sekunden die Augen, weil die beiden nur nicken und scheinbar so konzentriert auf die blöden Kärtchen sind, dass sie das nicht mal als zweideutigen Witz wahrnehmen.

Sie geht auf das große Bett zu und setzt sich dann an den Rand. Ich lasse mich neben ihr nieder und streife mir die Haare nach hinten, bevor wir an das anknüpfen, was wir im Badezimmer ausgetestet haben.

Wir zögern wieder etwas, wahrscheinlich weil uns das Gefühl, Zuschauer zu haben, im ersten Moment hemmt, aber Herr Morelli und Herr Favre sehen nicht mal hin, sondern suchen kleine Tiere auf dem Sofatisch.

Wir küssen uns, behalten die Augen aber ein Stück offen, um zu prüfen, ob unsere Show ankommt. Pascal sieht als Erster – mehr zufällig – hoch, blinzelt abwesend in unsere Richtung und will den Blick dann wieder auf den Tisch richten. Er zuckt, als hätte ihn ein kleiner Blitz erwischt, als die Bilder, die er gerade gesehen hat, in seinem Bewusstsein verarbeitet werden.

Um ihm noch etwas mehr optischen Reiz zu bieten, schiebe ich meine Hand unter Mels Shirt und entblöße dabei ein Stück ihrer Haut, die sich unheimlich sanft anfühlt, aber meine Fresse, das sind Bauchmuskeln! Mit einem Sportlehrer zu vögeln, formt den Körper ganz schön.

Ich will nicht in den Kuss hineingrinsen, aber ich muss, weil die blauesten Augen der Welt so groß sind und funkeln, als wäre Pascal ein Teenager, der zum ersten Mal auf einer Pornoseite gelandet ist: schockiert, unmittelbar scharf, etwas überfordert mit der Gesamtsituation.

Er wendet den Blick nicht von uns ab, als er mit der Hand nach Remos Schulter tastet und ihn schüttelt.

»Hetz mich nicht, ich denke! Wo war das rote Kätzchen?«

»Unter Melanies Shirt«, entgegnet Pascal mit rauer, aber monoton klingender Stimme.

Ich fühle Mel ein Lachen unterdrücken. Sie reißt sich aber schnell am Riemen, weil sie unseren Kuss besonders anregend aussehen lassen möchte, da Remo gerade den Kopf hebt. Wir hören auf, zu den beiden rüberzublinzeln, schließen die Augen und konzentrieren uns aufeinander.

Es ist kurz still im Zimmer. So still, dass man nur unsere leisen Kussgeräusche hört.

»Was wird das?«

Als Remo sich zu Wort meldet, beendet Mel den Kuss und blickt zur Seite. Ich tue es ihr gleich, verliere mich kurz in Pascals glänzenden Augen und genieße das Gefühl. Kaum schweift mein Blick zu Remo, bin ich mir nicht mehr sicher, was gleich passieren wird. Er wirkt etwas versteinert, die dunklen Augen funkeln auch, aber ich kann nicht einschätzen, ob er wütend, irritiert oder angeturnt ist. So sexy dieser Wolf-Modus auch ist, er ist schwer zu durchschauen.

»Ich will dieses Thema zwischen uns endlich aus der Welt schaffen. Einen sauberen Schlussstrich ziehen. Du unterstellst mir immer, ich bräuchte vielleicht noch ein Abenteuer. Also lass uns tun, was Luca vorgeschlagen hat«, erklärt Mel mit sanfter, aber angeregt rauer Stimme.

Sie steht auf und geht auf das Sofa zu. Remo erhebt sich auch und kommt ihr entgegen. Als sie sich auf halber Strecke treffen, schlingt sie die Arme um seinen Hals.

»Ich liebe dich. Aber du bist so stur. Du wirst nie aufhören, dir einzureden, ich könnte bereuen, dass ich etwas verpasst habe.«

»Ich wusste nicht, dass du dabei an ein anderes Mädchen gedacht hast …«, meint Remo und sieht kurz zu mir rüber.

Mel schüttelt den Kopf. »Emma und ich wollten euch eigentlich nur etwas in Stimmung bringen«, verrät sie und sieht zu Pascal, der auch gerade aufsteht, aber nicht auf mich oder die beiden, sondern auf die Bar zusteuert.

»Das heißt, du bestehst für dieses Experiment auf einem Schwanz?«, will Remo wissen und legt die Arme um die Frau, die er liebt. Seine Hand landet an ihrem Hintern. Es sieht so aus, als würde er ganz schön zupacken, aber sie scheint an die festen Berührungen gewöhnt.

»Ja. Nur Sex. Dominant. Hart. Ohne Gefühle. Und niemand kann gefühlloser vögeln als Pascal und ich«, versichert sie schmunzelnd und küsst Remo.

»Habe ich bei der Sache auch ein Mitbestimmungsrecht?«, fragt Pascal und lehnt sich mit verschränkten Armen an die Bar. Seine Augen funkeln nicht mehr ganz so stark.

Remo nickt. »Natürlich. Willst du Mel ficken?«

Dass er die Frage genauso unverblümt raushaut wie Mel vorhin bei mir, schockiert auch Pascal im ersten Moment. Das beweist aber auch, dass Remo Lucas Ratschlag keineswegs so scheiße fand, wie es den Anschein gemacht hat. Das Thema war wohl nur aufwühlend für ihn – jetzt, da es raus ist, möchte er auch klare Verhältnisse für ihre Beziehung schaffen.

»Seid ihr euch sicher, dass ihr das wollt?«, fragt Pascal und klingt betont ernst und eindringlich. Er lässt nicht zu, dass ihm die Erregung oder irgendeine Form von Vorfreude die Sinne trübt. Mel und Remo sind ihm zu wichtig, um sich ohne klare Antwort überstürzt auf die Sache einzulassen.

Mel nickt. »Ja. Natürlich nur, wenn du auch Lust hast.«

Er sieht sie kurz an, erwidert nichts und blickt dann seinem Freund fest in die Augen. »Remo. Willst du das?«

»Ja. Tu mir den Gefallen und fick Mel. Kommst du mit zwei Frauen klar oder muss ich dir Tipps zurufen?«

Pascals Antwort ist der Griff zu einem der vollen Shotgläser. Von wegen er möchte heute nichts mehr trinken – diese Meinung revidiert er gerade.

»Du sollst nicht zusehen«, erklärt Mel, während sie Remo mit einer Hand durch die Haare fährt.

»Wollt ihr allein sein?«

»Nein. Lass uns das fair durchziehen. Wenn ich noch einmal mit jemand anderem schlafe, dann du auch.«

Remos Blick huscht eine Sekunde lang zu mir, was mich umgehend nervös macht und meine Wangen zum Glühen bringt. Ich weiß gerade nicht mehr, ob das so eine gute Idee war. Wenn er mich nicht will, wird das gleich ziemlich peinlich und unangenehm.

»Er ist ja ein hübscher Typ und ich mag ihn, aber ich will Pascal nicht vögeln«, scherzt Remo, weil Mel sich so vage ausgedrückt hat.

Er weiß natürlich, was sie vorgeschlagen hat, aber er albert um das Thema herum. Kein gutes Zeichen.

Sie streichelt ihm schmunzelnd über die Wange und mustert ihn irgendwie neckisch, aber wissend. Keine Ahnung, was die beiden gerade nonverbal kommunizieren, aber ich werde sowieso abgelenkt, als Pascal auf mich zukommt.

Er greift nach meinem Unterarm und zieht mich auf die Beine. Eine seiner Hände landet in meinem Nacken, die andere drückt mich so dicht an ihn, dass zwischen unseren Körper kein Platz mehr bleibt.

Pascal beugt sich nach unten, legt seine Wange an meine und presst die Lippen an mein Ohr. Der Reiz seiner Berührung lässt meine Nervenenden kribbeln.

»Willst du?«, flüstert er so leise in mein Ohr, dass ich ihn nur mit Mühe verstehe, obwohl sich sein Mund so dicht an meinem Ohr bewegt.

Ich drücke meine Lippen auch an sein Ohr. »Ich will alles, was du willst …«

Pascal spannt den Arm, den er um mich gelegt hat, plötzlich so an, dass es wehtut – eine Sekunde lang, so als wollte er mich aus einer Trance wach drücken.

»Schluss mit dem Escort-Scheiß. Du musst das nicht tun, wenn du nicht willst. Niemand hier zwingt dich«, flüstert er leise, klingt aber trotzdem so eindringlich, dass er streng wirkt.

Ich will nicht, dass er denkt, ich würde das hier nur tun, weil ich mich verpflichtet fühle. Ich hätte bereits zu Mel ›Nein‹ sagen können.

»Schlaf mit ihr. Ich kann auch nur zusehen …«, schlage ich Pascal vor, weil Remo noch immer nicht so aussieht, als würde er gleich über mich herfallen wollen.

Ich kann ihn verstehen. Er liebt Mel und er weiß schon längst, dass er keine Abenteuer mehr braucht. Außerdem ist da zwischen uns etwas, das ich zwar als große Sympathie beschreiben würde, aber auch als Geschwister-Vibes.

Remo ist der große Bruder, den ich nie hatte, der Kevin und mir aber gutgetan hätte, weil uns das starke männliche Vorbild immer gefehlt hat. Und große Brüder vögeln einen nicht – außer in wirklich versauten Romanen.

Pascal küsst mich, streift mir die Haare nach hinten und greift dann nach dem Knopf meiner Hose. »Mit dir oder gar nicht …«, ist das Letzte, das er mir ins Ohr flüstert, bevor er mich aufs Bett wirft.

Dass er mich so unbedingt will, obwohl er auch ohne mich auf seine Kosten kommen würde, mit jemandem, dem er vertraut und mit dem er garantiert schon sehr viel Spaß hatte, fühlt sich merkwürdig an. Gut merkwürdig, aber auch kompliziert. Das ist aber kein Gefühl, das man während eines Gruppensex-Abenteuers überdenken sollte.

Pascal will sich über mich beugen und mir die Hose ausziehen, hält aber in der Bewegung inne.

»Lass die Mädchen ihr Spielchen doch zu Ende spielen«, schlägt Remo vor. Er dimmt das Licht im Zimmer, bis die hellste Lichtquelle der glühende Mond über Verona ist, der durch die große Fensterfront dringt.

Ich sehe das schönste Männergesicht der Welt schmunzeln, bevor es über mir verschwindet.

Schon klar, ihr wollt noch etwas Girls-Love sehen.

Ich stütze mich an den Ellbogen ab und richte den Oberkörper ein wenig auf. Mel kommt auf mich zu und beendet, was Pascal angefangen hat. Sie streift mir die Hose ab und beugt sich dann über mich.

Während wir uns küssen, ziehe ich ihr die Jeans aus und streife ihr den dunkelgrauen Pullover über den Kopf. Meine Finger tasten an ihrer Seite entlang, während sie eine Hand unter meinen Pullover gleiten lässt und ihn hochschiebt, damit Remo und Pascal ihr zusehen können, wie sie meine Brüste streichelt.

»Ihr spielt zu langsam für meinen Geschmack«, höre ich die melodische Stimme raunen, die sich eigentlich schonen sollte, weil sie morgen noch singen muss.

Als ich den Kopf ein Stück weiter nach hinten drücke, sehe ich, wie Pascal sich aufs Bett kniet.

»Keine Geduld, der Mann …«, spottet Remo. Er klingt amüsiert, aber auch viel dunkler als sonst. Dieser tiefe Ton in seiner sowieso schon etwas knurrend klingenden Stimme hört sich sehr erregend an. Er lehnt allerdings immer noch an der Wand gegenüber dem Bett und beobachtet nur.

Mein Kopf wird wieder gerade gedreht und Remo verschwindet aus meinem Sichtfeld. Über mir glühen die blauesten Iriden der Welt, die hinter Pascals Lidern verschwinden, als er die Augen schließt und mich küsst. Weil ich kopfüber zu ihm liege, fühlt sich der Kuss ungewohnt an, aber ich spüre, wie hungrig er auf mehr ist.

So sanft und angenehm sich Mels Kuss auch anfühlt, Pascals Zunge macht mich umgehend heißer. Dass nicht nur mich die männlichen Lippen und der maskuline Duft mehr anturnen, sehe ich, als Pascal von mir ablässt und sich Mels Gesicht greift. Er küsst sie direkt über mir, ebenso ungeduldig wie mich.

Ich hebe die Arme nach hinten und lasse meine Hände über Pascals Schritt gleiten. Die Ansätze seiner Härte zeichnen sich deutlich unter dem Stoff ab. Während ich seine Hose öffne und ihm über die Hüften schiebe, macht sich Mel an Pascals Pullover zu schaffen.

Wie schnell wir Herrn Favre gemeinsam nackt bekommen, treibt uns beiden ein schmutziges Grinsen ins Gesicht.

»Zwanzig-Euro-Online-Shopping-Gutschein für jede von euch, wenn ihr es schafft, dass Pascal sich blamiert und in unter drei Minuten kommt«, tönt es dunkel und amüsiert von der Zuschauertribüne.

Mel und ich sind sofort Feuer und Flamme für Remos Challenge, nicht, weil wir scharf auf den Gutschein sind, sondern weil es verdammt reizvoll ist, einen eigentlich so beherrschten, dominanten Mann mal aus der Fassung bringen zu können.

Allein hätte ich keine Chance, Pascal auf die Matratze zu befördern und über ihn herzufallen, aber Mel hat einen verdammt guten Fitnesstrainer und dadurch viel mehr Kraft, als man so einem zarten, kleinen Mäuschen wie ihr auf den ersten Blick zutrauen würde. Pascal überrumpelt das auch, vor allem weil alles so schnell geht.

»Non!«

Nein, da hilft auch kein geknurrter Protest auf Französisch mehr. Mel hat Pascal an den Schultern gepackt, der sich gerade noch so dagegen wehren kann, umzufallen, zumindest bis ich mich schnell aufraffe und mich dann auch gegen ihn drücke. Er kann vielleicht fünfzig Kilo festhalten und verhindern, dass sie ihn umstoßen, aber nicht hundert. Mel und ich gemeinsam sind schlichtweg zu schwer für ihn. Er muss unseren Körpern nachgeben und landet auf der Matratze.

Bevor er sich wieder hochraffen kann, setze ich mich rücklings auf seinen Oberkörper, während Mel sich auf seine Beine setzt.

»Können wir bitte etwas machen, bei dem sich niemand von uns vergewaltigt vorkommt?!«, protestiert Pascal, der ahnt, was wir vorhaben.

Mel grinst. »Du klingst sauer, aber dein Körper ist ziemlich gut drauf – ich glaube deinem Schwanz gerade mehr als dir.«

Sie streift mit der Hand über Pascals Härte, die die Erregung, die er empfindet, nicht verstecken kann.

Ich drehe mich nach ihm um. »Möchtest du uns vielleicht dein Safeword verraten? Fühlst du dich dann wohler?«, necke ich ihn, obwohl ich weiß, dass er dafür zu stolz ist.

Er funkelt mich nur an. Ich kenne diese überirdisch blauen Augen mittlerweile gut genug, um das strenge ›Ich will das nicht‹-Funkeln von dem ›Ich bin heiß‹-Glitzern unterscheiden zu können. Pascal ist scharf ohne Ende, aber er ist es nicht gewohnt, die Kontrolle abzugeben.

Als plötzlich ein Kondompäckchen neben uns auf dem Bett landet, blicken wir alle zu Remo.

»Danke«, entgegnet Mel und greift sich den Gummi.

»Ja! Danke! Wirf ihnen doch ein Seil zu, dann können sie mich ans Bett fesseln!«, giftet Pascal, der es irgendwie schafft, sauer zu klingen, obwohl seine Männlichkeit vor Aufregung und Vorfreude noch mehr anschwillt, als Mel den Gummi über ihn streift.

Remo schnaubt amüsiert. »Och, du armer Mann. Dein bester Freund ist so ein Arschloch. Bringt der zwei schöne Frauen einfach dazu, auf dir zu sitzen und dir gleichzeitig einen zu blasen. Ihr habt übrigens noch zwei Minuten.«

Ich neige den Kopf als Erste nach unten und gleite mit der Zunge über die Spitze von Pascals Erregung. Er stöhnt nicht auf, atmet nur hörbar ein und knurrt dann. Als Mel ihre Zunge auch ins Spiel bringt, spüren wir den schlanken, schönen Körper unter uns zucken.

Unsere Zungen berühren sich leicht, während wir Kreise ziehen und seine Männlichkeit noch härter lecken. Obwohl der Gummi

Pascals Gefühlserlebnis mit Sicherheit dämpft, kann er das Stöhnen nach zwanzig Sekunden nicht mehr unterdrücken. Ich denke, nicht nur das Feeling, sondern sein Kopf macht es ihm schwer, so standhaft zu sein, wie er sonst ist. Zwei Menschen, die man heiß findet und die einen gleichzeitig reizen, würden jedem zu schaffen machen.

Pascal stöhnt sein ›Leid‹ besonders laut heraus, als wir beginnen, ihn abwechselnd in unseren Mund gleiten zu lassen. Ich frage mich, ob er blind unterscheiden kann, wessen Lippen sich gerade auf seine Männlichkeit drücken und in wessen Wärme er gerade gleitet.

Als sich seine Finger in meinen Hintern krallen, wird seine Stimme rau und gleichzeitig so melodisch, als würde er eine Zeile aus einem düsteren, aber leidenschaftlichen Song raunen.

Ich lasse ihn tiefer in meinen Mund gleiten als bisher, weil ich fühle, dass er den Orgasmus nicht mehr unterdrücken kann und kommen muss.

Pascal pulsiert in meinem Mund. Als sein Körper unter uns mit einem Mal die Anspannung verliert, murmelt er etwas, das sich verdächtig nach ›Miststücke‹ auf Französisch anhört.

Oh, da wird aber jemand vulgär, wenn er besonders scharf gereizt ist – I like.

Was als Nächstes passiert, macht mir klar, dass wir Pascal vielleicht auf die Matratze werfen konnten, aber das Festhalten hat er uns mehr oder weniger erlaubt. Er packt meine Hüften, hebt mich schwungvoll von sich runter und wirft mich auf die andere Seite des Bettes. Während ich noch kichere, weil der Flug irgendwie Spaß gemacht hat, packt Pascal Mel und befördert sie bäuchlings auf die Matratze.

So viel zum Thema: Ihr bösen Mädchen fallt über mich her.

Pascal beugt sich über Mel und hält diesmal sie fest, während er ihr in den Nacken beißt. »Willst du noch immer, dass ich dich ficke?«, haucht er ihr entgegen.

Mel antwortet nicht, hebt ihm nur ihr Becken entgegen. Ihr Hintern drückt sich gegen Pascals Mitte.

Ihn so scharf über einer anderen Frau zu sehen, wäre etwas seltsam, wenn ich es zerdenken würde. Ich sehe aber nur den für mich schönsten Mann der Welt, der sich von einem ästhetischen Frauenkörper erregen lässt, mit dem er sich gleich austoben wird. Das ganze schlichtweg als Live-Porno zu sehen und nichts weiter hineinzuinterpretieren, ist heiß.

Mein Blick schweift verstohlen zu Remo, weil ich herausfinden will, ob er Probleme mit dem Bild hat, das sich ihm bietet, oder ob es ihn erregt, zu sehen, wie seine Freundin gleich von einem anderen genommen wird. Er müsste den Anblick von Pascal und Mel beim Sex eigentlich gewohnt sein, allerdings unter anderen Rahmenbedingungen.

Kaum findet mein neugieriger Blick Remos markantes Gesicht, huscht er auch schon wieder zur Seite. Er hat nicht zu Mel oder Pascal gesehen, sondern zu mir, zumindest bis sich unsere Blicke getroffen haben, dann hat er den Kopf ebenso schnell zu den beiden blonden, sexy Menschen geneigt wie ich.

Wenn der große Bruder einen aus Versehen beim Pornogucken erwischt … und man bemerkt, dass er dabei hart ist – sehr schräg!

Pascal spannt Mel noch auf die Folter. Seine Hände wandern über ihren definierten Körper. Ich denke, er streift ihr den BH oder den

Slip ab, aber er richtet sich nur ein Stück auf und lässt ihr wieder etwas Platz.

»Ausziehen«, brummt er.

Als Mel sich hochrafft, schmunzelt sie. Sie kennt Pascal natürlich ziemlich gut. Das Anweisungenknurren liegt ihm, damit fühlt er sich sichtlich wohler als damit, die Kontrolle abzugeben, auch wenn ihn unsere Münder noch so scharf gemacht haben.

»Du auch«, höre ich ihn plötzlich sagen. Während ich mir Mels hübsche Brüste angesehen habe, hat Pascal den Kopf zu mir gedreht.

Ob er noch zwei Runden Vögeln durchsteht, kann ich nicht sagen, zumal er heute schon in unserem Zimmer und vorhin gekommen ist, aber er will mich nackt sehen und ich ziehe mich gern für ihn aus.

Ich fühle mich kurz etwas blass und fragil neben Mels fittem, naturgegeben etwas gebräuntem Körper, aber Pascals hungriges Lippenbeißen, während er mich ansieht, genügt mir, um mich wohl in meiner blassen Haut zu fühlen.

»Du könntest uns jetzt ein bisschen …«, setzt Mel an, wird aber unterbrochen.

Pascal brummt ihr ins Wort. »Hast du eigentlich schon jemals mit mir gefickt? Dein Arsch tut jetzt, was ich will. Ihr durftet genug improvisieren.«

Herr Favre wird streng und er ist verdammt heiß dabei.

Mel unterdrückt ein Schmunzeln. Sie hat damals zuerst den engagierten, fürsorglichen Lehrer an ihm kennengelernt und danach diesen Modus. Bei mir war es genau andersrum.

»Hinlegen. Umdrehen.«

Die erste Anweisung ging an mich, die zweite an Mel. Ich lasse mich auf der weichen Bettwäsche nieder, während sie ihm den Rücken zudreht.

Zuzusehen, wie Pascal seine Härte über ihren Hintern reibt und dabei ihren Körper mustert, lässt es auch zwischen meinen Beinen kribbeln. Ob mein Verlangen heute noch gestillt wird, weiß ich nicht, aber das hier wird mir auch ohne Höhepunkt ewig im Gedächtnis bleiben.

Als Pascal sich zur Genüge an Mels Körper heiß gerieben hat, schlingt er die Arme um sie und hebt sie hoch. Sie piepst genauso erschrocken auf wie ich, als Pascal sie über mich hebt und dann loslässt.

Nachdem sie auf mich gefallen ist, setzt sie zu einem ›Entschuldige‹ an, obwohl sie mir nicht wehgetan hat, aber sie kann es sowieso nicht aussprechen, weil sie aufstöhnt, als Pascal ihre Hüften greift und sich von hinten in sie stößt.

Er nimmt sie über mir, ihr Körper reibt sich an meinem, jedes Mal, wenn er sich in sie drückt.

Mels Gesicht sieht erregt wirklich schön aus. Der Lustschleier trübt ihren Blick immer mehr. Pascals Härte tut ihr gut, was meinen Körper von Sekunde zu Sekunde unruhiger macht.

Ich muss der Erregung, die sich in mir aufstaut, irgendwie Luft machen. Um es mir hier selbst zu machen, während über mir zwei schöne Menschen vögeln, fehlt mir die Abgebrühtheit. Dass ich keine Erfahrungen mit so experimentellen, verdorbenen Abenteuern habe, ist in Anbetracht meines Jobs peinlich, aber das ändert nichts daran, dass mir das hier Spaß macht.

Als ich meine Zunge in Mels Mund gleiten lasse, weil ich nach jedem weiteren Reiz lechze, höre ich Pascal hinter ihr angeturnt knurren. Er beugt sich weiter über sie, drückt ihren Körper fester auf meinen und ein Stück zur Seite. Mels Zunge gleitet aus meinem Mund, dafür schiebt sich Pascals Zunge hinein. Sie ist überraschend kühl und lässt mich trotzdem noch heißer werden. Er nimmt zwar nicht mich, aber er raunt mir seine Erregung ins Gesicht.

»Du vögelst noch egoistischer, als ich es in Erinnerung hatte«, meldet sich Remo wieder zu Wort. Ich hatte beinahe vergessen, dass er noch zusieht. »Die Mädchen stöhnen nur, weil dir die Situation in die Karten spielt und sie sich gegenseitig scharfmachen.«

Pascal hört auf, Mel zu nehmen, und richtet sich auf. Sie lässt sich neben mir auf die Matratze fallen und dreht sich auch auf den Rücken.

Dass Pascal zwar ein heißer, aber kein großzügiger Lover ist, weiß sie. Obwohl ich auch der Meinung bin, dass er diesmal besonders harsch vögelt. Vielleicht tut er das mit Absicht, um Mel die Lust auf weitere Abenteuer zu nehmen, die sie aber vermutlich sowieso nicht hat. Das hier bleibt bestimmt eine einmalige Sache.

»Ich hätte wirklich nichts gegen etwas Stimulation«, meint Mel und spricht mir aus der Seele.

Pascal beugt sich noch weiter zurück. »Deine Frau, dein Part«, meint er und blickt nach hinten.

Remo lacht kurz dunkel. »Wirklich? Leckst du noch immer nur in notwendigen Ausnahmesituationen? Du weißt schon, dass deine Zunge keine Selbstverteidigungswaffe ist – die darfst du ruhig öfter verwenden, niemand wird verletzt, es sei denn, du beißt.«

»Du musst das nicht machen, Pascal«, stellt Mel klar, die auch weiß, wie er in dieser Hinsicht tickt. Sie hebt trotzdem erwartungsvoll die Brauen und lässt ihre glänzenden Augen noch mehr leuchten. Das Funkeln gilt aber nicht Herrn Favre.

»Komm endlich her, oder hast du Angst, Mozzarella?«

Interessanter Kosename, erst recht beim Sex. Er zeigt aber verdammt viel Wirkung, mit der ich nicht gerechnet hätte. Ich dachte, Remo würde den Kopf schütteln und sich raushalten, er knurrt Mel aber an, schenkt ihr einen Blick, als wäre er gleich derjenige, der beißt, und zieht sich dann so schwungvoll die Klamotten aus, dass ich kaum zweimal blinzeln kann, bevor ich Remo nackt sehe.

Meine Fresse, ist das ein Körper! Zehn von zehn Punkten auf sämtlichen Richtskalen der Welt.

Über der herkunftsbedingt gebräunten Haut wölben sich Muskeln und Sehnen, von denen ich nicht mal wusste, dass Männer sie haben können, und ich habe auch schon Victor nackt gesehen!

Remo ist nicht so breit und groß wie der Wikinger, aber heilige Sexgötter, ist der Körper dieses Mannes ein Kunstwerk!

Mel spreizt sofort die Beine, als der Mann, den sie liebt, sich über sie beugt. Ich versuche, ihm nicht zu offensichtlich auf die Härte zu starren, während er Mel küsst und seine Erregung dabei gegen ihren definierten Bauch drückt. Die beiden sind wirklich ein verdammt scharfes Pärchen.

»Du weißt, ich liebe dich, aber nenn mich noch einmal Mozzarella und ich versohle dir den Arsch mit irgendetwas hier, das sich als Gerte oder Paddel zweckentfremden lässt. Mir egal, wer zusieht.«

Er weiß, dass das nicht wirklich eine Drohung, sondern Anstacheln ist – und er stachelt verdammt gut. Mel beißt sich auf die Unterlippe und setzt dann zur nächsten Provokation an, Remo erstickt ihre Worte aber in einem kurzen Kuss, bevor er seinen Blick über ihren Körper schweifen lässt.

»Du kannst es dir aussuchen – versohlen oder lecken.«

Sie drückt erwartungsvoll den Kopf in den Nacken und krallt sich in Remos Haare. »Küss mich …«, raunt sie.

Remo grinst verschmitzt. »Auf die feuchteren, heißeren Lippen?«

Sie lacht leise und stöhnt dann sofort auf, als sein Gesicht zwischen ihren Beinen verschwindet.

Als Pascals Hand mein Gesicht zu ihm dreht, pocht mein Herz wie wild. So schön Remos Körper auch anzusehen ist, Pascal ist schöner – für mich. Reine Perfektion. Reines Aphrodisiakum. Ich könnte niemals einen Mann attraktiver finden oder mehr wollen. Auch wenn er ein Eisprinz ist.

Ich küsse ihn so stürmisch, dass wir uns beinahe mit den Zähnen an unseren Lippen verletzen. Der leichte Schmerzimpuls macht mir aber nichts aus, weil ich viel zu heiß bin, um ihn zu spüren.

Pascal erwidert mein Verlangen und stillt es ein Stück weit, indem er meine Brüste so fest anfasst, wie ich es gerade brauche. Sein Zeigefinger reibt über meine harte Brustwarze, während er sich über mich beugt und zwischen meine Beine drängt.

»Lass mich dich bitte ficken …«, höre ich ihn plötzlich in mein Ohr flüstern. Dass er so ungeduldig und irgendwie flehend um Erlaubnis bittet, verstehe ich nicht. Erst als ich fühle, wie feucht seine Härte noch ist, die meinen Oberschenkel gerade streift, wird mir klar, warum er fragt.

»Nimm mich«, raune ich, da es mich nicht stört, dass er vor zwei Minuten noch Mel gefickt hat.

Genau das macht den verruchten Reiz des Ganzen aus. Das leise Geräusch von Remos Zunge an Mels Hitze turnt mich zusätzlich an. Als Pascal sich in mich stößt, steht mein Körper unter Strom. Sein angenehm fester Rhythmus bringt mich zum Stöhnen und dazu, meine Fingernägel in seinen Rücken zu drücken. Pascal lässt mich ihm ein klein wenig wehtun, weil er auch heiß genug ist, um den schwachen Schmerzimpuls scharf zu finden.

Sein Gesicht zu mustern und zu merken, wie er immer erregter wird, ist großartig, den Kopf zur Seite zu drehen und Remo Mel lecken zu sehen, auch. Ihr Körper zittert, obwohl er sie an den Hüften festhält. Als er das markante Gesicht plötzlich hebt, stöhnt Mel leidig. Er streichelt ihr über die Innenseite der Oberschenkel und sieht dann zu uns.

»Bitteschön. So scharf vorgeleckt, dass du sie mit einem Eiszapfen ficken könntest und sie würde trotzdem kommen – dein Stichwort, Pascal.«

Remos Aufforderung bringt den heißesten Eiszapfen der Welt dazu, damit aufzuhören, mich zu nehmen. Pascal küsst mich, bevor er sich aus mir zurückzieht und sich dem Frauenkörper zuwendet, den er heute eigentlich ficken soll. Remo macht ihm Platz und rutscht auf meine Bettseite.

Dass Pascal Mels nackten Körper mit so glänzenden Augen mustert, kann ich verstehen. Sie sieht wirklich verdammt scharf aus und sie fühlt sich bestimmt auch unglaublich heiß an, weil ihre Mitte durch Remos Stimulation in Flammen steht.

Jetzt verstehe ich, wie Pascal so lange damit durchkommen konnte, keine Frauen zu lecken. Remo hat das wohl für ihn gemacht. Sie wirken ziemlich eingespielt.

Mel stöhnt heiser auf, als Pascal beginnt, sie zu nehmen. Ich würde mir die beiden auch noch länger ansehen, aber ich werde abgelenkt, weil die Matratze plötzlich federt. Remo schwingt sich neben mich, dreht sich auf die Seite und stützt den Kopf lässig auf der Hand ab.

»Ich bin sein persönlicher Briefmarkenbefeuchter«, sagt er zu mir. »Post verschicken will er, aber die Briefmarke anlecken musste schon immer ich. Ich glaube, er hat da so was wie Muschi-Asperger.«

Ich muss lachen, was mich nicht stört, wenn ich heiß bin, weil sich Erregung und Lachen für mich nicht widerspricht.

»Es gibt ja heute zum Glück auch andere Methoden: Briefmarken mit Klebeseite«, entgegne ich und grinse Remo an, weil ich weiß, dass er die Anspielung versteht.

»Ja. Sage ich ihm auch immer. Wenn du schon nicht lecken willst, hast du zumindest einen kleinen Vibrator in der Hosentasche mitzuführen. Das gebietet die Höflichkeit. Er kauft sich aber einfach keinen …«

»Ich habe kein Asperger und ich laufe nicht mit eingestecktem Vibrator herum!«, zischt Pascal. »Könntet ihr jetzt bitte die Klappe halten?! Es gibt Leute, die beim Ficken keine bescheuerte Comedy-Tonspur laufen haben wollen!«

»Du musst ja nicht hinhören«, entgegnet Remo und zeigt auf Pascal. »Und jetzt fick meine Freundin, aber gut, sonst werde ich sauer.«

Das ist zum Teil anzüglich scherzhaft gemeint, zum Teil aber wahrscheinlich auch seine Erkenntnis, dass Pascal sich gewollt zurückhält und gar nicht besonders gut sein will.

Mel stört das nicht, schließlich ist sie so scharf, dass ihr Becken sowieso schon zittert, und Pascal über sich zu haben und in sich zu fühlen, tut grundsätzlich gut, auch wenn er einen nur fickt und nicht stimuliert.

»Willst du mich nicht mehr?«, fragt sie Pascal trotzdem und greift sein perfektes Gesicht, um es zu ihrem zu ziehen.

»Doch. Und wie. Du bist so heiß …«, raunt er, bevor er ihr über den Hals leckt und sein Tempo wieder härter und schneller werden lässt.

»Na geht doch …«, murmelt Remo leise.

Ich will wieder schmunzeln, aber mein Blick schweift über den gebräunten Körper neben mir. Bevor meine Musterung auffällt, drehe ich den Kopf aber auch wieder zu Pascal und Mel. Wir sehen uns an, wie er sie nimmt und ihr Stöhnen mit jedem Stoß unbeherrschter wird.

Dass Remo so dicht neben mir liegt, ist seltsam. Er berührt mich zwar nicht, aber sich einen Porno mit dem großen Bruder anzusehen, während man nackt neben ihm im Bett liegt, ist noch immer ziemlich schräg!

Ich drehe mich auch zur Seite, damit ich aufhöre, ihm ständig auf die Erektion zu sehen. Als Remo plötzlich nachrutscht und sich von hinten an mich drückt, brennt meiner Libido endgültig die Sicherung durch.

Scheiß drauf, ob ich ihn sonst als großen Bruder sehe oder nicht – ich will, dass er mich anfasst!

Remos steinharter Körper drückt sich an meinen, während er einen Arm um mich legt. »Hermine?«, knurrt er mir fragend ins Ohr. »Bock auf etwas Fummeln, während wir den beiden zusehen?«

»Mhm …«, japse ich, weil er seine Härte plötzlich zwischen meine Oberschenkel schiebt und seine Hand nach meinen Brüsten greift. Reden ist nicht mehr drin.

Remo knurrt beim Ausatmen dunkel und genießerisch, als er anfängt, meine Brüste zu kneten. Er streift mit den Fingern über meine sowieso schon übersensibilisierten Brustwarzen und bringt mich damit zum Stöhnen. Es wäre mir etwas peinlich, dass ich so heftig auf seine Berührungen reagiere, aber Pascal und Mel sind sowieso mit ihrem eigenen Lustrausch beschäftigt und Remo klingt selbst verdammt heiß, obwohl er seine Härte zwischen meinen Schenkeln nicht mal bewegt.

Als seine Hand über meinen Bauch nach unten gleitet, halte ich erwartungsvoll die Luft an. Er spreizt die Finger, legt die heißeste Stelle an mir frei, berührt sie aber nicht.

»Darf ich mit der Zunge da ran?«, fragt er und tippt nur einmal leicht mit dem Zeigefinger gegen meine empfindlichste Stelle.

Du darfst mit allem da ran! Aber am liebsten mit der Zunge, ja!

Ich nicke und spüre das Bett wieder federn. Remo rückt ein Stück nach unten und beugt dann den Kopf über meine Mitte. Er spreizt mich wieder etwas mit den Fingern und lässt dann seine Zunge über mich gleiten.

Ich kralle die Finger in die Bettwäsche, während etwas passiert, das ich mir zwar schon mal vorgestellt habe, aber in meinen Gedanken war es nicht annähernd so scharf.

Dass Remo eigentlich der Frau gehört, die neben mir gerade von Pascals Härte zum Höhepunkt getrieben wird, hat diesen verrucht-verbotenen Touch, obwohl wir alle wissen, auf was wir uns eingelassen haben. Remo gehört nicht mir, aber er leckt mich trotzdem in

Ekstase, während er immer mal wieder den Blick hebt, um sich anzusehen, wie Mel neben uns kommt.

Als ich meinen glasigen Blick auf Pascal richte, bemerke ich, wie sich seine Miene verfinstert. Es kostet ihn wohl Überwindung, nicht in Mels Höhepunkt einzustimmen. Wahrscheinlich sieht er deshalb zu Remo und konzentriert sich nicht mehr auf den bebenden Körper vor sich, der gerade den Orgasmus verarbeiten muss.

»Hey! Niemand hat dich gebeten, hier alles und jeden zu lecken!«, zischt er plötzlich und lässt nicht nur Remo damit hochschrecken.

Er sieht nicht so finster aus, weil er den Höhepunkt zurückhalten muss, sondern weil ihn das, was Remo mit mir tut, anscheinend in keine gute Stimmung versetzt.

»Sorry. Ich wusste nicht, dass sie Orgasmus-Verbot von dir hat«, verteidigt Remo sich, hebt zwar entschuldigend die Hand, zieht aber auch eine Augenbraue nach oben.

»Wenn es dir zu viel wird, können wir aufhören …«, bietet Mel an und neigt mitfühlend den Kopf unter Pascal.

Er sieht kurz zwischen Remo und Mel hin und her und ich sehe da etwas hinter den blauen Augen aufkommen, das er selbst am allermeisten hasst – irrationale Panik.

»Wieso sollten wir denn aufhören?! Fick sie, wie du willst, es ist mir egal, aber behalt deine Zunge im Mund! Ich lecke Mel doch auch nicht!«

Remo brennt eine Antwort auf den Lippen, die zweifelsohne begründet und gerechtfertigt wäre, aber er verkneift sie sich und nickt nur. Niemand kennt Pascal besser als er und obwohl Remo eigentlich nie um Worte verlegen ist, diesmal schluckt er seinen Kommentar hinunter.

»Dreh dich um, ich will dich noch …«, versichert Pascal Mel, die auch nicht weiter auf diesen seltsamen Anfall eingeht und sich besonders lasziv für ihn umdreht, um seine Gedanken zu zerstreuen.

Ich blinzle noch immer mit großen Augen vor mich hin. Scharf und überfordert von der Situation zu sein, ist eine seltsame Gefühlsmischung.

»Na gut, dann ficken wir beide eben, oder?«, höre ich Remo plötzlich sagen, der meine Knie auseinander drückt und sich zwischen meine Beine kniet.

Dass das zwischen uns jetzt noch sexueller und intimer wird, hat Pascal selbst zu verantworten. Keine Ahnung, warum er plötzlich so einen Knall hat, aber bitte – dann eben Sex mit dem großen Bruder.

Ich spreize die Beine ein wenig mehr für Remo, der mir einmal sanft über den Bauch streichelt und dabei meine Mitte mit schief gelegtem Kopf mustert.

»Ähm, kurze Frage: Steckst du ihn da ganz rein oder eher nur so halb?«, tönt er plötzlich fragend ins Pascal Richtung. Dass er den Versauter-Humor-Modus wieder anwirft, um der Situation endgültig die Anspannung zu nehmen, weiß ich zwar für Pascal zu schätzen, aber ich fühle mich gerade etwas gedisst.

»Klar kannst du ihn ganz reinstecken, ich bin doch kein Schlumpf!«, piepse ich und klinge dabei erst recht wie Schlumpfine.

»Entschuldige, du bist so …« Remo macht komprimierende Gesten mit den Händen »Ich meine, Mel ist schon mini, aber du bist so … mikro«, äfft er meinen piepsenden Tonfall nach.

»Sie hält das aus, sie sieht nur so grazil aus«, versichert Pascal.

Klar halte ich das aus! Ich halte auch Victor aus! Und der ist quasi eines dieser Anime-Porno-Monster!

Gerade als so etwas wie beleidigte Eitelkeit in mir aufkommen will, wird mir klar, dass Remo das nur gefragt hat, um Pascals Okay erneut einzuholen. Er wollte hören, ob er es sich doch noch anders überlegt hat. Dass er das hinter Humor versteckt hat, ist verdammt schlau. Pascal fühlt sich nicht in die Ecke gedrängt und Remo hat trotzdem seine Antwort.

»Drehst du dich auch für mich um? Sieht heiß aus, was die da machen, oder?«, fragt Herr Morelli und zieht eine Augenbraue nach oben.

Was Pascal gerade mit Mel macht, sieht wirklich scharf aus. Ich drehe mich um und beiße mir erwartungsvoll auf die Lippen, als Remo meine Hüften greift.

Seine Männlichkeit reibt über meine Hitze und drückt sich dann langsam in mich. Das genüssliche, aber tiefe In-mich-Gleiten lässt mich stöhnend den Kopf in den Nacken werfen. Remo fühlt sich gut an und verdammt hart, weil ihn alles, was heute schon in diesem Bett passiert ist, scharfgemacht hat.

»Geht das?«, höre ich ihn hinter mir raunen, als sich seine Hüfte an meinen Hintern drückt, weil er sich ganz in mich gestoßen hat.

»Ja … du musst dich nicht zurückhalten«, versichere ich.

Ich brauche kein Schonprogramm, nur weil er mich für zierlich hält. Remo kann …

Ja, Remo kann! Seine ersten Stöße lassen mich beinahe mit dem Kopf gegen das gepolsterte Kopfteil des Bettes knallen, aber er hält meine Hüften ebenso fest, wie er mich nimmt.

Dass Mel so gut in Schuss ist, wundert mich kein bisschen, man muss den ganzen Körper anspannen, wenn Remo sich an einem austobt – was das reizvolle Gefühl verstärkt, aber auch ziemlich anstrengend ist.

Als er sich über mich beugt, werden seine Stöße etwas langsamer. »Emma …«, knurrt er in mein Ohr und benutzt zum ersten Mal meinen richtigen Namen. »Wenn du leise bleibst und dir nichts anmerken lässt …«

Ich verstehe ihn nur mit Mühe, weil er flüstert und seine dunkle Stimme dann kaum von seinem Knurren zu unterscheiden ist. Als ich plötzlich Remos Hand zwischen meinen Beinen fühle, wird mir klar, was er machen will.

Dass ich im ersten Moment aufstöhne, weil sich seine Härte plötzlich so heiß anfühlt, als er den richtigen Knopf an mir drückt, kann ich nicht verhindern. Er knurr mir wieder ins Ohr, bevor er mit der rauen Stimme hineinsummt.

»Shhh … leise kommen, Kleine … sonst wird er wieder eifersüchtig.«

Ich beiße mir fest auf die Lippen und versuche, mir nicht anmerken zu lassen, dass Remos Finger mich gerade um den Verstand kitzeln. Mich ihm hungrig entgegendrücken kann ich trotzdem. Ich will auch nicht, dass Pascal den nächsten irrationalen Anfall bekommt, aber Remo treibt mich ebenso diskret wie zielsicher dem Höhepunkt entgegen.

Umso heißer ich werde, umso enger umschließt ihn meine Hitze. Als meine Muskeln zu zucken beginnen, schnellt mein Blick zu Pascal, der gerade stöhnend auf Mel zusammensackt.

Das erregte Piepsen, das ich auf der Spitze meiner Erregung nicht zurückhalten kann, wird von Remos knurrendem Kommen überschattet. Ich weiß nicht, ob er beim Abspritzen immer wie ein Wolf klingt, aber ich bin ihm dankbar für das animalische Ablenkungsmanöver und den klasse Fick. Wir fallen auch auf die Matratze.

»Drei Minuten …«, sagt Pascal, nachdem wir alle eine bequeme Erholungsposition auf dem Kingsize-Bett eingenommen haben, um zu Atem zu kommen.

»Was labert der Franzose?«, fragt Remo und hebt den Kopf, um Pascal anzusehen.

»Ich ›labere‹ mit dir. Du hast vielleicht drei Minuten gevögelt, bis du es nicht mehr ausgehalten hast. Und mich ziehst du auf, wenn ich bei einem Blowjob schnell komme.«

»Das war auch lächerlich. Sie haben dir neunzig Sekunden sanft auf den Schwanz gepustet und es war vorbei.«

Ich muss das Kichern unterdrücken, weil ich diese testosteronlastigen, scherzhaften Streitgespräche gerade ziemlich unterhaltsam finde. Und schwachsinnig. Remo hat mich länger als drei Minuten gevögelt und wir haben auch mehr mit Pascal gemacht, als ihm auf den Schwanz zu pusten.

»Wenn ich gewusst hätte, dass ihr euch hinterher so gern über eure Standhaftigkeit streitet, hätten wir eine Stoppuhr mitlaufen lassen«, meint Mel und dreht sich grinsend zur Seite.

»Nicht notwendig. Ich weiß, dass ich mehr Kondition als Pascal habe, und er auch. Dafür trällert er schöner. Aber er …«

Als Remo mitten in seinem eigenen Satz so sehr zu lachen und vibrieren beginnt, dass das ganze Bett schaukelt, werden wir alle wieder wacher und starren ihn erwartungsvoll an. Es dauert aber eine Weile, bis er überhaupt etwas herausbekommt.

»Was ist denn so witzig?«, fragt Pascal und versucht, genervt zu klingen, schafft es aber nicht wirklich, weil Remos Prusten ansteckend ist, auch wenn wir keine Ahnung haben, welche Bilder in seinem Kopf ihn gerade Bauchmuskeltraining machen lassen.

Er winkt ab und zeigt dann auf Pascal. »Nichts … ich musste nur spontan daran denken, wie du heute diesen Ball geworfen hast. Wie ein grobmotorischer, körperlich behinderter Eisbär! Bäm! Total aggro an die Wand ins Nichts!«

Jetzt stimmen Mel und ich auch ein, weil wir dieselben Bilder sehen. Pascal erträgt die kleine Schmach tapfer, auch wenn er Remo anfunkelt, als er den Athleten-Körper aus dem Bett schwingt.

»Ich glaube, dein Ego braucht mal wieder einen kleinen Dämpfer«, mutmaßt er und klingt dabei gefährlich kampflustig.

Remo grinst. »Was? Willst du mich übers Knie legen? Komm und versuch dein Glück, Favre!«, scherzt er und bewirft Pascal dann mit einem Sofakissen.

Er fängt besser als er wirft und dreht sich dann zu Mel und mir. »Könnt ihr Remos Ego für mich etwas bluten lassen? Ich sage, er hält keine zwei Minuten durch, obwohl er gerade gekommen ist.«

Mel kichert und ich grinse. Die Idee ist zwar heiß und witzig, aber ich glaube kaum, dass wir Remo so auf die Matratze werfen können wie Pascal.

»Jetzt tragen die Mädchen deinen Kampf für dich aus? Nette Idee, aber es ist fast ein Uhr nachts und ich will duschen und schlafen. Ich muss morgen um sechs Uhr raus, um sicherzustellen, dass Luca nicht vor lauter nervöser Verpeiltheit vergisst, zu heiraten oder sich dabei eine Hose anzuziehen.«

»Du schlägst einen Blowjob aus? Weil du schlafen gehen musst?«, wiederholt Pascal seine Absage und zieht ungläubig die Brauen hoch.

Mel grinst wissend. »Klingt so, als hättest du Angst, dass Emma und ich dich zu fest anpusten könnten. Komm schon, Baby, wir sind auch ganz vorsichtig.«

»Nein danke.«

Mel sieht zu mir rüber. »Auf vorsichtig steht er nicht«, meint sie zwinkernd, »Er mag es hart und etwas grob.«

Ja, das wissen ich und meine pochende Muschi jetzt auch.

»Hilfst du mir?«, höre ich Mel fragen und muss lachen, weil das ein aussichtsloser, kurzer Kampf wird, aber von mir aus. Ich bin gerade angenehm leicht im Kopf und für ein paar Faxen zu haben.

Mel springt als Erste aus dem Bett und stürzt sich auf Remo. Obwohl sie die mit dem fitteren, stärkeren Körper ist, bringt sie ihn nicht mal zum Wanken, als sie ihn von der Seite bespringt. Aber sie lenkt ihn zumindest so sehr ab, dass er mich mit der anderen Hand nicht mehr auf Abstand halten kann. Als ich auch auf ihn springe, packt er mich mit einem Arm, Mel mit dem anderen, und dreht sich dann mit uns.

»Oh, fliegende Kätzchen! Notgeile fliegende Kätzchen!«

Er ist so herrlich bescheuert, dass sogar Pascal lachen muss.

Während Remo mit uns Karussell spielt, steigt Pascal aus dem Bett und schlüpft in seine Hose. Ich denke, er will Remo beschwichtigen und Mel und mich endlich aus dem etwas schwindelerregenden Dilemma erlösen, das wir uns selbst eingebrockt haben, aber er stellt sich plötzlich hinter ihn und packt ihn an der Taille.

»Hey! Was wird das?! Nein! Böser französischer Kater! Pfui! Ich hau dir mit der Zeitung auf die Nase!«

Auch wenn Remo noch Faxen macht, seine Stimme klingt plötzlich so angestrengt, dass er den Witz mit dem Kater keuchen muss. Zwei

Mädchen, die ihn aufs Bett zerren wollen, amüsieren ihn vielleicht nur, aber Pascal hat deutlich mehr Kraft als wir und drängt Remo so weit nach vorn, dass er ihn nur mehr zu schubsen braucht.

Als er mit uns aufs Bett fällt, dreht er sich sofort auf den Rücken und lacht wieder, als Mel und ich uns auf ihn setzen.

»Okay, wer von euch will als Erste in hohem Bogen von mir runterfliegen? Hand hoch!«

»Du lässt die Hände erst mal schön unten«, lautet die Antwort, die Remo nicht wirklich hören wollte. Pascal steht hinter ihm, greift sich die Arme, mit denen er gerade noch herumgewedelt hat, und drückt sie auf die Matratze.

Ja, es braucht einen ausgewachsenen Mann mit durchtrainiertem Körper und Fünfzig-Kilo-Frau auf jedem Bein, um Remo festzuhalten, aber dann funktioniert es auch.

»Ernsthaft?! Du siehst dabei zu, wie dein bester Freund vergewaltigt wird?! Und hältst ihn auch noch fest?! Die Sache mit dem behinderten Eisbären war dir ein Spott zu viel, oder?«, mutmaßt Remo, der endlich aufgehört hat, zu zappeln.

Pascal grinst schief. »Ach, wenn sie es mit mir machen, heißt es ›Stell dich nicht so an, ist doch geil‹, und du willst dich gleich der Me-too-Bewegung anschließen. Die Zeit läuft.«

»Wartet mal … ich … okay … geht das auch ohne beißen?!«

»Ja, aber nicht jetzt, wir spielen auf Zeit«, entgegnet Mel, die Remos Männlichkeit gerade wieder steinhart werden lässt, weil sie ihn mit der Hand stimuliert und dabei an der empfindlichen Haut knabbert, die seine Härte umgibt. Das kann man definitiv nicht mit jedem Mann machen, aber sie kennt Remo natürlich und weiß, was er geil findet und was für ihn zu weit geht.

»Willst du mal Emmas Lippen spüren? Die sind wirklich voll, warm und fühlen sich bestimmt scharf auf deinem Schwanz an …«, schlägt Mel vor.

Ich muss grinsen, weil sie wirklich alle Register zieht – das Ganze auch noch mit Dirty Talk aufzupeppen, lässt Remo keine Wahl, außer seine Erregung hinauszuknurren und zu stöhnen zu beginnen.

Ich presse meine Lippen auf die Spitze seiner Härte, während Mel empfindlichere Regionen so fest stimuliert, wie er es bestimmt nur ihr erlaubt.

»Scharf, oder? Soll ich mal Lena anrufen und fragen, ob sie sich uns anschließen will, damit du mal ihren hübschen Arsch packen und ficken kannst? Emma und ich machen es uns währenddessen auch gegenseitig, damit wir schön feucht und eng sind, wenn du uns anschließend fickst.«

Mel sollte Bumsbücher schreiben, die Frau weiß, wie man versaute Fantasien erzählt. Remo pulsiert nach jedem schmutzig geraunten Wort mehr in meinem Mund.

»Echt jetzt? Der Arsch turnt dich an?«, spottet Pascal und reißt Remo damit ein klein wenig aus der Erregungstrance.

»Ja. Verklag mich, du Vergewaltigungs-Eisbär!«

»Hey, nicht Pascal ansehen …«, summt Mel und streift mit den Fingern über seine Bauchmuskeln. »Sieh dir lieber an, wie Emma deinen Schwanz im Mund hat.«

Als er zu mir runterblickt, lasse ich ihn extratief in meinen Mund gleiten. Remo knurrt sich wieder in Trance.

»Willst du kommen, Baby?«, fragt Mel und leckt dann kurz mit mir gemeinsam über Remos Härte. Sein Becken zuckt schon, seine Härte glüht.

Er knurrt etwas, das vielleicht ›Ja, ich will kommen‹ oder ›Ihr notgeilen bösen Katzen‹ heißt – ich spreche kein Wolfisch, Mel schon.

Diesmal drückt sie die Lippen auf seine Härte und lässt ihn in ihren Mund gleiten. Remo zuckt zusammen und drückt den Kopf nach hinten. Das letzte heisere Stöhnen aus seiner Kehle klingt kratzig.

Als Mel ihn aus ihrem Mund gleiten lässt, rinnt ein Tröpfchen Sperma über Remos Haut, den Rest schluckt sie. Mir wird jetzt erst so richtig bewusst, dass er kein Kondom getragen hat. So darf ich eigentlich nicht arbeiten, aber es war auch irgendwie keine Arbeit, sondern ... eine amüsant versaute Oralvergewaltigung unter Freunden. Außerdem bin ich mir sicher, dass Remo vollkommen gesund ist und absolut niemanden außer Mel vögelt – und heute ausnahmsweise mich.

»Das waren genau 165 Sekunden, und das beim zweiten Mal kommen – gratuliere, du hast die Kondition eines Fünfzehnjährigen, der zum ersten Mal herausfindet, wie man masturbiert«, spottet Pascal vorwurfsvoll grinsend, als er Remo loslässt. Er kratzt dabei natürlich etwas an seinem Ego, aber genau das war auch Sinn und Zweck dieser Übung.

Remo rafft sich auf – nicht mehr ganz so schnell wie sonst immer – und dreht sich nach Pascal um. »Wer lernt denn bitte erst mit fünfzehn, wie man hobelt? Du? Was hast du denn bitte vorher mit deiner sexuellen Energie gemacht? Das Teil zum Klavierspielen benutzt? Deshalb hast du so viele Preise gewonnen! Du hattest einen Finger mehr als die anderen! Betrug!«

»Oh Gott, ich muss aus diesem Zimmer raus. Du nervst, wenn du müde wirst«, meint Pascal und wirft mir meine Hose zu, bevor er nach seinem Pullover greift.

Während wir uns anziehen, bleiben Remo und Mel nackt – ich schätze, sie springen sowieso gleich unter die Dusche.

»Danke für den Abend«, sagt sie und klingt plötzlich etwas emotionaler, als sie sollte. Sie muss uns nicht so grenzenlos dankbar mustern, das hier hat Pascal und mir Spaß gemacht und wenn es ihrer Beziehung weitergeholfen hat, umso besser. Dass hier heute noch sechs Orgasmen von vier verschiedenen Menschen den Raum beschallen, hätte wohl niemand vermutet. Oder doch. Luca vermutlich.

»Schlaft gut«, sage ich und hebe die Hand.

»Vergiss deine Tasche nicht, Hermine«, erinnert Remo mich und zeigt neben das Sofa.

Klar, jetzt bin ich wieder Hermine und ich werde wohl auch für immer Hermine bleiben. Ich schmunzle, bevor ich meine Tasche greife und Pascal in Richtung Tür folge.

GRENZEN ÜBERSCHREITEN

Als wir in den Fahrstuhl steigen, fallen mir zwei Dinge auf: Meine Haare sehen zerbumst aus und ich weiß nicht, wo ich gleich schlafen soll. Diese Pärchen-Sex-Nummer hat mich so sehr abgelenkt, dass ich vergessen habe, Mel zu gestehen, dass Pascal darauf bestanden hat, dass wir getrennte Zimmern nehmen, die es nicht gibt.

Ich seufze leise. So bescheuert. Er erzählt mir von seinem Vater, der Scheidung seiner Eltern, faucht Simon an, weil er eifersüchtig ist, rastet aus, weil Remo mich leckt, und tut mir all diese Dinge an, die meinen Kopf noch zum Explodieren bringen werden, aber neben ihm einzuschlafen ist ein No-Go. Das ist nicht fair. Pascal bringt mich so durch den Wind, er könnte auch eine Dosis dieses seltsamen Unbehagens schlucken und mich einfach in seinem Bett schlafen lassen.

Dieses Wochenende ist doch sowieso merkwürdig ohne Ende. Gefühlstechnisch. Wir reißen so viele Grenzen ein, die er selbst gezogen hat. Wie ich das alles am Sonntag runterschlucken werde, weiß ich noch nicht, aber ich muss – ohne daran zu ersticken.

»Was ist?«, höre ich Pascal fragen – seine Stimme klingt rau, aber sanft.

Ich überlege noch, was ich antworten will, als er mich plötzlich zu sich zieht und mir die Hand auf die Wange legt.

Wie kann man nur ständig so unnatürlich kalte Finger haben? Ich will ihn wieder ›Eisprinz‹ nennen, aber dieser Gedanke zerstreut sich, als er mich küsst.

Seine Lippen sind samtweich, seine Zunge streichelt meine nur langsam. Als er den Kopf wieder zurückzieht, sehe ich zu ihm auf und hole Luft. Entweder rastet Pascal gleich aus oder er erlaubt mir etwas, das mich gefühlstechnisch noch mehr verwirren würde. So oder so, das wird gleich aufwühlend für uns beide.

»Lässt du mich in dein Bett?«, frage ich und sehe ihn umgehend nicken.

»Ja.«

Ich blinzle irritiert. Echt jetzt? So einfach? Ja? Ohne Anfall oder spontanes Schockfrosten?

Pascal muss todmüde, betrunken und noch etwas high vom vielen Sex sein. Er hat seine Paranoia wohl ins Koma gevögelt.

»Danke …«, hauche ich und sehe dann verstohlen zur Seite.

Wie erwartet fühlt es sich merkwürdig an, dass er mir das erlaubt. Bei normalen Männern würde ich da nichts hineininterpretieren, aber Pascal ist nicht ›normal‹ und das wissen wir beide. Ich bin aber froh, dass ich Mel und Remo nicht noch mal aus dem Bett klopfen oder die ganze Nacht im Empfangsbereich sitzen muss.

Der Brocken an Gefühlen, die ich Sonntag schlucken muss, wird allerdings immer größer.

Ich grinse trotzdem, als wir in Pascals Zimmer ankommen. Ich bin offiziell verrückt geworden. Irgendjemand sollte mich unter kaltes Wasser stellen und mir damit den Kopf waschen, bevor Vincent merkt, dass Italien mich irre gemacht hat. Was er mit mir macht, wenn er davon Wind bekommt, ist garantiert schlimmer als eine Eisdusche.

Kaum sind wir durch die Tür, schlingt Pascal die Arme von hinten um mich. Die Verrücktheit setzt wieder ein und ich schmunzle wie der unbesorgteste Idiot der Welt. Ich sehe Pascals Gesicht in der Reflexion der Fensterscheibe vor mir. So unglaublich schön …

»Bist du sehr müde?«, summt er in mein Ohr, nachdem er mir die Haare nach hinten gestreift hat.

Ja. Müde und verrückt. Ich nicke.

»Dann streng ich mich an, damit es schnell geht …«

Als sich Pascals Finger an meiner Hose zu schaffen machen, zucke ich zusammen.

»Was wird das?«, will ich wissen, da ich nicht wirklich glauben kann, dass er noch immer Lust auf Sex hat. Der auch noch schnell gehen soll. Wie schafft er das denn, nachdem er heute schon so oft gekommen ist? Jan ist zweifelsohne sexsüchtig und fünf Jahre jünger als Pascal, aber selbst der fällt nach viermal Abspritzen ins Koma.

»Ähm … bist du dir sicher, dass du noch … kannst?«, stammle ich, während Pascal mich auszieht.

Ich blinzle auf seinen Schritt, die enge Hose würde seine Erregung nicht verstecken, da zeichnen sich aber nur öffentlichkeitstaugliche Konturen ab.

»Nein, ich kann heute nicht mehr«, gibt er schamlos zu, drückt mich dann aber trotzdem aufs Bett. »Aber du kannst, oder?«

»Ja, aber …«

»Du wolltest es vorhin doch auch. Bei Remo«, unterstellt er mir und drückt meine Knie auseinander. Dass er so vorwurfsvoll klingt, ist bescheuert, das realisiert er aber auch gerade. Sein Blick wird weicher und verliert die Strenge.

»Ich will dich lecken«, haucht er.

»Du tust das nicht gern«, erinnere ich ihn, weil er gerade etwas abwesend und übermüdet klingt. »Du wolltest nicht mal Mel lecken.«

»Nicht mal? Ich bin nicht ihr Sexspielzeug. Und nicht für ihre Orgasmen verantwortlich.«

»Für meine auch nicht. Ich bin dein Spielzeug, nicht umge…«

»Sei still«, knurrt Pascal leise, schüttelt den Kopf und senkt ihn im nächsten Moment in meinen Schoß.

Was er mit mir macht, fühlt sich im ersten Moment nach zu viel für meinen müden Körper an, aber das ständige Reiben und Gleiten seiner Zungenspitze und der feste Unterdruck, den er zwischendurch mit dem Mund erzeugt, machen mich nach einer Weile so feucht, dass ich befürchte, mein Körper hinterlässt einen Zeugen meiner Lust in Form eines Flecks auf der Bettwäsche.

Seine Zunge und sein Mund treiben Glücksgefühle in mir hoch. Noch süchtig machender ist allerdings der Anblick dieses Gesichts. Das Gesicht, das so viele Frauen wollen, das er aber niemandem so zwischen die Beine drückt wie mir.

Noch ein Beweis: Ich spinne. Und ich komme. Während ich Pascals Namen stöhne.

Mein Herzschlag wird schnell wieder ruhiger, obwohl der Höhepunkt intensiv war. Meine Muskeln werden schlaff und mein Körper so müde, dass ich umgehend einschlafen könnte. Als ich noch mal zu Pascal sehe, macht mich mein Schamgefühl aber wacher.

»Entschuldige«, piepse ich verlegen, als ich sehe, wie er sich meine Erregung von den Lippen wischt. Ich war wirklich ziemlich feucht.

»Du schmeckst gut. Immer. Nach Lavendel. Wie schaffst du das?«

Mit der Nummer-1-Nutten-Bodylotion, die zwar dezent riecht, aber trotzdem so stark überdeckt, dass sie sogar Latexgeruch blockt. Das Zeug ist der Wahnsinn!

»Ich bin eben lecker …«, lautet meine Antwort.

Das war zwar kokett geflunkert, aber die Wahrheit hätte Pascal nicht so süß zum Schmunzeln gebracht.

»Bist du sicher, dass du nicht auch noch mal willst?«, frage ich, da sich das hier irgendwie falsch anfühlt. Und so verdammt ungewohnt. Pascal ist ein Ego-Vögler, der immer einen italienischen Briefmarkenbefeuchter hatte. Verona macht uns beide wirr im Kopf.

Er folgt meinem verstohlenen Blick zu seiner Mitte. »Dich zu schmecken und kommen zu hören, hat mich heiß gemacht, aber das würde nur im Nichts enden. Ich kenne meinen Körper. Es reicht mir. Ich will schlafen.«

»Okay.«

Pascal verschwindet kurz im Bad, ich krame in meiner Tasche nach meinem Handy und lasse mich dann wieder in die weichen Kissen fallen.

Jan hat geschrieben. Er schickt ein Ganzkörper-Spiegel-Selfie von ihm in einem Harry-Potter-Schlafanzug und fragt, ob ich mit einem Hufflepuff vögeln würde. Ich muss grinsen und tippe ihm ein paar Zeilen zurück.

Als Pascal wiederkommt, hüpfe ich auch noch mal aus den Federn. Eigentlich will ich unter die Dusche springen, aber nachdem ich mir die Haare gekämmt habe, fällt mir auf, dass mein Kulturbeutel fehlt. Pascals Zahnbürste zu benutzen, traue ich mich nicht. Auch wenn Italien ihn so zugänglich macht, er bleibt ein kleiner Hygiene-Junkie und die verbrennen ihre Zahnbürste, sobald sie einen anderen Mund geputzt hat.

»Hast du hier irgendwo einen kleinen schwarzen Beutel rumliegen sehen?«, frage ich in der Gewissheit, dass ich das Ding heute Nachmittag schon mal im Zimmer herumgetragen habe.

»Auf dem Fensterbrett. Nimm ihn und geh damit auf dein Zimmer. Es ist spät.«

Ich drehe mich in Richtung Bett, um abzuschätzen, ob das ein Scherz war. Pascals Stimme klingt plötzlich wieder so unterkühlt, als würden wir uns gerade zum ersten Mal begegnen.

»Ich dachte, ich könnte hier schlafen …«, murmle ich.

Dieser plötzliche Stimmungswandel irritiert mich sehr. Will er mich jetzt wirklich rausschmeißen?

Seine Miene wirkt versteinert, die blauen Augen funkeln wie Eiskristalle. »Ich kann nicht neben dir schlafen!«, faucht er und schüttelt genervt den Kopf, als müsste er das zum hundertsten Mal wiederholen. »Ich habe dir gesagt, dass das nicht geht! Und du warst einverstanden! Worüber diskutieren wir hier jetzt noch?! Was willst du denn noch von mir?! Geh in dein Bett! Verschwinde!«

Ich schlucke. Der Ball aus Kränkung und Wut bleibt mir beinahe im Hals stecken. Er schreit mich an, als wäre ich ein Hund, den er aus dem Bett scheuchen muss, weil er dort nicht hingehört.

Dass ich die Fäuste kurz ballen muss, um mich zusammenzureißen, kann ich nicht verhindern, aber mehr Emotionen zeige ich diesem Arschloch nicht.

Ich bleibe stumm. Verliere kein Wort. Während der irrationale, cholerische Vollidiot im Bett liegt, ziehe ich mich wieder an, stopfe meinen Kulturbeutel in meine Handtasche und donnere Pascals Geldbörse auf den kleinen Tisch.

Auch wenn ich ihn eigentlich nicht mehr ansprechen wollte, ich muss ihm noch diese eine ganz spezielle Sache an den Kopf werfen. Ich drehe mich zu ihm und klinge so leer, wie ich mich fühle.

»Ich liege dann in meinem Zimmer. Bis du wieder Lust auf mich hast. Wenn du mir morgen etwas zu essen mitbringen möchtest, bin ich dankbar, aber du musst nicht, wenn es dir Umstände macht …«

Er weiß, warum ich das gerade sage, woher dieses Szenario stammt, das er heute Nachmittag in den Straßen Veronas noch als so abwegig verteufelt hat, dass er beinahe wütend wurde, als ich es nicht als Witz verstanden habe. Es ist aber kein Witz, sondern mein Leben.

»Keine Sexsklavin, was?«, zitiere ich ihn weiter, sehe ihn aber nur noch wütender werden.

Er greift neben sich und wirft etwas an den Bettrand. »Hier! Vergiss dein Handy nicht!«

Ich schnappe das Smartphone und stürme aus dem Zimmer. Ob ich mit dem festen Türenschlag gerade alle Hotelgäste geweckt habe, ist mir scheißegal.

Rastet einfach aus! Schreit mich an! Wirft mit meinem Zeug! Für wen hält er sich?! Für jemanden, der mich emotional so angreifen kann und dem ich am nächsten Tag trotzdem verzeihe?! Kevin darf das, weil ich ihn liebe und alles für ihn tun würde! Aber dieses arrogante Arschloch von Lehrer hat dieses Privileg nicht! Glaubt er das?! Glaubt er, dass er einfach so ausrasten darf, weil ich ihn … Nein, das tut er nicht. Ich bin nur verletzt, gekränkt und aufgebracht. Und ich verstehe Pascal nicht.

Das Gefühl ist mir nicht fremd, diese Wut über seine plötzliche Kälte. Was allerdings neu ist, ist die Erkenntnis, dass ich ihn wahrscheinlich nie verstehen werde. Bisher dachte ich, er würde einfach Leuten gegenüber zumachen, denen er nicht vertraut. Er vertraut mir aber genug, um mich mit auf diese Hochzeit zu nehmen, mir seine besten Freunde vorzustellen, mir Dinge zu verraten wie die Peinlichkeit, dass er den Namen seines Vaters für unsere erste Buchung verwendet hat. Und am Ende dieses Tages stößt er mich trotzdem weg. So grob und kalt, als wäre ich ihm in den Rücken gefallen oder hätte irgendetwas Grenzüberschreitendes getan.

Ich habe mir nur die Haare gebürstet! Was daran bringt dich so zum Ausrasten, du Verrückter?!

Wieso bist du denn so kaputt …

Und wieso ist dieser bescheuerte Fahrstuhl so langsam?!

Ich will mich endlich vor Mel und Remo demütigen, zugeben, dass Pascal mich rausgeworfen hat, mitleidige Blicke ernten, in denen ›Armes Mädchen ohne Geld und Liebe, das sich prostituieren muss‹ geschrieben steht, und dann ihre Zimmerkarte in die Hand gedrückt bekommen, um in ein Bett fallen zu können.

Mein Kopf dröhnt, mein Herz pocht zu fest und ich weiß noch nicht, wie ich den Tag morgen durchstehen soll. Oder doch, ich weiß es. Gut aussehen, lächeln, freundliche Konversation betreiben und mich brav vögeln lassen, egal wie es mir dabei geht – einfach eine Escort sein. Dafür wurde ich bezahlt und nichts anderes hätte ich mir auch jemals von diesem Wochenende erwarten dürfen.

Dass ich mich jetzt so mies und aus allen Wolken geworfen fühle, habe ich meiner eigenen illusionierten Erwartungshaltung zuzuschreiben. Der Tag war so schön und hat so viel Spaß gemacht. Ich war naiv genug, mich von der Stimmung mitreißen zu lassen. So zu tun, als würde ich zu all diesen besonderen Menschen gehören, die sich gefunden haben, weil sie gut zueinanderpassen und sich lieben, war einfach nur dumm.

Ich bin kein Teil dieser Gruppe, ich bin kein Teil von Pascal, ich bin einfach nur das gekaufte Zubehör, das nach kurzer Benutzung wieder entsorgt wird, weil es absolut ungeeignet für den Dauergebrauch ist. Stand auch so auf der Rechnung. Niemand wundert sich darüber. Außer das dumme Teil selbst.

Ich klopfe vorsichtig an die Tür der Suite am Ende des Ganges. Eigentlich will ich nicht zu viel Lärm machen, weil auf der anderen Seite des Flurs noch eine Suite liegt, in der vermutlich Luca und

Nora übernachten, aber ich muss etwas fester hämmern, da niemand aufmacht.

Auch mein nervöser Zappeltanz führt nicht dazu, dass mir geöffnet wird.

Scheiße, die beiden schlafen vermutlich schon. Aber so fest? Blöder Alkohol!

Ich ziehe mein Handy aus der Tasche, was bescheuert ist, weil ich Mel oder Remos Nummer sowieso nicht habe. Was ich aber habe, ist ein Nacktfoto von Jan, das mir entgegenleuchtet, als ich den Bildschirm aus dem Schlaf wecke.

Er hat auf meine Nachricht geantwortet. Ich habe ihm geschrieben, dass ich niemals mit einem Hufflepuff schlafen würde, und er hat sich den Schlafanzug ausgezogen und fragt, ob das auch gilt, wenn Hufflepuffs so aussehen.

Außerdem hat er vorgeschlagen, dass ich das Foto speichern soll, falls ich mich mal von einem echt hässlichen Typen vögeln lassen muss und vorher etwas optische Stimulation brauche. Er zeigt auf dem Foto mit seinem Hermine-Zauberstab auf seinen Zauberstab. Jan-Humor.

Wieso genau war mein WhatsApp eigentlich gleich offen, nachdem ich das Handy aus dem Schlaf geweckt habe? Ich bin mir sicher, ich habe die App zugemacht, bevor ich es im Bett liegen gelassen habe und ins Bad …

Na toll. Du hast das gesehen, oder? Deshalb hast du mir das Ding so aggressiv nachgeworfen.

Ich drücke den Kopf an die Tür und seufze so laut, dass Mel und Remo denken würden, da steht ein trauriger Esel vor ihrem Zimmer, wären sie wach. Sind sie aber nicht. Die Tür bleibt zu und der Esel bleibt allein in einer beschissenen Situation zurück.

ANSTRENGEND, ABER SYMPATHISCH

Ich weiß nicht, wo ich schlafen soll, ich weiß nicht, wie ich mich gerade fühle, und ich weiß nicht, ob der Italiener an der Rezeption mich verarscht hat, als er mich ›Frau Reiche Alte‹ genannt hat. Für die reiche Alte ist natürlich heute kein Zimmer frei, außer das, in dem Herr Ferrari schläft – ich denke, der Mann hatte schlichtweg eine Leseschwäche. Für eine mich wieder zum Seufzen bringende Metapher reicht es trotzdem. Den Ferrari kann ich mir nämlich nicht leisten.

Pascal ist stinkwütend, und das nur, weil er gesehen hat, dass mir ein anderer Typ Nacktfotos schickt?

Okay, das ›nur‹ klingt vielleicht herunterspielend, aber ich bin nicht seine Freundin. Das hier ist ein Job und er weiß, dass ich andere Männer bedienen muss. Klar ist es unpassend, dass er damit während unserer gemeinsamen Zeit konfrontiert wird, aber wieso greift er sich auch mein Telefon?!

Seine Reaktion war beschissen, er hätte mich nicht rauswerfen und seine Paranoia vor dem Bettenteilen vorschieben müssen. Wenn er mich darauf angesprochen hätte, hätte ich ihm erklären können, dass Jan und ich nur Freunde sind … die miteinander schlafen … und sich ab und an versaute Fotos schicken … und sich anfeuern, Sex mit hässlichen Männern für Geld zu haben.

Gott, wir klingen wirklich schräg, wenn man uns nicht kennt.

Das ›hässlich‹ kann Pascal unmöglich auf sich bezogen haben. Er weiß, dass er wie ein Engel aussieht, oder? Ein irrer Eis-Engel, aber ein Engel.

Diese Eifersuchtssache ist so seltsam. Manche Kunden sind wohl so. Sie wollen, dass man ihnen gehört, solange man bei ihnen ist. Alles andere macht sie wütend. Claire hat mir von solchen Männern erzählt.

Gehört Pascal zu diesen Typen? Kunden, die einen dominanten Besitzanspruch stellen? ›Du gehörst mir, weil ich für dich bezahle.‹

Dieser Grund würde es zumindest einfacher machen. Und er liegt näher als alle anderen Eifersuchtsindikatoren.

Nach so kurzer Zeit … wir kennen uns kaum. Obwohl er so viel über mich weiß. Durch Kevin. Eigentlich kennt er mich ziemlich gut.

Ich kann nicht mehr denken, mein Kopf tut weh. Diese ganze Sache ist viel zu kompliziert für meinen betrunkenen, müden Verstand.

Die kalte Nachtluft hilft zumindest, meine Müdigkeit langsam zu vertreiben. Ich sitze auf einer kleinen Terrasse, die man erreicht, wenn man das Hotel durch den Hinterausgang verlässt. Im Empfangsbereich zu sitzen, würde mich nur noch schläfriger machen.

Mein genialer Plan: Noch viereinhalb Stunden Zeit totschlagen, frühstücken gehen, mich bei Pascal duschen, umziehen, ihn halb schuldbewusst, halb wütend anfunkeln, hoffen, dass das Make-up die Augenringe überdeckt, und auf die Hochzeit gehen.

Ich habe früher öfter mal durchgemacht, als ich noch auf die Fachhochschule gegangen bin. Zwei Tage wach halte ich aus, allerdings mutiere ich Schlag Mitternacht des dritten Tages zum Zombie. Keiner der netten ›Warm Bodies‹-Zombies, in die man sich verknallen kann, sondern einer der richtig hässlichen, bösen aus ›The Walking Dead‹.

Bevor das passiert, bin ich aber schon wieder in meiner Wohnung und kann in mein Bett fallen – das bestimmt voll mit Krötensperma ist.

Ich hasse mein Leben manchmal.

Ich nehme mal an, Gott hat mich gerade gehört und hat ein wenig Mitleid mit dem rothaarigen Flittchen. Da sind nämlich plötzlich zwei sehr süße, hyperaktive Eichhörnchen, die auf der Grünfläche vor der Gartenanlage herumspringen und mich unterhalten. Als sie mich entdecken, spitzen sie die Ohren und hüpfen neugierig in meine Richtung.

Ich rutsche an den Rand der Hollywoodschaukel, auf der ich sitze, versuche aber, mich langsam zu bewegen, um die Tierchen nicht zu verschrecken. Sie sind aber alles andere als scheu.

Gerade als ich ein Foto schießen will, weil sie auf die hölzerne Terrasse springen, fällt mir auf, dass da etwas durch die Luft fliegt. Mein Blick schnellt zur Seite.

»Nicht erschrecken.«

Schon passiert. Dass da eine Silhouette im unbeleuchteten Teil der Terrasse hockt, lässt mich zusammenzucken.

»Ähm … hallo«, murmle ich etwas ängstlich, weil ich es schräg finde, dass jemand mitten in der Nacht draußen im Dunkeln hockt.

Der Körper zuckt plötzlich auch, er fällt beinahe um.

»Oh mio dio! Hast du mich erschreckt!«, ruft eine männliche Stimme. Er fasst sich an die Brust und lacht dann.

»Du hast doch gesagt, ich soll mich nicht erschrecken. Ich dachte, du hast mich gesehen«, unterstelle ich ihm.

Ich denke, das Duzen geht in Ordnung, er klingt zwar erwachsen, aber jung. Und er muss stockbesoffen sein, wenn er von der einen Sekunde auf die andere wieder vergisst, dass er jemanden gesehen hat.

Hockst du, weil du kotzen musst?

»Ich habe mit den Eichhörnchen gesprochen. Ecco. Buon appetito, ragazzi!«

Da fliegt wieder etwas durch die Luft. Die Eichhörnchen schnappen es sich und laufen auf die Grünfläche.

Nachdem er sich aufgerichtet hat, streckt er den schlanken Körper und kommt auf mich zu.

»Cosa fai, qui, a mezzanotte?«, tönt es im wunderschönen Italienisch aus einem wunderschönen Gesicht.

Mann, ist der süß! So richtig! Grüne Augen, dichte Wimpern, halblange braune Haare und Bartstoppeln, die das etwas weich wirkende Gesicht markanter machen.

Gott, du hast es da etwas zu gut mit mir gemeint! Die niedlichen Eichhörnchen hätten vollkommen ausgereicht! Der niedliche Typ verwirrt mich nur. Hauptsächlich, weil ich ihn nicht verstehe und er sich gerade neben mich auf die Schaukel schwingt.

»Du sprichst kein Italienisch, oder?«

Keine Ahnung, was er gerade gefragt hat, ich brauche all meine Konzentration, um einen Punkt auf der Terrasse zu fixieren, damit mir nicht übel wird. Er hat die Schaukel beim Hinsetzen so in Schwung gebracht, dass ich mich jetzt wie auf einem wankenden kleinen Schiff fühle. Dass ich ihm vorhin unterstellt habe, dass er betrunken ist, stimmt nicht. Aber ich bin es.

»Kein Fan von Schaukeln, was?«

Bevor ich etwas sagen kann, stoppt er die schwingende Bank so schnell mit den Füßen ab, dass ich beinahe einen Vorwärtssalto mache. Er streckt aber die Hand aus und ich kann mich an seinem Unterarm festkrallen.

Als ich ihn mit großen Augen anstarre, lacht er. »Sorry. Ich bin anstrengend. Studentenfutter?«

Er hält mir eine Packung Nüsse mit Rosinen vor die Nase und zieht auffordernd die Brauen nach oben.

»Damit hast du die Eichhörnchen gefüttert«, stelle ich fest und sehe ihn eine Walnuss essen.

Er schwingt einen Fuß über den anderen und lehnt sich nach hinten. »Ja. Die beiden waren gestern schon hier. Da hatte ich nichts dabei. Sie wollten mein Feuerzeug klauen. Stress mit dem Freund?«

»Ähh …?«

»Ich hasse Rosinen! Wer mag die?«

Er sieht skeptisch in die Packung, schubst eine Rosine mit dem Finger weg und hebt dann wieder den Blick.

»Entschuldige, hast du was gesagt?«, will er wissen.

Nein. Aber du ganz schön viel. Der Mann redet wie ein Wasserfall. Und hat dieselbe Aufmerksamkeitsspanne wie die quirligen Eichhörnchen. Mit dem ›anstrengend‹ hat er sich gut selbst reflektiert, aber ich mag ›anstrengende‹ Menschen tausendmal lieber als langweilige. Außerdem schmunzelt er wie ein italienischer Filmstar. Sehr sympathisch, feurig, spannend.

»Ich habe gar nichts gesagt«, meine ich und sehe ihn nicken.

»Okay. Na dann. Leg los.«

Er steckt sich wieder ein paar Nüsse in den Mund und sieht mich erwartungsvoll an.

Was will er denn hören?

»Ähm … ja. Ich bin Emma.«

»Hallo, Emma.«

»Und du bist?«

Er hebt die Hand verschwörerisch vor den Mund. »Der Typ, der gerade in das Hotel eingebrochen ist, um den reichen Säcken ihre Sachen zu klauen«, flüstert er und zwinkert. »Aber du verrätst mich nicht, oder?

Klar ist das ein Witz, aber ganz ehrlich: Ich glaube ihm mindestens drei Sekunden lang. Er wirkt etwas irre, allerdings auf keine kriminelle Weise. Amüsant irre.

»Ich bin Matteo. Du kannst mich aber Matt nennen. Englisch klingt es einfach moderner … Määät.«

»Kann es sein, dass du heute Abend viele Kaffee hattest?«, entgegne ich lachend.

»Oh nein. Ich rede einfach viel. Und kokse.«

Scherz? Ernst? Scherz?

Er stopft sich wieder Nüsse in den Mund.

»Was ist jetzt mit deinem bescheuerten Freund?«, nuschelt er, weil er so viele Nüsse im Mund hat – seltsames Backenhörnchen.

Als ich nicht antworte und ihn nur fragend anstarre, zuckt er mit den Schultern. »Es ist ein Uhr nachts und du sitzt hier draußen allein. Macht keinen Sinn, wenn du nicht sauer auf deinen Freund bist und euer Zimmer gerade meidest. Sag mal, Mädchen, ist dir eigentlich nicht kalt?«, fragt er, weil er seine Sätze wohl immer mit einem sprunghaften Themenwechsel beenden muss, und greift nach meinem Arm. »Der Pullover sieht gut an dir aus, aber er ist ungeeignet, um nachts im Freien zu schmollen.«

»Ich schmolle nicht. Es ist in Ordnung. Er wollte, dass ich aus dem Zimmer verschwinde ...«

Wieso sage ich das denn?! Ich starre perplex den Nüsse futternden Italiener an, der sich gerade aus seiner schwarzen Jacke schält und sie mir dann über die Schultern legt.

Er redet so viel, dass ich auch plappern musste. Einen Fremden geht meine Sache mit Pascal aber ganz und gar nichts an. Erst recht nicht, weil ich sie so aus dem Kontext reiße. Matt muss denken, ich bin mit einem absoluten Arschloch hier. Stimmt nicht. Nicht ganz ...

»Er denkt, ich hätte ein eigenes Zimmer«, relativiere ich. »Ich habe ein eigenes Zimmer!«, relativiere ich noch mal.

Das ist alles so privat und unpassend. Wieso halte ich nicht meine blöde Klappe?! Ich bin so müde und dämlich.

Matt zieht eine Augenbraue nach oben. »Aha. Du hast also kein Zimmer.«

»Doch!«

»Welche Nummer?«

»3222«, haue ich wahllos eine Ziffer raus, weil Zögern nicht drin ist.

»Ich habe 3222.«

»Ich meine 4222!«

»Die hat mein Bruder.«

»Dann eben 1222, ich merke mir Zahlen schlecht!«

»Die hat mein anderer Bruder.«

»Wie viele Brüder hast du denn bitte?!«

»Na zwei. Welchen davon wirfst du heute noch aus seinem Zimmer?«

Ich blinzle verlegen.

Matt zuckt grinsend mit den Schultern. »Ich habe eigentlich keine Ahnung, welche Zimmernummern ich oder meine Brüder haben. Aber du knickst verdammt schnell ein, wenn du lügst. Wie heißt der Freund, der dich rausgeschmissen hat?«

Oh Scheiße. Er kennt Pascal bestimmt, oder?!

»Tom … Eich…nuss.«

»Tom Eichnuss?«

»Ja«, blaffe ich, weil ich auf diesem bescheuerten Namen bestehen werde, bis die verdammte Hölle gefriert.

Matt lacht. »Okay. Tun wir mal so, als wärst du gut darin, dir spontan Namen auszudenken, und ich würde dir das glauben.«

»Mit wem bist du hier? Ich meine, kennst du die Braut oder den Bräutigam?«, lenke ich von mir ab, weil wir jetzt beide wissen und akzeptiert haben, dass ich ein Idiot bin, der zu unüberlegt Privates preisgibt und dann lächerliche Namen erfindet.

Matt würde vom Alter her eigentlich hervorragend in Lucas Freundeskreis passen, aber er war heute Nachmittag nicht bei der Casa di Giulietta.

»Eigentlich bin ich nur hier, um meine Schwester abzuholen«, verrät er.

»Abholen?«

»Ja. Schon gestern, aber sie wollte nicht mitkommen. Sie meint, sie muss noch diesen irren, klugscheißerischen Verrückten heiraten.«

»Luca?«

»Andrea.«

»Meine ich doch.«

»Hast du aber nicht gesagt.«

»Bist du Noras Bruder?«

»Ja. Hatte ich das nicht erwähnt? Wäh! Rosine! Hat hinterfotzig an der Nuss geklebt! Hab sie gegessen! Mio dio, ist das ekelhaft!«

Während Matt sich auf sehr exzentrische Weise vor der Rosine ekelt, muss ich lachen. Er kann wohl noch nicht sonderlich gut mit dem zukünftigen Mann seiner Schwester. Sie sind aber auch beide sehr speziell und charakterstark und sich trotzdem irgendwie ähnlich – solche Männer beißen sich erst mal ein paar Runden, bevor sie sich ewige Bromance schwören. Ich denke, das war bei Vincent und Victor auch so …

Ich bin erleichtert, dass er zu Noras Seite und nicht zu den DeLucas gehört. Das heißt, er kennt Tom Eichnuss nicht. Was gut ist, er weiß nämlich bereits zu viel über ihn.

»Könntest du bitte morgen so tun, als hätte ich dir das alles nicht erzählt? Falls wir uns auf der Feier sehen?«, bitte ich trotzdem und sehe ihn verstohlen an.

Er stellt die Nüsse beiseite und zieht eine Schachtel Zigaretten aus seiner Jacke – die noch immer um meine Schultern liegt und ein wenig nach Nikotin, aber vor allem nach Hugo Boss duftet.

»Niemand erfährt ein Wort von mir. Ich bin verschwiegen wie ein …« Er gestikuliert mit der Hand, kneift die Augen zusammen.

»Grab?«, mutmaße ich.

»Nein, ich denke, das Sprichwort geht anders. Ich denke, es heißt Tiger.«

Ich lache. Auch wenn er absolut dialektfreies Deutsch spricht, ist das hier Schwachsinn. »Es heißt ganz sicher, jemand schweigt wie ein Grab. Nicht wie ein Tiger.«

»Ja, aber ich wollte auch sagen, dass ich ein Tiger im Bett bin. Ein Grab im Bett sein klingt nach etwas, mit dem man nicht angeben würde.«

Über was reden wir denn jetzt?! Seine Themenwechsel machen mich fertig. Auch wenn ich ihm zugutehalten muss, dass er nicht versaut oder pervers klingt, wenn er so was raushaut, sondern einfach nur exzentrisch schrullig.

»Sorry. Ich dachte, ich müsste dir auch was Persönliches verraten, das du für dich behalten kannst.«

Er zündet seine Zigarette an und streckt mir dann die Schachtel rüber.

Ich schüttle den Kopf. »Nein danke. Ich rauche nicht.«

»Du kannst bei mir schlafen«, bietet er plötzlich an und zuckt mit den Schultern, als ob er so was Banales wie ›schöne Sterne‹ rausgehauen hätte.

»Nein! Danke, aber …«

»Die Sache mit dem Tiger im Bett war ein Scherz. Ich fasse dich nicht an. Ich stehe auf Männer.«

»Du bist schwul?«

»Nein, aber wenn du dich dann wohler fühlst, heute Nacht schon.«

Ganz ehrlich, ich kenne ihn zwar kaum und weiß nur, dass er hübsche grüne Augen und eine spannende Persönlichkeit hat, aber ich glaube ihm sogar. Er wirkt überhaupt nicht wie ein Gigolo oder ein Arschloch, obwohl er mit so schönem, klanghaftem Italienisch um sich werfen kann und sich selbst einen Tiger im Bett nennt.

Dass ich mit ihm auf sein Zimmer gehe, steht trotzdem außer Frage.

»Nein danke. Ich komme schon klar.«

Er schüttelt den Kopf und zieht eine Augenbraue hoch. »Du bist eines dieser Mädchen, das selbst dann keinen Schirm annimmt, wenn es frierend und komplett durchnässt im Regen steht. Steh ich drauf. So habe ich meine letzten drei Ex-Freundinnen kennengelernt. Helfersyndrom. Schirmfetischist. Ich lebe berufsbedingt in England, da regnet es viel.«

»Was machst du denn beruflich?«

»Zu viel labern. Ich wollte dich nicht verschrecken. Ich meine das ernst: Ich rühre dich nicht an. Du kannst das Bett haben, ich schlafe auf dem Boden. Niemand erfährt davon. Die Eichnuss schon gar nicht. Du kannst nicht die ganze Nacht hier sitzen.«

»Ich …«

»Sag einfach Ja, ist einfacher.«

»Nein!!!«

Die energische Ablehnung kommt nicht von mir. Ich hätte auch ›Nein‹ gesagt, aber nicht so dunkel und nicht mit so tiefer Stimme.

Matt und ich drehen gleichzeitig die Köpfe nach hinten. Da funkeln zwei Augen hinter uns, über das linke hängt eine dunkelrote Haarsträhne.

»Vögel gefälligst in deinem eigenen perversen Freundeskreis rum! Das hier ist meiner und ich kümmere mich darum, wenn sie sich wie Idioten verhalten und plötzlich obdachlos werden! Nicht du!«

Wie lange steht Luca denn schon hinter uns?!

Matt zieht eine Augenbraue nach oben. »Aus welcher Schwefelwolke bist du denn jetzt rausgeploppt? Solltest du nicht längst schlafen, damit du morgen frisch und fröhlich meine Schwester unglücklich machen kannst?«

Luca erwidert den kokett kampflustigen Blick problemlos. »So viele Worte, so wenig verwertbarer Inhalt. Schon mal daran gedacht, in die Politik zu gehen? Ich denke, die testen nicht auf Drogen, und falls doch, kehren sie das Resultat bestimmt unter den Tisch.«

»Weißt du, alle sagen immer, dass Nora und ich uns so ähnlich wie Zwillinge sehen – ich hoffe, du siehst ein Leben lang mein Gesicht, wenn du mit ihr schläfst, und musst kotzen.«

»Na dann sehe ich dein Gesicht aber ständig. Von allen Seiten. Da gewöhne ich mich doch dran.«

Puh, da herrscht ganz schön dicke Luft. Ich kann aber nicht sagen, ob sie sich gleich anschmunzeln, weil sie wissen, dass sie sich ebenbürtig sind und doch irgendwie gernhaben, oder ob sie so richtig aufeinander losgehen und sich die Gesichter blau schlagen. Kann gut sein, dass die beiden Exzentriker das auch nicht abschätzen können.

»Ich hasse dich. Fass meine Nüsse bloß nicht an …«, murmelt Matt, raschelt mit seiner Tüte und schwingt sich von der Schaukel.

»Hättest du wohl gern. Aber ich mach es nur noch deiner Schwester, ein Leben lang.«

»Perverses Arschloch.«

»Du mich auch.«

»Bye, Emma«, tönt Matt und hebt die Hand.

»Ja! Ähm … ciao. Hat mich gefreut!«

»Matteo?«, ruft Luca noch, bevor er durch die Tür zurück ins Hotel verschwinden kann.

»Was willst du?«, brummt er und dreht sich seufzend um.

»Lass mir eine Zigarette hier.«

Ich denke, er zeigt ihm gleich einfach den Mittelfinger, aber er hält ihm nur die Schachtel hin, die er noch in der Hand hat.

»Grazie.«

»Rimbambito.«

»Bunna notte, fratello.«

Oh, jetzt hebt Matt den Mittelfinger. Ich sehe ihn noch im Hotel verschwinden, dann blicke ich zu Luca.

»Wieso bist du denn noch wach? Du heiratest morgen.«

»Jetzt hast du dir die Frage praktischerweise selbst beantwortet«, entgegnet er und schmunzelt schief.

Er ist nervös. Deshalb tigert er so rastlos herum.

»Du solltest wirklich ins Bett«, rate ich ihm.

»Du auch. Was ist los?«

Ich wende den Blick verlegen von den glänzenden, klugen Augen ab. »Nichts. Es ist nur … Pascal kann nicht schlafen, wenn jemand neben ihm liegt. Schon gut.«

Er nickt und macht dann eine auffordernde Kopfbewegung. »Komm.«

»Wohin?«

»Niemals meine Methoden hinterfragen! Schon gar nicht, wenn ich seit vier Tagen nicht vernünftig geschlafen habe und meine Verdauung lahmgelegt ist.«

»Kann David dir da nicht etwas verschreiben?«, frage ich und sehe ihn mitleidig an, weil der Arme bestimmt nicht nur Herzflattern, sondern auch Bauchschmerzen hat.

»Klar. Er hat mir einen Einlauf angeboten, aber solche Dinge machen wir nicht mehr seit diesem Sommer in Rom.«

»Ihr habt euch mal in Rom Einläufe gegeben?«, frage ich und verziehe das Gesicht. Luca auch.

»Oh Gott, nein. Normalerweise mache ich diese Anspielung besser. Mann, bin ich durch den Wind. Jetzt klingt Sex bei mir schon wie eine Rektalbehandlung. Jemand muss verhindern, dass ich morgen eine Rede halte.«

Ich würde lachen, aber ich werde unruhig, weil Luca meine Hand nimmt und mich zurück ins Hotel zieht.

»Wohin gehen wir?«, frage ich leise, aber unruhig, als wir vor dem Fahrstuhl stehen.

»Welche Zimmernummer habt ihr?«

Ohhh, das habe ich befürchtet!

»Nein, schon gut! Pascal darf mich rauswerfen, wenn er will, du verstehst das nicht!«

»Was verstehe ich denn nicht?«

»Wir sind nicht zusammen! Er ist nur … das ist alles locker. Er muss nicht …«

»Ich bin niemand, der seinen Freunden nicht ins Gesicht sagt, dass sie Arschlöcher sind, wenn sie Arschlöcher sind«, stellt er klar und ruft im nächsten Moment dem Rezeptionisten eine Frage auf Italienisch zu, die das Wort ›Favre‹ beinhaltet. Ich ahne Schlimmes. Die Antwort, die er bekommt, ist wohl die Zimmernummer.

Als die Fahrstuhltür aufgeht, halte ich mich am Rand fest. »Bitte nicht«, piepse ich, weil ich nicht will, dass er Pascal gleich aus dem Bett klopft und ihm vorwirft, er hätte mich gezwungen, im Freien zu schlafen. Pascal weiß nicht, dass ich kein Zimmer habe! Und Luca weiß nicht, dass ich eine Escort bin und nicht seine Freundin!

Der große rothaarige Mann drückt mich in den Fahrstuhl. »Stell dich nicht so an, die Leute glauben noch, ich will dich vergewaltigen.«

»Sorry …«, murmle ich, weil ich wirklich etwas zu dramatisch gequiekt habe. Das Ganze ist mir aber verdammt unangenehm. Ich muss es Luca sagen.

»Er muss mich nicht neben sich schlafen lassen. Pascal hat … mich nur gebucht, ich bin eine …«

»Vincent schickt mir seinen Katalog seit Jahren. Ich kenne deine Fotos. Sind schön geworden.«

Ich starre Luca an, der sich an die Spiegelwand lehnt und die Hände in die Hosentaschen steckt. »Hast du mal …?«

»Eine Escort gebucht? Nein. Aber Vincent und ich kennen uns von früher. Und ich sehe mir gern Fotos von schönen Frauen an – ist so ein Männerspleen«, scherzt er.

Mir wird bewusst, dass Luca mich schon nackt gesehen hat. Das ist aber nicht mal der Hauptgrund für meine glühenden Wangen.

»Wenn du weißt, dass er mich nur gekauft hat, können wir das jetzt bitte lassen?«

»Nein.«

»Aber …«

»Pah!«, unterbricht er mich und macht eine ›Mund zu‹-Geste mit der Hand. »Du bist ein stures, dummes Ding – willkommen im Club, wir sind alle Idioten. Du passt hervorragend zu uns.«

Als die Fahrstuhltüren aufgehen, folge ich Luca durch den Gang. Ich brenne zwar in meinem Unbehagen, aber was soll ich denn machen? Keine Ahnung, wie man so einen Mann aufhält, wenn er sich erst mal was in den Kopf gesetzt hat. Wie stoppt man eine Naturgewalt?

Ich trotte dem roten Wirbelsturm einfach hinterher und wippe dann nervös hin und her, als er gegen Pascals Zimmertür donnert.

Die Tür springt so schnell auf, dass selbst Luca überrascht ist.

Ich war mir sicher, dass er schon schläft, aber Pascal ist hellwach und trägt auch wieder Klamotten.

»Hier!«, tönt Luca dunkel und zieht mich vor sich. »Hab ich im Garten gefunden. Frierend. Herrenlos. Wenn du dein Kätzchen noch einmal nachts nicht reinholst und es sich draußen in der Kälte zusammenrollen muss, donnere ich dir eine. Es ist mir egal, was damals auf der Uni und mit der Verrückten in deinem Bett war. Und das sollte es dir mittlerweile auch sein. Wie lange ist das her? Zehn Jahre? Komm klar! Oder quatsch mit einem Psychologen darüber! Alexander hat einen guten. Der gibt dir die Nummer. Davids Psycho Doc ist unbrauchbar, der wurde von ihm gebrochen. Ruf den bloß nicht an.«

Ich denke, Pascal fällt gleich vor lauter Vorwürfen und unangenehmen Themen in Ohnmacht oder bekommt einen Eisanfall, der selbst Lucas Feuer ausgehen lassen könnte, aber er … nickt.

Luca schiebt mich an den Schultern zu ihm. Ich stolpere gegen Pascals Oberkörper.

»Gut. Und jetzt: Redet! Hilft gegen jede Form von idiotischer, künstlich aufgeblasener Krise. Ach, und du schuldest mir eine verdammt teure Flasche Whiskey. Ich habe meine schwer gestörte Italienisch-Labertasche von Schwager verscheucht, bevor er ihr weismachen konnte, dass Verrückte sexy sind. Um den großen Löwen musst du dich aber selbst kümmern. Der lässt sich von mir gar nichts ausreden und hat eine Schwäche für besonders zarte Dinger.«

Pascal zuckt, was man zwar nicht sieht, aber ich spüre es, weil ich noch immer so dicht an seiner Brust stehe.

»Danke, Luca. Aber geh endlich ins Bett«, rät er mit sanfter Stimme.

Der große rothaarige Mann winkt nur ab und dreht sich dann um.

»Schlaf gut!«, rufe ich ihm noch nach, aber er murmelt nur irgendetwas von Schlaftabletten und Einläufen.

KAPUTT

Nachdem Pascal die Zimmertür geschlossen hat, setzt er sich in Bewegung. Er will durch den kleinen Vorzimmerbereich in den größeren Teil des Zimmers gehen, dreht sich aber um, weil ich an der Tür stehen bleibe.

»Luca hat mich hierhergezogen. Ich hätte dich nicht noch mal gestört …«, versichere ich und blinzle den Boden an.

»Ach, was hättest du denn gemacht?! Draußen geschlafen?!«, faucht Pascal plötzlich und kommt wieder auf mich zu. »Wieso hast du mir nicht gesagt, dass du kein Zimmer hast?! Ich war an der Rezeption und wollte wissen, wo du untergebracht bist, aber das Hotel ist komplett ausgebucht und in Remos und Mels Zimmer warst du auch nicht! Ich dachte, du wärst zum Flughafen gefahren!«

»Kannst du aufhören, mich anzuschreien?!«, brülle ich zurück und hasse, dass meine Stimme dabei so zittert.

Pascals Blick wird so unsicher und mitleidig, dass es mir beinahe den Hals zuschnürt. Ich will nicht, dass er mich so ansieht.

»Hättest du wirklich die ganze Nacht draußen verbracht? Wie kannst du zulassen, dass ich dir so etwas antue? Ohne dass ich es weiß oder es verhindern kann!«

»Ich habe dich nicht gezwungen, mich rauszuwerfen!«, fauche ich. »Aber du hast es nun mal getan!«

»Weil ich dachte, du hättest ein eigenes Bett!«

»Und wieso warst du mich dann suchen?! Du kannst dir nicht ständig alles anders überlegen, Pascal! Das ist so beschissen!«

»Ich wollte mich entschuldigen!«, verteidigt er sich, lässt die aggressiv-abwehrende Körperhaltung dann aber sein. Er lehnt sich gegen die Schranktür und schüttelt den Kopf. »Wieso müssen wir uns immer anschreien?«, murmelt er und sieht mich dann an, als wüsste ich die Antwort darauf.

Ich zucke mit den Schultern. »Keine Ahnung, aber ich hätte jetzt gern eine Kappe, mit der ich dich schlagen kann.«

Er lächelt nicht. Das sollte eigentlich ein Auflockerungsversuch sein, er geht aber in die Hose.

»Du gibst mir immer nur Kontra, wenn es um Schwachsinn geht. Wenn ich mich wirklich furchtbar verhalte, lässt du dir das antun. Und nimmst sogar in Kauf, dass du keinen Schlafplatz hast.«

Jetzt nehme ich die aggressiv-abwehrende Haltung ein. »Tu nicht so, als hätte ich auf einem Bürgersteig übernachten müssen! Das ist ein verdammtes Fünf-Sterne-Hotel! Ich war nur kurz draußen und saß auf einer sündhaft teuren, verdammt bequemen Hollywoodschaukel, ich hätte mich später einfach an die Bar gesetzt! Dramatisier das nicht. Was stört dich denn wirklich?! Das blöde Foto von

Jan? Wir sind nur Freunde! Und er hat einen versauten Humor! Außerdem …« Ich lehne mich seufzend an die Tür. »Du weißt, ich schlafe mit anderen Männern. Noch vielen. Das ist mein Job. Aber du wirst nichts mehr von den anderen mitbekommen. Ich gebe mir Mühe, dass das nie wieder ein Thema ist. Geh bitte einfach nicht mehr an mein Telefon!«

Der letzte Satz kommt mir vorwurfsvoll über die Lippen.

Pascal schüttelt den Kopf. »Das war keine Absicht. Ich war müde, habe nicht wirklich hingesehen und dachte, es wäre meines.«

Klar, du verwechselst mein 150-Franken-Smartphone mit deinem 1000-Franken-Smartphone.

»Ist doch jetzt egal. Darf ich hier schlafen? Ich kann die Matratze hierher schieben, dann hast du im Bett deine Ruhe.«

»Nein, du legst dir keine Matratze auf den Boden!«

»Wo soll ich denn sonst schlafen?«

»In meinem Bett.«

»Aber du hast doch … diesen Knall«, erinnere ich ihn und bin so feinfühlig wie eine Dampfwalze, weil ich einfach hundemüde und überreizt von diesem grandiosen, heißen, kalten, verwirrenden, langen Tag bin.

Er nickt. »Ja. Aber ich brauche keinen Psychologen …«, spielt er auf Lucas Ratschlag an.

»Was war denn vor zehn Jahren?«, frage ich, weil es anscheinend irgendein Schlüsselerlebnis für diese ›Neben Frauen übernachten‹-Sache gab.

»Wenn ich es dir erzähle, gehst du dann endlich von der Tür weg? Und legst dich mit mir ins Bett?«

Er sagt das so, als hätte er mich schon oft darum gebeten und ich hätte immer ›Nein‹ gesagt. So als hätte er das immer gewollt.

Ich seufze und stoße mich von der Tür ab. »Darf ich vorher noch duschen?«

»Sicher. Ich bleibe wach.«

»Musst du nicht.«

»Ich weiß. Ich will aber. Ist das Lucas Jacke?«, fragt er, als er mir den Mantel von den Schultern nimmt, den ich schon vergessen hatte, und ihn an die Garderobe hängt.

Ich überlege kurz, ob ich ehrlich sein will, aber noch eine Runde ›Eifersuchts-Fight-Club‹ halte ich heute nicht mehr durch. Auch weil ich dieses Gefühl bei ihm nicht verstehe.

»Ja. Ich gebe sie ihm morgen zurück.«

Eigentlich denke ich, Pascal hält nie und nimmer durch, weil er mindestens genauso müde wie ich aussieht, aber er ist tatsächlich noch wach, als ich aus dem Bad komme. Das Zimmer ist dunkel, aber der Mond ist heute so hell, dass ich trotzdem erkennen kann, wie weich seine Gesichtszüge aussehen, wenn er müde, aber nachdenklich ist. Er schlägt die Bettdecke um, die über ihm liegt, und sieht mich erwartungsvoll an.

»Wenn ich mich zu dir lege, mutierst du aber nicht zum Werwolf, oder? Ist das dein großes, dunkles Geheimnis?«

»Hör auf, mich zu verarschen, Emma.«

»Entschuldige.«

Ich lege mich neben ihn, halte aber Abstand, weil ich weiß, dass er heute keine Lust mehr auf Sex hat.

»Es war an der Uni. Ich habe mir mit Remo ein Zimmer in einem Studentenwohnheim geteilt …«, beginnt er, eine Geschichte zu erzählen, die ihm hörbar schwerfällt, nicht nur, weil er müde ist. Dass er sich ausgerechnet jetzt dazu durchringt, verstehe ich nicht. Er könnte mir das auch morgen erzählen, wenn wir ausgeschlafen sind. Oder gar nicht. Aber er will sich für die Sache mit den getrennten Zimmern rechtfertigen. Ich bleibe still und höre zu.

»Es gab da so ein Mädchen – ich kannte sie eigentlich kaum. Sie ist mir ab und an in der Cafeteria begegnet und hat sich irgendwann mal Notizen von mir geliehen. Ich habe sie eigentlich kaum wahrgenommen, bis sie angefangen hat, mir SMS zu schreiben. Ich weiß nicht, woher sie meine Nummer hatte.«

Seine Stimme beginnt sehr monoton zu klingen.

»Am Anfang waren es ganz normale Nachrichten. Zeug über die Vorlesungen, das Essen in der Mensa – Studentenkram. Als sie sich mit mir auf einen Kaffee treffen wollte, habe ich abgesagt, weil sie einfach nicht mein Typ war. Ich war nicht unhöflich oder forsch, ich habe irgendeine fadenscheinige Begründung vorgeschoben, um sie nicht zu verletzen. Ihre studienbezogenen Nachrichten habe ich trotzdem beantwortet, aber sie wurden … seltsam.«

»Was heißt seltsam?«

Sein Tonfall ändert sich nicht. Er klingt noch immer so monoton wie eine Computerstimme. »Sie wollte wissen, wann ich dusche, welches Parfum ich trage und ob ich beim Masturbieren an sie denke, weil sie an mich denkt.«

»Creepy …«, murmle ich, weil man solche Dinge niemandem schreibt, den man nicht mal richtig kennt.

»Ja. Das war es. Furchteinflößend. Ein wenig. Am Anfang. Dann sehr.«

Ich drehe mich neugierig auf die Seite, während Pascal einfach nur regungslos auf dem Rücken liegt und den Kopf auf seinen Unterarm gebettet hat.

»Sie war immer zur selben Zeit an der Uni wie ich. Immer zur selben Zeit in der Bibliothek oder in der Mensa, sie war überall. Ich konnte mich nicht umdrehen, ohne sie irgendwo zu entdecken. Als ich sie darauf angesprochen habe, dass ich mich bedrängt fühle, hat sie nur geschmunzelt und sich die Haare verlegen zurückgestrichen – als hätte ich ihr ein Kompliment gemacht. Als ich herausgefunden habe, dass sie nicht mal Pädagogik studiert, bin ich panisch geworden.«

»Was?! Sie war nicht mal in deiner Studienrichtung?! Für was hat sie denn dann deine Notizen gebraucht?!«

»Ich will nicht wissen, was sie damit gemacht hat.«

»Oh mein Gott! Hast du das irgendwo gemeldet?!«

»Wo denn? Bei der Stelle für Männer, die von kleinen, unscheinbaren Frauen psychisch misshandelt werden?«

»Sie hat dich gestalked, Pascal!«

»Ich weiß. Aber wer hätte mir denn geholfen? Oder geglaubt? Remo hat sie mal zur Rede gestellt, dann war es einen Monat lang still, und dann ...«

Ich springe gleich vor Aufregung und Wut über diese Psycho-Tante aus dem Bett. Es gibt noch ein Dann?

»Dann bin ich eines Morgens aufgewacht, weil meine Hand sich so seltsam angefühlt hat. Ich hatte damals noch einen sehr festen Schlaf und habe erst mitbekommen, dass sie mich mit der linken Hand am Bettpfosten festgekettet hatte, als die Handschellen schon geklickt haben. Als ich wach wurde, lag sie nackt neben mir im Bett, hatte sich auch daran festgekettet und wollte ... du kannst es dir denken.«

»Nein!«, rufe ich, weil ich das einfach nicht glauben kann. Ich meine, ich glaube Pascal. Aber ich kann nicht fassen, dass es so irre Menschen gibt. Man hört immer nur von stalkenden Typen, nie von Frauen.

»Ich weiß, es klingt nicht bedrohlich. Ich war viel stärker als sie, sie war ein schmächtiges Mädchen, sie hätte mich nicht vergewaltigen können, aber ...«

»Doch, Pascal! Das klingt bedrohlich! Das ist die schaurigste Geschichte, die mir jemals jemand erzählt hat. Ein irrer Mensch hat dich an ein Bett gekettet und wollte über dich herfallen. Nichts daran ist in Ordnung oder weniger furchtbar, nur weil du ein Mann bist.«

Er schnaubt leise. »Ich hätte sie ausknocken können – Notwehr –, aber ich wollte keine Gerichtsverhandlung, in der ich am Ende darum bangen muss, dass der Richter glaubt, ich wäre ein Fetischist, der ausgerastet ist und eine Frau verprügelt hat ...«

Deshalb hasst du dieses Fetischzeug so ...

»Ich wollte einfach nur raus aus diesem Bett, aber sie hat den Schlüssel runtergeschluckt. Remo war nicht da, weil er bei Claire übernachtet hat, und um um Hilfe zu schreien, war ich zu ... Es war mir so peinlich.«

»Was hast du gemacht?«

»Sie hatte nur meine linke Hand angekettet. Ich habe sie da irgendwie rausgerissen, es war mir egal, wie. Ich habe mir dabei den Daumen gebrochen, aber das ist mir erst später aufgefallen. Ich musste sie schließlich irgendwie aus meinem Bett bekommen.«

»Hast du die Polizei gerufen?«

»Ja. Nachdem Remo und der Uni-Psychologe sich die Zähne an ihr ausgebissen haben, haben wir die Polizei gerufen. Sie wurde noch am selben Tag zwangseingewiesen und ich habe ein Kontaktverbot bewirkt. Anscheinend ist sie kurz darauf zu ihren Großeltern gezogen und hat die Stadt verlassen. Ich habe sie nicht mehr gesehen. Aber seither … schlafe ich immer allein. Und bei versperrter Tür.«

Es tut mir so leid, dass ich vorhin so unsensibel war und irgendeinen bescheuerten Werwolf-Scherz gemacht habe. Pascals Geschichte ist der blanke Psycho-Horror. Dass so etwas einen Knacks in der Seele zurücklässt, ist verständlich.

»Das tut mir so leid. Das war furchtbar.«

»Ja, aber es ist lange her. Luca hat schon recht, ich muss das hinter mir lassen. Aber ich kam seither nie in eine Situation, in der eine Frau bei mir übernachten wollte. Das habe ich vermieden und verhindert.«

»Hattest du nie mehr eine Freundin? Gab es nur Mel und Claire? In zehn Jahren?«

»Nein. Ich war mal mit einer anderen Lehrerin zusammen, aber sie wusste, dass ich nur Sex möchte, keine Beziehung, keine Übernachtungen. Sie war einverstanden, zumindest bis sie plötzlich darauf bestanden hat, sich mit mir einen Bungalow zu teilen – das war bevor Remo auch am Internat unterrichtet hat. Ich habe damals noch allein gewohnt. Und daran wollte ich auch nichts ändern.«

»Deshalb hast du mit ihr Schluss gemacht?«

»Ja. Sie wollte mehr, aber das konnte ich ihr nicht bieten, also habe ich es für fair gehalten, unsere Abmachung aufzulösen, damit sie jemand anderen finden kann. Dann kam sie aufgebracht in meinen Bungalow und hatte …«

Er seufzt leise, macht eine kurze Pause.

Ich würde mich auch nicht mehr wundern, wenn Pascal jetzt ›eine Waffe dabei‹ sagen würde.

Wie kann man nur so viel Pech mit Frauen haben?! Die blöde Klavier-Tussi, die ihn entjungfert und eine Minute danach erpresst hat, die irre Stalkerin …

»Sie hatte einen Schwangerschaftstest dabei … einen positiven.«

Ich glaube, mein Herz setzt gerade einen Schlag lang aus.

»Hast du ein … Kind?«

Pascal sieht zu mir rüber. »Nein. Der Test war nicht echt. Sie war nie schwanger, aber das habe ich erst später rausgefunden. Sie wollte mich nur dazu bringen, sie zurückzunehmen.«

Was für eine miese, fiese Schlampe. Kinder sind doch kein Beziehungsdruckmittel.

»Lass mich raten: Seither möchtest du kein Vater mehr werden, weil das der nächste Schock für dich war. Du hattest so viel Pech mit Frauen, Pascal! Das ist unglaublich!«

Er zuckt mit den Schultern. »Ja, ich schätze, ich hatte Pech. Ich weiß, dass nicht alle Frauen so sind, das habe ich nie geglaubt, aber ich bin übertrieben skeptisch, weil …«

»Das musst du nicht mehr erklären. Nie wieder. Ich verstehe das …«

Ja. Ich verstehe ihn. Zum ersten Mal wirklich und vollkommen. Und es bricht mir das Herz, zu wissen, dass er so beschissene Dinge erlebt hat.

Kein Wunder, dass er schon mit Kleinigkeiten wie kichernden Teenagermädchen oder überkoketten Flugbegleiterinnen überfordert ist.

Pascal nickt, schweigt kurz. Ich denke schon, er will schlafen, aber er beginnt doch noch mal, zu reden.

»Ich liebe Kinder. Ich möchte welche«, murmelt er. »Aber ich weiß nicht, ob es diese Zukunft für mich gibt. Ich bin kaputt. Das ist mir klar. Du siehst, wie ich reagiere, wenn ich ... Ich kann das nicht abstellen. Ich versuche es, aber es geht nicht.«

»Musst du auch nicht«, entgegne ich eindringlich, aber leise, weil er so müde und geschafft wirkt. »Du musst es nicht abstellen. Nicht für die richtige Frau. Die richtige versteht es. Diese Vergangenheit gehört zu dir und du kannst sie nicht abschütteln. Außerdem bist du nicht so kaputt, wie du denkst.«

Er schließt die Augen. »Ach ja. Ich fühle mich aber manchmal so. Deshalb bin ich so sprunghaft. Und impulsiv. Und kal...«

»Schon gut«, unterbreche ich ihn und lege ihm meine Hand auf die Brust.

Irgendwie dachte ich, er würde kurz zusammenzucken oder die Augen aufreißen. Ich war schon darauf eingestellt, ihn gleich beruhigend zu beschwichtigen, dass die Berührung nicht drängend oder fordernd gemeint ist, sondern ihm nur versichern soll, dass eine Frau ihm nahe sein kann, ohne ihn innerlich zerreißen zu wollen.

»Freust du dich auf die Hochzeit?«, frage ich leise, weil ich will, dass er beim Einschlafen schöne Gedanken hat.

»Ja ... sehr.«

Er schmunzelt sanft.

Nein. Du bist nicht so kaputt, wie du denkst. Ein bisschen vielleicht, aber ich bin vor Kurzem auch ein Stück weit zerbrochen. Und es ist in Ordnung. Das Leben hält auch für kaputte Menschen schöne, besondere Momente parat.

ÜBER DIE AUTORIN

Jasmin Romana Welsch wurde 1989 in Graz geboren und lebt auch heute noch mit ihrem Freund und ihrer Hündin Yuki in der Steiermark. Obwohl sie bereits im Teenageralter das Schreiben für sich entdeckte, begann sie ein Jurastudium. Erst nach der Veröffentlichung ihres ersten Romans widmete sich die junge Autorin gänzlich der Schriftstellerei. Aus ihrer Feder stammen mehrere Jugendbücher, in denen sich fast immer humoristische, aber auch dramatische Akzente wiederfinden.

Kontakt

Homepage: www.jasminromanawelsch.com

Facebook: www.facebook.com/ JRWelsch

Wenn Ihnen "Evig Roses (Band 1)" gefallen hat, gefällt Ihnen auch:

Jasmin Romana Welsch

Teach me Love: ONCE & TWICE

16. März 2018, Sternensand Verlag

616 Seiten, broschiert

€16,95 [D]

New Adult Liebesroman

Als Taschenbuch

Ein dekadentes Internat, zwei junge Lehrer und eine Studentin, die verspricht, diskret zu sein

Es gibt viele Gründe, um auszuziehen. Du hast einfach Lust auf einen Tapetenwechsel, dein Nachbar möchte plötzlich Death-Metal-Schlagzeuger werden oder dein Freund entdeckt seine Leidenschaft für gynäkologische Untersuchungen an anderen Frauen.
Ich würde wirklich gern den Death-Metal-Typen als Grund vorschieben, aber um bei der Wahrheit zu bleiben: Ich bin wegen der Sache mit dem Gynäkologie-Hobby ausgezogen.
Jetzt bin ich vorübergehend heimatlos. Wobei, ganz ohne einen Platz zum Schlafen muss ich nicht auskommen. Es gibt da diese Übergangslösung – eher unkonventionell, aber doch spannender als vermutet. Und heißer. Was hauptsächlich dem unwirklich attraktiven Französischlehrer zuzuschreiben ist, der verblüffend viel hinter dem höflichen Lächeln versteckt hält. Ein wenig trägt auch der knurrende Sportlehrer zu meinem reizvoll-frivolen Abenteuer bei, aber der Mann hat ein Dominanzproblem. Außerdem ist er ein Arschloch. Teilweise. Manchmal. Ich kann ihm trotzdem nicht aus dem Weg gehen, weil ich anscheinend einen Knall habe. Verknallt bin ich aber nicht! Das ist alles nur lockerer Spaß, den wir geheim halten müssen, da die beiden natürlich einen Ruf zu verlieren haben.

Weitere Bücher der Autorin:

Küss mich (Sammelband)
13. Juli 2017, Sternensand Verlag
530 Seiten, broschiert
€ 14,95 [D]
Liebesroman
Als Taschenbuch

Absolution: Wie man eine Sünde überlebt
28. Februar 2016, Sternensand Verlag
224 Seiten, broschiert
€ 12,95 [D]
Urban Fantasy
Als Taschenbuch und E-Book

Krieger des Lichts Reihe
20. Oktober 2017, Sternensand Verlag
616 Seiten, broschiert
€ 16,95 [D]
Urban Fantasy
Als Taschenbuch

C. M. Spoerri & Jasmin Romana Welsch
Conversion (Band 1): Zwischen Tag und Nacht
28. August 2016, Sternensand Verlag
424 Seiten, broschiert
€ 12,95 [D]
Jugendroman-Dystopie
Als Taschenbuch und E-Book

C. M. Spoerri

Kathleen: Dein Weg zu mir

21. Dezember 2018, Sternensand Verlag

350 Seiten, broschiert

€12,95 [D]

New Adult Liebesroman

Als Taschenbuch und e-Book

Klappentext:
Abschalten vom stressigen Alltag und eine unbeschwerte Zeit in paradiesischer Landschaft genießen. Das sind die Vorsätze von Kate, als sie für einige Wochen ins Napa Valley reist, um ihre Freundin Emilia zu besuchen. Da kommt ein Weinfest gerade gelegen – ebenso wie ein heißer Gutsherr namens Jordan in einem dunklen Weinkeller. Wäre dieser Kerl doch nur nicht so ein Griesgram ... aber hey, sie muss ihn ja nicht wiedersehen. Dass die Begegnung mit Jordan jedoch höhere Wellen schlägt als gedacht, erfährt sie kurze Zeit später. Denn das Leben des Weingutbesitzers ist nicht nur kompliziert, sondern auch düster.

STERNENSAND VERLAG

Besucht uns im Netz:

www.sternensand-verlag.ch

www.facebook.com/sternensandverlag